N & K

[signature]

Halsdenbäch, den 6.2. 2005

Dirk Kurbjuweit

NACHBEBEN

Roman

Nagel & Kimche

Für Jonas

2 3 4 5   08 07 06 05 04

© 2004 Nagel & Kimche
im Carl Hanser Verlag München Wien
Herstellung: Meike Harms und Hanne Koblischka
Satz: Satz für Satz. Barbara Reischmann
Druck und Bindung: Friedrich Pustet
Printed in Germany
ISBN 3-312-00346-6

1 *EINMAL IN MEINEN VIELEN JAHREN* durfte ich erleben, wie aus einer Erdbebennacht eine Liebesnacht geworden ist, eine Liebesnacht mit Folgen. Mir bedeutet das viel, weil es mich ärgert, dass wir von den Regungen unseres Planeten allein die Zahl der Toten erinnern. Aber Erdbeben sind mehr als Heimsuchungen der Menschheit. Im besten Fall stiften sie Glück, Liebe, eine Ehe.

Es war der 22. Juni 1989, 22.54 Uhr MEZ. Ich weiß das, weil hier oben nichts verloren geht. Wir von der Dr. Albert von Reinach'schen Erdbebenwarte auf dem Kleinen Feldberg registrieren alles, wir führen ein Archiv, das vollständig ist. Es war, für deutsche Verhältnisse, ein starker Erdstoß, eine Magnitude von vier auf der Gutenberg-Richter-Skala.

Wir lagen im Nebel, auch das weiß ich noch. Selbst wenn ich mich nicht so genau erinnern würde, könnte ich mit diesem Satz kaum etwas Falsches behaupten. Wir haben hier zweihundert Nebeltage im Jahr. Die Wolken mögen uns, sie mögen den Kleinen Feldberg im Taunus, sie verweilen gern, bevor sie nach Frankfurt weiterziehen. Wir hassen sie dafür. Jeder hier oben hat seine Stunden, in denen er die Wolken hasst. Zweihundert Nebeltage sind nicht leicht auszuhalten. Man merkt sie uns an, fürchte ich. Aber warum rede ich immer noch im Plural? Ich bin allein seit ein paar Wochen, seit Konrad und Charlotte nicht mehr leben. Es ist noch stiller hier ohne die beiden. Aber keine Sorge, es geht mir gut. Ich bin glücklich auf 825 Metern über dem Meeresspiegel, trotz

5

des Nebels, trotz der Einsamkeit. Ich weiß, dass ich nicht mehr lange allein sein werde. Bald kommt Zuwachs, ein Möbelwagen, Menschen, Stimmen. Wir werden wieder eine nette, kleine Gemeinschaft sein, eine Familie vielleicht.

Um halb elf hatte Lorenz das Licht ausgemacht, eine halbe Stunde nach seiner Mutter. Hier sind immer alle früh schlafen gegangen, außer mir. Was soll man auch tun in der Nacht? Bei uns gibt es nur den Wald und den Nebel. Man ist froh, wenn der Schlaf früh kommt und lange bleibt. Für mich hat das allerdings nie gegolten. Ich schlafe wenig. Ich verpasse es nicht gern, wenn die Erde bebt. Ich will die Ausschläge sehen, Primärwelle, Sekundärwelle, ich will die Entfernung messen, will genau beobachten, wenn sich unser Planet schüttelt. Hundertfünfzig Erdbeben der Magnitude drei und mehr gibt es weltweit jeden Tag, die allermeisten richten keinen Schaden an. Man dämonisiert Erdbeben, wie man alles dämonisiert, was sich nicht einfügt in die ewige Jagd nach dem Glück oder dem Geld, was so vielen dasselbe zu sein scheint.

Also, sie schliefen, und ich schlief nicht. Ich saß in meinem Haus, einem schönen, wenn auch verwitterten Haus aus braunrotem Holz, und schaute auf das weiße Papier, das endlos und träge vor mir abrollte. Es war still, die Erde schlief wohlverdient, ist sie doch strapaziert und geschunden wie kein anderer Planet. Soll sie ruhen. Die Pause sei ihr vergönnt, auch wenn es dann nichts zu sehen und zu messen gibt für den alten Luis, der manchmal einnickt in diesen Pausen, und das kam früher nicht vor. Ich bin ein Greis geworden.

Ich sah hinüber zum Haus des Hausmeisters, das nur zwanzig Meter entfernt steht, weshalb ich es auch in den meisten Nebelnächten sehen kann. Es braucht schon schwarze Wolken, um mir diesen Blick zu nehmen. Wie verloren ich mich dann fühle, wie abgeschnitten und allein. Gott behüte mich vor den schwarzen Wolken. Es sind meine schlimmsten Stunden. Bei leichtem Nebel, wie in jener Nacht, sehe ich das Haus gut. Es ist klein, das Dach ist tief heruntergezogen wie eine Mütze, ein Hutzelhaus, verwinkelt, eine hübsche Gaube am Dach, ein Haus für die Träume von der glücklichen Kindheit. Lorenz wohnte damals nicht mehr dort, war längst nach Frankfurt gezogen und arbeitete hoffnungsvoll für die Bundesbank, für die Stärke unserer Deutschen Mark, unserer verlorenen Mark, wie man jetzt wohl sagen muss. Letzte Nacht war Sylvester. Seit heute gibt es den Euro. Ich habe noch nicht getauscht. Hier oben brauchen wir kein Geld, und ich habe Vorräte für ein paar Wochen. Danach werde ich hinuntergehen zum ‹Roten Kreuz›, mit dem Bus nach Kronberg fahren und das neue Geld in Empfang nehmen. Wenn kein Schnee liegt. Bei Schnee gehe ich nicht mehr den Berg hinunter, dafür sind meine Knochen zu alt.

Lorenz war in jener Nacht bei uns, weil sein Vater im Krankenhaus lag und seine Mutter nicht mehr allein sein konnte, nicht allein in diesem Haus, auf diesem Berg. Ich sah die beiden beim Abendbrot sitzen, dann ging Lorenz in das Zimmer, das früher sein Kinderzimmer war, und las. Wahrscheinlich las er Akten, Berichte über die Wirtschaft, über den Geldwert, Zahlen, nicht irgendwelche Zahlen, sondern die wichtigsten, die es für uns gibt. Wir haben ja alle Angst vor der Inflation, wir Deutschen. Ich habe zweimal erlebt, wie unser Geld seinen Wert verlor. Nie wieder, heißt es nun, nie wieder. Unsere Besten gingen damals zur Bundesbank, Lorenz hatte einen Abiturschnitt von eins Komma null.

Die Erde bebte viermal, bis Lorenz das Licht ausmachte, kleine Ausschläge, weit weg. Ich saß da, dachte nicht viel. Mein Haus ist innen hübsch mit dunklem Holz verkleidet, der Fußboden ist hell bis auf ein paar schwarze Flecken. Mein

Vorgänger hier, Professor Manthey, war Meteorologe und hatte versucht, Blitze einzufangen, um ihre Energie zu nutzen. Es kam mehrmals zu kleineren Bränden. Er starb in einer psychiatrischen Klinik. Manchmal glaube ich, dass der Nebel uns hier so oft besucht, weil er auf der Suche ist nach einer Tür zu unserem Kopf, unserer Seele. Mit den Jahren lernt er uns immer besser kennen und irgendwann findet er den Weg in unser Inneres.

Die Primärwelle kam um 22.54 Uhr. Ich sah die Tintennadel zittern, der Strich auf dem Papier zackte aus. Ich nahm mein Lineal und wartete. Die Zeit nach der Primärwelle ist immer die spannendste. Wann kommt die nächste Sekundärwelle? Der Zeitunterschied zeigt an, wie weit das Epizentrum entfernt ist. Fünf Sekunden, sechs Sekunden … die Nadel zitterte. Es war nahe, das wusste ich schon. Ich maß mit dem Lineal, rechnete, kam auf 170 Kilometer. Ich ermittelte die Koordinaten, ging zur Weltkarte. Südlich von Köln, genauer lässt sich der Ort so schnell nicht bestimmen. Bleib ruhig, dachte ich, eure Häuser stehen fest, ein bisschen Gewackel, ein kleiner Schrecken in der Nacht, vielleicht hier und dort ein Riss in der Wand. Niemand muss sterben. Als ich wieder am Seismographen saß, trafen die Oberflächenwellen ein. Sie sind die langsamsten, ihr Ausschlag ist oft am größten und zeigt die Magnitude an, die Stärke des Erdbebens. Es war eine Vier, harmlos.

Drei Minuten später klingelte drüben das Telefon. Ich wusste, dass es die Polizei war. Nach einer größeren Erschütterung will die Polizei wissen, ob ein Beben registriert wurde. Denn wenn es kein Beben war, war es eine Bombe. Einmal war es eine Bombe, gezündet ganz in der Nähe, in Königstein. Damals starb der Chef der Deutschen Bank, ich sah den Ausschlag auf dem Papier.

Als das Telefon klingelte, ging in Lorenz' Zimmer das Licht an. Was für ein schöner Anblick in einer solchen Nacht, ein milchig gelber Schimmer im Nebel, in der Dunkelheit, ein Trost, gerade wir Seismologen brauchen viel Trost.

Der Tod, manchmal der massenhafte Tod, ist unleugbar eine Folge der inneren Unruhe unserer Weltkugel, wenn auch nicht oft, wirklich nicht oft. Es gab gleichwohl schreckliche Nächte für mich, Nächte, in denen ich große Ausschläge auf dem Papier sah, Beben der Stärke sieben oder acht, und ich inständig hoffte, betete, dass ich einen Ort errechnen würde, der weit entfernt lag von menschlichen Ansiedlungen. Wie bedrückt ich war, wenn ich von der Weltkarte zurücktrat und ein Epizentrum in der Türkei errechnet hatte oder in China, in der Nähe von großen Städten, inmitten einer Ansammlung von Dörfern. Auf dem Kleinen Feldberg war es auch in solchen Nächten still, aber ich hörte die Schreie der Verletzten, das Rufen und Heulen der Kinder, hörte das Schweigen der Toten. Zehntausend Tote können sehr laut schweigen, auch auf große Distanz. Niemand weiß das besser als der alte Luis. Ein gelbes Licht hätte mich trösten können, ein bisschen jedenfalls, ein kleiner Widerspruch zur tiefen Einsamkeit und Schwärze solcher Nächte. Aber meist war es dunkel auf dem Berg, und dunkel hier oben ist anders dunkel als unten, als in Kronberg, als in Frankfurt. Dunkel für uns ist Undurchdringlichkeit.

Ich sah Lorenz in die Küche gehen. Er nahm den Hörer auf, sagte wahrscheinlich «Erdbebenwarte» und seinen Namen. Er lauschte. Er sagte ein paar Worte, legte den Hörer neben das Telefon und zog den Mantel über. Dann kam er herüber zu mir. Ende zwanzig war er damals, groß, stattlich, der Haaransatz schon auf dem Rückzug. Ich empfing ihn an der Tür, bat ihn herein, aber er wollte nur schnell wissen, ob es im Kölner Raum ein Erdbeben gegeben habe. Ich sagte ihm, was mir der Seismograph gemeldet hatte. Er ging wieder nach drüben, nahm den Hörer auf, sprach hinein. Dann legte er auf. Er ließ Leitungswasser in ein Glas laufen, stand an die Spüle gelehnt, trank und wartete. Kurz darauf kam der nächste Anruf. Viele Leute rufen nach einem Beben bei der Auskunft an und fragen, ob es irgendeine Nummer für einen solchen Fall gebe. Dann landen sie bei uns auf dem Kleinen Feldberg. Sie wollen wissen, ob noch mehr Beben kommen, ob sie sich schützen können, ob sie im Haus bleiben oder im Freien warten sollen. Wir beruhigen sie. Wenn es ihnen ein besseres Gefühl gibt, sollen sie nach draußen gehen, aber notwendig ist es nicht. Ihr Leben ist nicht in Gefahr. Dies ist Deutschland, nicht Anatolien, wir hier am westlichen Rand der eurasischen Platte leben auf vergleichsweise festen Gesteinsformationen, nicht auf einer Verwerfung.

Ich sah Lorenz viele Anrufe entgegennehmen. Dann führte er ein Gespräch, das länger dauerte.

★

Er war müde. Er trank ein Glas Wasser. Das Telefon klingelte erneut. Alles Angsthasen, dachte er.

«Kühnholz.»

«Hallo, ist dort die Erdbebenwarte?» Die Stimme einer Frau.

«Ja, hier ist die Erdbebenwarte.»

«Das Haus hat gewackelt, ganz schlimm, ich bin im achten Stock. Ich weiß nicht ...»

«Wo sind Sie?»

«In meiner Wohnung.»

«Ich meine, in welcher Stadt?»

«Köln.»

«Ihnen kann nichts passieren. Es war ein Beben der Stärke vier. Die Häuser halten das aus. Legen Sie sich schlafen. Sie sind in Sicherheit.»

«Ich weiß nicht, ich mache mir Sorgen, das Geschirr ist kaputt, so schlimm war es noch nie.»

«Sind Sie allein?»

«Ja, mein Mann ist ... er ist nicht da.»

«Gehen Sie schlafen, es ist alles ...»

«O Gott, es geht wieder los, Hilfe, das Haus stürzt ein, Gott, es kippt, nein ...!»

«Das Haus kippt nicht, es passiert Ihnen nichts, bleiben Sie ruhig.»

Schweigen.

«Hören Sie, es ist nur ein Nachbeben, es ist gleich vorbei ...»

«Helfen Sie mir, bitte.»

«Es gibt immer Nachbeben, Sie sind schwächer als das erste Beben, es ist ganz normal, Ihr Haus hält das aus, wirklich, vertrauen Sie mir. Hallo?»

Er lauschte.

«Hallo? Sind Sie noch da?»

Er lauschte wieder.

«Sie müssen nicht weinen. Es ist alles gut. Vielleicht kommt noch ein Nachbeben, aber es wird sehr schwach sein.»

Er hörte, wie sie sich eine Zigarette anzündete und rauchte, tiefe Züge.

«Die Giraffe ist kaputt.»

«Bitte?»

«Der Hals ist abgebrochen.»

«Was für eine Giraffe?»

«Ich habe eine Giraffe, habe ich mir aus Afrika mitge-

11

bracht, über zwei Meter hoch, ganz schmal, aus dunklem Holz. Sie hat einen kleinen Kopf, aber sehr große Ohren. Sie ist eben umgefallen, der Hals ist gebrochen. Es sieht so traurig aus, wie sie da liegt.»

«Kann man das nicht kleben?»

«Weiß nicht.»

«Kann man bestimmt.»

«Ich habe gar keinen Mann.»

Er schwieg.

«Ich rauche auch nicht. Es sind seine Zigaretten.»

«Wessen Zigaretten?»

«Von meinem Mann. Er hat sie hier gelassen. Seit vier Monaten ist er weg. Die Giraffe habe ich mir aus Sambia mitgebracht, ganz billig. Die verkaufen sie am Straßenrand. Erst dachte ich, dass ich sie nicht ins Flugzeug kriege, war aber kein Problem. Tut mir Leid, dass ich die Kontrolle verloren habe, Sie müssen ja denken ...»

«Schon gut. Im achten Stock fühlt es sich bestimmt schlimm an.»

«Aber der Ausblick ist schön. Ganz Köln, der Rhein, der Dom. Was trinken Sie da?»

«Wasser, ich trinke Wasser. Ich hatte schon geschlafen.»

«Ich auch.» Sie lachte leise.

«Wenn Sie mich jetzt sehen könnten ...»

«Was? Was wäre dann?»

«Na ja, ich war schon im Bett.»

Sie schwiegen.

«Und Sie, Sie sind für Erdbeben zuständig?»

«Ich bin bei der Bundesbank ...»

«Ach, die kümmert sich auch um Erdbeben?»

«Irgendwie schon, ja, Sie haben Recht.»

Sie lachten. Er trank, sie rauchte.

«Soll ich Ihnen meinen Ausblick beschreiben? Also, hier vorne ist der Rhein, und da spiegeln sich die Lichter drin, und da ist die Deutzer Brücke, die ist aber nicht schön, die Eisenbahnbrücke ist schön, so schön gebogen, aus Eisen, so von früher, wissen Sie. Und dann der Dom, ich mag den Dom, ich dachte immer, dass er da ist, um mich zu beschützen, nicht, weil ich katholisch wäre oder so, sondern weil es der Dom ist und ... ich habe immer noch Angst.»

«Es ist alles in Ordnung, erzählen Sie weiter.»

«Ich ...» Sie kicherte. «... komisch, ich habe ein rostrotes Nachthemd an, aus Seide, und dazu ein Höschen, aber es ist grün, grün passt gar nicht zu rostrot.»

Schweigen.

«Warum hab ich das jetzt gesagt? Hören Sie, es tut mir Leid, ich wollte das nicht, wissen Sie, ich habe solche Angst, aber ich weiß nicht, warum ich Ihnen das gesagt habe, ich bin nicht so, ich leg jetzt auf, ich leg auf, tschüs ...»

«Grüne Wäsche tragen vor allem teure Frauen, habe ich gehört.»

«Stimmt bei mir nicht. Ich trage grüne Höschen, weil ... nein, ich leg jetzt auf.»

«Nein, halt, legen Sie nicht auf. Sie sind durcheinander, das ist ganz normal nach einem Erdbeben, alle sind dann durcheinander ... Soll ich Ihnen meine Mutter geben?»

«Ihre Mutter? Sie sind ja süß. Warum sollte ich mit Ihrer Mutter reden?»

Schweigen.

«Ich habe Boxershorts an, rote und weiße Streifen, ein Unterhemd von meinem Vater, gerippt, zwei Löcher unter den Armen. Ich hatte nichts dabei, und es ist kühl heute Nacht, es ist oft kühl hier oben, auch im Sommer.»

«Wo oben?»

«Auf dem Kleinen Feldberg, da ist die Erdbebenwarte.»

«Ich glaube, es geht wieder los.»

«Es wird ganz schwach sein, glauben Sie mir, es wird immer schwächer. Erzählen Sie mir von sich.»

«Ich heiße Selma.»

«Lorenz.»

«Es wackelt ein bisschen.»

«Was machen Sie, was machst du so?»

«Ich bin Kinderärztin, in einem Krankenhaus, ich habe gerade erst angefangen, vor einer Woche. Es ist anstrengend, aber die Kinder sind lieb, und es ist schön, wenn man ihnen helfen kann ... o Gott, was erzähle ich hier für einen Mist?»

«Ich höre dir gerne zu.»

«Wird es noch ein Nachbeben geben?»

«Kann schon sein, aber es wird nicht schlimm.»

«Die Vorstellung, dass dieser Turm einstürzt, ist so schrecklich, ich meine, er wird mich begraben, aber wahrscheinlich bin ich schon tot, wenn ich unten ankomme.»

«Der Turm stürzt nicht ein.»

«Warum kümmert sich die Bundesbank um Erdbeben?»

«Mein Vater ist der Hausmeister dieser Erdbebenwarte. Ich bin hier, weil er im Krankenhaus ist, und meine Mutter ist nicht gern allein.»

«Niemand ist gern allein. Was hat dein Vater?»

«Irgendwas am Herzen.»

«Das klingt ja nicht nach Mitgefühl.»

«Es ist schwierig mit ihm, er ist schwierig. Aber ...»

«Was?»

«Weiß nicht. Ich stelle mir vor, dass du langes, dunkles Haar hast.»

«Ich habe kurzes, dunkles Haar. Und du?»

«Kurzes braunes Haar.»

«Kommt noch ein Nachbeben?»

«Vielleicht.»

«Das hier ist Köln, nicht die Türkei oder China. Warum muss es hier Erdbeben geben?»

«Die afrikanische Platte gleitet nach Norden und schiebt Italien gegen die eurasische Platte. Das sorgt für Druck- und Zugspannungen in der Erdkruste. Im Rheinland kommt es deshalb zu Beben, weil der Boden ...»

Sie pfiff leise durch die Zähne.

«Warum weiß jemand von der Bundesbank solche Sachen?»

«Drüben im Blockhaus lebt der alte Luis, der ist Seismologe und hat mir alles erklärt. Die Erdkruste ist eigentlich aus Granit, aber in der ...»

«Du hast eine schöne Stimme.»

«Du auch.»

«Ich geh hier weg, ich hau ab. Ich will nie wieder in diesem Turm sein, scheiß Idee, hier einzuziehen, scheiß Ausblick, scheiß Köln, scheiß Dom, scheiß afrikanische Platte, scheiß lockerer Boden, scheiß Erdbeben. Kann ich den Aufzug nehmen oder ist das zu gefährlich?»

«Bleib. Ich bin in anderthalb Stunden bei dir.»

«Was?»

«Wenn ich jetzt losfahre, kann ich in anderthalb Stunden bei dir sein.»

Schweigen.

«Ich fahr jetzt los.»

«Es ist gleich beim Dom, der erste Turm, achter Stock, Schneider.»

«Bis gleich.»

«Bis gleich. Halt, du willst wirklich fahren?»

«Ja.»

Er legte auf. Er ging in sein Zimmer, zog seine Sachen an, Anzug, Krawatte. Er schaute in den Spiegel, legte die Krawatte wieder ab. Leise verließ er das Haus und ging hinüber zu Luis.

«Ich muss noch mal weg. Kannst du rüberkommen? Es rufen bestimmt noch Leute an, und ich will nicht, dass Mutter allein ist, falls sie aufwacht.»

★

Ich ging rüber, natürlich ging ich, obwohl es mir nicht ganz leicht fiel, meinen Seismographen allein zu lassen. Man weiß ja nie, wann ein Erdbeben kommt. Leider können wir Erdbeben nicht vorhersagen.

Es fällt mir nicht leicht, das einzuräumen. Es ist so bitter, so schwer zu ertragen. Aber ich will nicht klagen. Mein Leben war erfüllt, ein schönes Leben, ich durfte tun, was ich tun wollte. Ich wollte mich mit Erdbeben befassen, das habe ich getan. Aber die Erde, ich muss es so sagen, hat sich mir widersetzt, hat mir verwehrt, was ich ihr seit sechzig Jahren abringen will: einen zuverlässigen Blick auf ihr künftiges Treiben. Als ich, ein junger Geophysiker von gut zwanzig Jahren, 1940 damit anfing, Erdbeben zu erforschen, war mir, war meiner Zunft vollkommen klar, dass wir den Durchbruch erleben würden, dass unsere Generation eine verlässliche Erdbebenvorhersage etablieren kann. Es war nur die Frage, wer von uns den entscheidenden Beitrag leisten und sich damit unsterblich machen würde. Ein Nobelpreis, der eigene Name vor einer Skala, einem Wahrscheinlichkeits-Koeffizienten, etwas in der Art. Ich hatte Hoffnungen. Ich, Luis Sommerfeldt, wollte Menschenleben retten.

Gestern wurde an der San-Andreas-Verwerfung ein Sommer-

feldt-Koeffizient von 14,2 gemessen. Damit ist innerhalb der nächsten 48 Stunden mit einem schweren Erdbeben im Raum San Francisco zu rechnen.

Millionen Menschen verlassen ihre Häuser, fahren aufs Land. Die Erde bebt, und alle überleben. So sahen in jungen Jahren meine Träume aus. Verweht. Wir Seismologen müssen uns vorhalten lassen, dass wir in den vergangenen sechzig Jahren in der entscheidenden Frage keinen Fortschritt gemacht haben. Dabei sah es zwischendurch so aus, vor allem im Jahr 1973, als würden wir es schaffen, aber wir wurden enttäuscht. Die Erde erwies sich auf diesem Gebiet als widerspenstig, als undurchschaubar. Welche Fortschritte hat es in sechzig Jahren in anderen Disziplinen der Wissenschaft gegeben! Der Gencode ist entschlüsselt, Tuberkulose heilbar, ein Telefon so groß wie eine Zigarettenschachtel. Nicht, dass wir nichts geleistet hätten. Wir kennen das Innere der Erde sehr gut, auch dank, ich darf es wohl sagen, bescheidener Beiträge von mir. Aber das, was die Menschheit wirklich von uns wissen will, können wir nicht sagen: Wann, wo und in welcher Stärke wird die Erde als Nächstes beben? Der nächste Ausschlag auf dem Seismographen ist noch immer eine Überraschung, genau wie vor sechzig Jahren. Damals wurde das Papier mit einer Petroleumlampe berußt, und eine Nadel kratzte die Amplituden in die schwarze Rußschicht. Es roch immer ein bisschen verbrannt. Jetzt habe ich einen schönen Tintenstrahldrucker. Ich könnte auch vor einem Bildschirm sitzen, die Daten werden digitalisiert. Aber der Drucker und das Endlospapier gefallen mir besser. Ich bin ein wenig altmodisch, was man mit 82 ja wohl sein darf.

Ich ging also hinüber, nachdem mich Lorenz gebeten hatte, konnte ihm eine solche Bitte nicht ausschlagen, und saß bis zum Morgengrauen in der Küche, während Charlotte oben schlief und nicht wusste, wer über sie wachte. Zehn, elf Leute riefen noch an, und ich habe sie alle beruhigen können, auch die junge Dame, die etwas erstaunt schien, meine Stimme zu hören. Eine Frau Schneider, die mich fragte, wo der Herr Kühnholz hin sei. Unterwegs, sagte ich, mit mir unbekanntem Ziel. Das schien sie zu freuen, aber dann fragte sie, ob mit weiteren Nachbeben zu rechnen sei und welche Gefahr sie bedeuteten, zumal im achten Stock. Sie hatte eine junge, schöne Stimme. Ich ahnte da schon, wohin mein Freund unterwegs war, und ich habe zurückhaltend geantwortet, nicht gerade Panik geschürt, das nicht, das verbietet sich, aber ich blieb undeutlich an manchen Punkten, so dass der Spannung und Freude, mit der Lorenz erwartet wurde, nichts genommen war. Es sind ja oft diese kleinen, versteckten Freundschaftsdienste die wertvollsten.

★

Er hatte einen 3er BMW, er fuhr zweihundert. Die rechtsrheinische Autobahn war leer, leichter Regen, eine CD von Cole Porter. Er dachte nicht viel. Bei der Ausfahrt Neuwied trat er plötzlich auf die Bremse, scherte aus, verließ die Autobahn, überquerte die Brücke und fuhr auf der anderen Seite zurück. Bei der nächsten Ausfahrt fuhr er wieder runter und setzte seinen Weg Richtung Köln fort. Er legte eine neue CD ein. Wenn sie zu Ende ist, bin ich da, dachte er. Und dann? Er wusste es nicht. Er dachte an das rostrote Nachthemd und das grüne Höschen. Er überprüfte sein Gesicht im Rückspiegel, schmal, kantig, ganz hübsch. Der BMW fuhr zweihundertzehn.

Er dachte an den Präsidenten, er mochte ihn. Er war seit einem halben Jahr sein Referent, ein Traumjob. Gestern war er mit ihm auf der Konferenz der europäischen Zentralbanker gewesen. Sie tagten im Gästehaus auf dem Gelände der Bundesbank. In den Pausen war er beim Präsidenten, schon am Abend, als sie im Kaminzimmer aßen. Alle trugen dunkle Anzüge, nur der Präsident eine helle Hose, ein Polohemd und Schuhe ohne Socken. Es war sehr warm, der Präsident war gebräunt wie immer. Er war der Mittelpunkt, fröhlich, dabei würdevoll. Er klopfte den anderen auf die Schultern, er führte das Gespräch. Die anderen lauschten. Lorenz sah ihren Respekt. Er beobachtete vor allem den Franzosen, der auch ein Mittelpunkt sein wollte, den das aber große Mühe kostete. Er musste das Gespräch suchen, ihm wurde nicht viel Zeit gewährt. Alle strebten zum Präsidenten. Den Franzosen ärgerte das. Lorenz war stolz auf diesen Präsidenten. Fast alle hier übernahmen die Zinsbeschlüsse der Bundesbank innerhalb von einer halben Stunde, sie hatten gar keine andere Wahl. Wenn sie versuchten, sich zu widersetzen, wie zuletzt die Franzosen, ging es ihrer Währung schlecht. Sie mussten abwerten, das war peinlich. Einmal zwinkerte der Präsident Lorenz zu. Er hatte einen Witz erzählt, und die Männer, die um ihn herumstanden, lachten laut. Der Franzose nippte am Champagner, der Präsident lächelte. Zwischen dem Hosensaum und den Slippern sah man ein bisschen von seiner braunen Haut. Lorenz brachte ihm die Mappe mit den Notizen für die kleine Ansprache, die er nach dem Dinner halten wollte. Die anderen würden nicht begeistert sein. Die Bundesbank setzte ihre strenge Zinspolitik fort.

In Köln parkte er am Rheinufer. Er sah an dem Hochhaus hinauf, hässlich, siebziger Jahre. Im achten Stock brannte Licht. Fast überall brannte Licht. Es war halb zwei, ein Mittwoch. Die Angst hält die Leute wach, dachte er. Sollte er den

Aufzug nehmen oder die Treppe? Es würde, wie er wusste, kein schlimmes Nachbeben geben.

Ganze Tage hatte er mit Luis vor dem Seismographen verbracht, auf das Zittern der Nadel gewartet, das Auszacken der schwarzen Linie, und Luis hatte erzählt und erzählt, vom Innenleben der Erde und von den großen Erdbeben, und immer endeten die Geschichten damit, dass eine getigerte Katze wundersam gerettet, ein Kind unerwartet nach vielen Tagen geborgen wurde. Für Lorenz waren Erdbeben lange Zeit Ereignisse, die der Vorbereitung eines großen Glücks dienten, und deshalb saß er voller Hoffnung auf Luis' Schoß und sehnte das Zittern der Tintennadel herbei, während sein großer Freund mit seiner schönen, tiefen Stimme von tektonischen Verschiebungen erzählte, von brodelnden Vulkanen und riesigen Gräben, in denen Drachen wohnten. Was unterirdisch geschah, hatte sehr viel mit den Drachen zu tun, die dort unten rumorten und stritten und Feuer spien, wenn sie zornig waren. Es gab die guten und die bösen Drachen, und am Ende, nach titanischen Kämpfen, waren alle miteinander versöhnt, und die Erde lag still und beruhigt im Licht des Mondes.

Er brauchte eine Weile, bis er Selmas Namen an der Klingel gefunden hatte. Sie meldete sich nicht, drückte nur den Knopf des Türöffners. Er nahm die Treppe. Auch wenn das Nachbeben schwach war, würde es vielleicht reichen, den Aufzug zu blockieren. Bis zum fünften Stock ging es mühelos, danach quälte er sich, keuchte und schwitzte. Zwischen dem sechsten und siebten Stock kam ihm eine Frau entgegen. Sie erschraken beide. Er sah, dass sie verweinte Augen hatte. Es war eng im Treppenhaus, sie waren sich kurz uneins, wer auf welcher Seite passieren würde, dann ging er links und sie rechts. Konnte das Selma gewesen sein? Zu alt vielleicht, aber das Licht hier drin war nicht gut. Im siebten Stock machte er eine Pause, stützte sich auf das Geländer, rang nach Atem. Seine Knie waren weich. Aus seinen Haaren tropfte Schweiß auf den Boden. Er betrachtete den Fall der Tropfen, sah sie aufschlagen und zu kleinen Pfützen werden.

Im achten Stock setzte er sich auf die Treppe, nass und erschöpft. Er konnte Selma so nicht gegenübertreten. Was für ein Wahnsinn, diese Fahrt gemacht zu haben. Er kannte diese Frau nicht, er musste morgen arbeiten, der Präsident brauchte ihn, um die nächste Sitzung des Zentralbankrats vorzubereiten, ein neuer Zinsbeschluss. Und er saß hier nachts in Köln im achten Stock und roch nach Schweiß. Er hörte den Aufzug rauschen, halten, die Tür fuhr zurück. Er hörte Schritte, ein Mensch, ein Hund. Eine Tür wurde aufgeschlossen, geöffnet, geschlossen. Stille. Er verschränkte seine Arme über den Knien, legte den Kopf darauf. Steh auf und hau ab, dachte er, fahr los. Er blieb sitzen.

Zuerst spürte er es in den Füßen, ein leichtes Vibrieren, dann im Hintern. Es wurde stärker. Er sah das Geländer zittern, hörte gedämpft den Schrei einer Frau. Er sprang auf, lief den Flur hinunter.

«Selma!» Er schrie. «Selma! Ich bin da. Hab keine Angst. Es ist alles gut.»

Eine Tür am Ende des Flurs sprang auf. Er stürmte hin und schlang seine Arme um die Frau, die dort stand. Er hielt sie fest, flüsterte. «Es ist nicht schlimm, es ist gleich vorbei, die Drachen sind immer nur ein bisschen wütend.»

Sie zitterte, vielleicht war es auch das Haus. Ihr Kopf lehnte an seiner Schulter, er presste sie eng an sich. Seine Augen waren geschlossen. In diesem Moment wusste er, dass er diese Frau lieben würde. Er würde sie heiraten, Kinder haben, viele Kinder. Er wusste jetzt, warum er diesen Vater hatte, warum

21

er seine Kindheit und Jugend im Nebel zubringen musste. Es erhielt einen Sinn durch die Frau, die er umarmte. Er lächelte. Das Nachbeben hatte aufgehört, kein Zittern mehr. Er würde jetzt seine Augen öffnen und die Frau, die er heiraten wollte, zum ersten Mal sehen. Er ließ die Augen noch zu. Er spürte Selmas Herzschlag, spitz, schnell. Er öffnete die Augen, sah einen kurzen Flur und hinter der Tür ein großes Zimmer, ein Bett, ein Tisch, zwei Stühle, Einbauschränke, Halogenstrahler. In einer Ecke stand eine Giraffe ohne Kopf. Sie war groß, schmal, kleiner runder Körper, lange Beine, langer Hals. Der Kopf mit einem kurzen Stück Hals lag auf dem Tisch. Über dem Bett hing ein Gemälde, das ein Reh zeigte und dahinter eine Gruppe von Menschen. Es wird auch über unserem Bett hängen, dachte er.

Er wollte jetzt wissen, wie seine zukünftige Frau aussah, senkte den Blick und sah auf dunkles Haar. Sie war mittelgroß, schlank. Sie löste sich aus seiner Umklammerung, trat einen halben Schritt zurück, strich sich verlegen durchs Haar. Er sah ihre Überraschung. Oder war es Enttäuschung? Sie drehte sich um, ging voraus in die Wohnung.

«Hattest du eine gute Fahrt?»

«Ja.»

Im Wohnzimmer bot sie ihm mit einer Geste einen Sessel an. Er setzte sich.

«Ich mach uns einen Kaffee.»

Sie ging hinaus. Er nahm den Giraffenkopf, der auf dem Tisch lag, streichelte über die großen Ohren. Sie blieb lange weg, so lange, dass er daran dachte, wieder zu fahren. Als er aufstehen wollte, hörte er eine Espressokanne pfeifen. Dann kam sie mit einem Tablett.

«Meine arme Giraffe», sagte sie. «Ich habe sie bei den Viktoriafällen gekauft, nach unserer Raftingtour. Drei Tage waren wir unterwegs, und es war wunderschön, aber ich hatte viel Angst.»

Sie goss Kaffee in die Tassen.

«Wir hatten vorher extra gefragt, ob es dort Krokodile gibt, und die haben gesagt, nein, gibt es nicht, unterhalb der Fälle sei die Strömung vom Sambesi zu stark, dort lebten keine Fische, und wenn es keine Fische gibt, gibt es auch keine Krokodile. Da waren wir beruhigt, weil das so logisch klang, und sind dann los in diesen Schlauchbooten, und weißt du, was am meisten Spaß gemacht hat? In den Stromschnellen so lange kippeln, bis das Boot kentert, und dann lagen wir im Wasser, und es war so herrlich, sich von den Stromschnellen treiben zu lassen, wir hatten ja Schwimmwesten an. Die Arme ausbreiten und treiben lassen und in den Himmel gucken. Und wenn das Wasser ruhiger wurde, wieder rein ins Boot und weiter, bis zur nächsten Stromschnelle. Red ich zu viel?»

«Nein.»

«Aber am zweiten Tag biegen wir um eine Ecke, und da war so ein Felsvorsprung, und weißt du, was dort in der Sonne lag? Ein Krokodil, ein so gigantisches, gemeines Krokodil, das kannst du dir nicht vorstellen, vier, fünf Meter lang, und als es uns gesehen hat, ist es sofort ins Wasser getaucht. Du hättest sehen müssen, wie schnell das ging, es war ein einziges unglaubliches Zucken von diesem riesigem Körper, und schon war das Biest im Wasser, und da wusstest du, was die für eine Kraft haben, nur Muskeln. Und Zähne natürlich.»

Er hatte sie am Anfang nicht schön gefunden, dann sehr, und jetzt wusste er es nicht genau. Es spielte keine Rolle. Er würde ein ganzes Leben lang auf die Momente warten, in denen er sie schön finden würde, kein Problem. Er nahm den Wechsel der Empfindungen als Zeichen einer großen Liebe. Die Frauen, die ihm gleichgültig gewesen waren, hatten für ihn immer gleich ausgesehen, immer gleich hübsch, gleich hässlich. Die beiden Frauen, die er geliebt hatte, sahen ständig anders aus, jedenfalls nach den ersten Wochen. Selma sah für ihn in der ersten halben Stunde ständig anders aus.

Sie hatte eine runde Stirn und einen hohen Haaransatz. Ihre Haare waren nach hinten gekämmt, wurden von einer schwarzen Spange zusammengehalten, darunter ein kleiner Zopf. In ihrem Gesicht lag ein Zug von Strenge, die ihm, dachte er, nichts durchgehen lassen würde, aber manchmal, wenn sie lächelte, sah er einen bockigen Willen zur Weichheit. Ihre Augen waren wie liegende Tropfen, rund an der Nasenwurzel und schmal an den Seiten. Braune Augen, er hatte noch nie eine Frau mit braunen Augen gehabt, lange Wimpern, schmale, stark gebogene Augenbrauen. Ihr Kinn war ein bisschen zu spitz, trat ein bisschen zu kräftig hervor, jedenfalls wenn man sie im Profil sah, und er wusste sofort, dass daraus ein lebenslanger Vorwurf an sie werden würde. Es würden die Augen sein, die ihn retteten, vor allem die schmalen Enden, aus denen eigentlich die Strenge kam, aber er freute sich auf die Momente, wenn er ihre Liebe auch dort entdecken würde. Wahrscheinlich war sie einer der Menschen, bei denen einem irgendwann auffällt, dass die beiden Gesichtshälften nicht identisch sind, und es könnte ein schönes Spiel werden, sie mal mehr links und mal mehr rechts zu lieben. Er liebte sie jetzt schon sehr, mehr als jede andere zuvor. Sie hielten die heißen Tassen in den Händen, lächelten sich kurz über den Rand hinweg zu.

«Der Spaß war natürlich sofort vorbei. Niemand hat mehr sein Boot gekentert. Es hat auch keiner mehr gelacht oder gesprochen. Wir haben alle nur daran gedacht, dass wir gestern den halben Tag im Wasser waren und unter uns diese Ungeheuer. Wir stellten uns unseren Tod vor, und was für ein schrecklicher Tod das war, zerfleischt und verdaut von einem Krokodil. Weißt du, was ich da gelernt habe? Wenn man sich seinen Tod vorstellt, ist man ihn halb gestorben. Wir saßen als Halbtote in diesen lächerlichen Schlauchbooten, an deren Gummihaut ein Krokodilszahn doch nur einmal kurz ritzen muss, und die ganze Luft ist raus, und wir wären im Wasser gelegen, als Krokodilsfutter. Du hättest uns sehen sollen die letzten anderthalb Tage von dieser verdammten Raftingtour, still und steif saßen wir in unseren Booten, mit orangefarbenen Schwimmwesten um den Leib. Ich dachte, wir sind auf unserer eigenen Beerdigungsfahrt. Verstehst du jetzt meine Panik von eben? Ich bin gestorben, ich bin unter diesem Haus begraben worden. In meinem Kopf ist das alles passiert, verstehst du? Weißt du jetzt, was los ist? Du sitzt hier mit einer Halbtoten.»

Ich werde dich heiraten, dachte er, und du weißt es noch nicht.

Er erzählte ihr von der Bundesbank, der Geldpolitik. Er redete und redete. Um vier Uhr morgens hatte er ein Blatt vor sich und zeichnete Kurven. Er wollte ihr sagen, dass er sie liebte. Aber er fand den Mut nicht. Selmas Arme lagen verschränkt auf dem Tisch, darauf war ihr Kopf gebettet.

«Langweile ich dich?» Er hatte sie schon zweimal gefragt.

«Ich hör dir gerne zu.»

Er begann wieder zu zeichnen. «Die Kurve hier, das ist die Liquiditätspräferenz, die sinkt von links oben nach rechts unten. Die Senkrechte ist die Geldangebotskurve und da, wo sie sich schneiden, liegt der Gleichgewichtszinssatz P. Natürlich nur in der Keynes'schen Theorie, aber man muss das mal so verstanden haben, weil einem dabei vieles klar wird. Wenn die Liquiditätspräferenzkurve ...»

Sie nahm ihm den Stift aus der Hand, zeichnete.

«Und diese Kurve, wie findest du die?»

Es war ein Herz. Er schluckte.

«Und diese Kurven?»

Sie zeichnete zwei Kreise nebeneinander und machte jeweils einen Punkt in die Mitte.

«Weißt du, wer so Brüste gemalt hat?»

Er lächelte töricht, hob die Schultern, ließ sie fallen.

«Picasso. Man nennt sie Picassobrüste. Sie sind perfekt gerundet.»

Sie sah ihn an. Er nahm den Giraffenkopf.

«Hast du schon mal Picassobrüste gesehen, ich meine echte?»

Er schüttelte den Kopf. Sie stand auf.

«Komm, ich zeig dir meinen Ausblick.»

Sie nahm seine Hand, zog ihn auf den Balkon. Es dämmerte. Sie sahen das erste Licht des Himmels und die Lichter der erwachenden Stadt.

«Wusstest du, das Köln keinen schönen Himmel hat? Er ist nie groß, nie bombastisch. Ein kleiner, niedriger Himmel, mehr haben wir hier nicht.»

Sie ist ein bisschen hässlich, fand er.

Sie zog ihn zurück in die Wohnung, setzte sich auf ihr Bett und knöpfte ihre Bluse auf. Er stand an der Balkontür, rührte sich nicht. Sie streifte die Bluse ab, legte sie auf den Boden. Sie trug einen schwarzen BH, den sie mit einem Griff nach hinten öffnete und fallen ließ. Sie sah ihn an.

«Erkennst du sie wieder?»

Er nickte. Sie legte sich hin und deckte sich zu.

«Danke, dass du gekommen bist.»

Er sah, wie sie unter der Decke ihre Hose auszog. Dann lag sie still auf der Seite, die Augen geschlossen. Er zog sich aus und legte sich hinter sie. Er berührte sie erst nicht. Dann legte er die Fingerspitzen seiner rechten Hand auf ihr Schulterblatt.

★

«Was hast du denn für ein Erdbeben in mir ausgelöst», soll sie gesagt haben, als ihr Atem stiller war. Das weiß der alte Luis von ihr selbst. Sie hat es mir erzählt, als sie mich besuchen kam mit dem Kind, das in jener Nacht gezeugt wurde, mutmaßlich. So genau weiß man es ja nie. Ich glaube daran, weil ich an die gute Kraft der Erdbeben glaube. Sie sind für mehr Glück verantwortlich, als wir gemeinhin annehmen, vielleicht auch für mehr Unglück, als wir uns auszumalen wagen. Tatsächlich gab es an jenem frühen Morgen in Köln ein letztes Nachbeben. Ich habe es mit eigenen Augen gesehen. Ich war zurück in meinem Blockhaus, weil keine Anrufe mehr kamen und es langsam dämmerte, kein Grund mehr für Charlotte, Angst zu haben. Als ich die Auszackung sah, musste ich grinsen. Wer hatte es ausgelöst? War es eine letzte Unruhe der rheinischen Erde? Oder nahm das Seismometer wahr, was der Sohn des Hausmeisters der Erdbebenwarte und Freund des Seismologen in jener Nacht auslöste? Ich war daher nicht überrascht, als mir Selma jenen schönen Satz anvertraute. Als sie weg war, stieg ich ins Archiv und suchte nach der Mappe, in der die Endlosbögen aus dem Jahr 1989 aufbewahrt sind. Ich blätterte mich zum 23. Juni durch und fand um 5.37 Uhr die Auszackungen eines Nachbebens im Kölner Raum.

Ich habe die Stelle kopiert und das Blatt Selma bei nächster Gelegenheit geschenkt. Sie hatte Tränen in den Augen, als sie es ansah. Gerade die schöne Erinnerung ist süß und bitter zugleich, weil wir uns zum einen freuen, wie schön es war, und zum anderen fragen, ob es so schön noch ist. Ich weiß nicht, was sie damals gedacht hat. Es war schwierig geworden zwischen den beiden. Aber davon später. Ich will nicht vorgreifen.

Ich bin noch bei den Stunden des Glücks und verweile gern. Wir haben noch im Herbst 1989 Hochzeit gefeiert hier oben auf unserem kleinen Berg, die größte und schönste Feier, die es je gegeben hat in der Erdbebenwarte, soweit ich das überblicken kann. Die Zeit drängte, denn Selmas Bauch wuchs schon, und sie wollte eine schöne Braut sein, wie sie sagte. Das Glück macht einen süchtig, und ich könnte jetzt ewig erzählen von unserer Feier, für die wir das große Wohnzimmer in meinem Blockhaus leer geräumt haben, denn die Bohlen sind ein prima Tanzboden. Siebzig, achtzig Fußpaare drehten sich auf den schwarzen Flecken, die uns Doktor Manthey hinterlassen hat. Sogar die Füße des Präsidenten der Bundesbank waren dabei, steckten in schwarzen Lackschuhen und drehten so ausdauernd wie kaum andere. Es war mir eine große Freude, ihn unbelastet zu sehen von den Sorgen um unsere Deutsche Mark, um Diskont und Lombard und Mengentender. Wobei es damals fast noch eine sorgenfreie Zeit war für ihn, wenn man bedenkt, was später kam, als die deutsche Einheit überstürzt ins Leben gerufen wurde und die Verträge von Maastricht uns den Euro bescherten. Nie wurden dabei die Entscheidungen im Sinne unserer Mark, im Sinne der Bundesbank gefällt. Der Präsident, der mit uns Hochzeit feierte, und seine Nachfolger haben alle größeren Schlachten verloren. Aber das wussten wir damals noch nicht, natürlich nicht, wir waren stolz, auf unserem bescheidenen Berg einen der mächtigsten Männer Deutschlands, Europas und der ganzen Welt zu Gast zu haben. Das sagte viel über das Ansehen, das mein Lorenz bei der Bundesbank genoss, und wir versprachen uns alle eine glänzende Karriere, die ja nun wegen Frau und demnächst Kind einen höheren Sinn bekam.

Übrigens hatten sich Selma und Lorenz entschieden, fürs Erste ins Assistentenhaus zu ziehen. Das sollte keine Dauerlösung sein, war Lorenz noch weniger recht als Selma, aber es ging zunächst nicht anders. Damals herrschte Wohnungsnot in unserem Land. Es war die Zeit der langen Schlangen in den Treppenhäusern, auch die Zeit einer bis dahin lange nicht mehr gesehenen Unterwürfigkeit und Anbiederung, zumal gegenüber einem recht fiesen Menschenschlag, den Immobilienmaklern. Manches Mal saßen Selma und Lorenz an späten Samstagnachmittagen bei mir in der Blockhütte, zurück von einem halben Dutzend Besichtigungen, mutlos, angewidert von den Frechheiten der Makler, aber noch mehr angewidert von sich selbst, vom, ich zitiere Lorenz, schleimigen Gerede über die außerordentlichen Karrieremöglichkeiten bei der Bundesbank, von, ich zitiere Selma, nuttigen Augenaufschlägen vor weitgehend unbrauchbaren Einbauküchen. Ich habe sie getröstet, aber ich verstand gut, dass sie untröstlich waren, zumal am kommenden Samstag eine ähnliche Tortur bevorstand.

Natürlich hatten Selma und Lorenz Ansprüche, die nicht leicht zu befriedigen waren. Frankfurt kam nicht in Frage, weil das Kind in einer schönen Umgebung aufwachsen sollte. Sie hatten sich Kronberg und Königstein ausgesucht, auch aus Statusgründen, denke ich, weil man dort wohnt, wenn man im Bankenwesen arbeitet. Das Problem war, dass Lorenz zwar im Bankenwesen arbeitete, aber so bezahlt wurde wie ein Beamter. Damit hat er sich letzten Endes nie abfinden können.

Weil die Geburt näher rückte und die Hochzeit bevorstand, entschieden sich Selma und Lorenz, in das Assistentenhaus zu ziehen. Es stand seit einigen Jahren leer, weil kaum noch Assistenten über Nacht blieben und die Meteorologen, die mit uns Seismologen auf dem Kleinen Feldberg forschen, ihre Daten elektronisch ins Frankfurter Institut geliefert bekommen. Da sitzen sie nun fett in ihren Büros, abgeschottet von der Natur, über die sie uns aufklären sollen. Ich mag die Meteorologen nicht.

Wir, die verbliebenen Feldberger, haben das Assistentenhaus gemeinsam mit dem jungen Paar renoviert, schöne Tage im Herbst, sehr schöne Tage mit Schmirgelpapier und Pinsel. Ich fühlte mich jung am Tapeziertisch.

Leider endet hier meine Erzählung vom Glück. Es gab auf der Hochzeit einen Eklat, einen entsetzlichen Höhepunkt dieser an sich so schönen Feier. Es tat mir unendlich Leid für das Brautpaar, vor allem für Lorenz, den eine alte Geschichte einholte, aber auch für Selma, der wohl zum ersten Mal klar wurde, in was für eine Familie sie da einheiratete. Oder muss ich sagen: auf welchen Berg sie sich einheiratete? Denn am Ende ist es unser Berg, der so harmlos Kleiner Feldberg heißt, der darüber bestimmt, was für Menschen wir sind.

Es war gegen zwei Uhr morgens, ich tanzte mit Charlotte, zum ersten Mal in dieser Nacht, und Lorenz schmiegte sich glücklich an seine Selma, als in der Nähe des Präsidenten ein Tumult entstand. Leute stürzten übereinander, wir hörten Schreie, wir hörten Schläge. Wir erstarrten. Wir sahen, wie der Präsident, der Herr der Mark, ein kleiner, runder Mann, hinausgezerrt und in seine Limousine gestoßen wurde. Ein

Motor jaulte auf, der Wagen brauste davon. Vor uns auf dem Boden sahen wir zwei Männer auf einem dritten knien. Ich erkannte jetzt, dass die beiden obenauf Leibwächter des Präsidenten waren. Einer hielt dem Mann, der unten lag, eine Pistole an die Schläfe. Der andere hatte ebenfalls eine Pistole in der Hand. Wer unten lag, wusste ich zunächst nicht, aber dann sah ich auf den Brettern einen zerbeulten, speckigen Tirolerhut, wie ihn nur einer hier trug: Konrad.

Lorenz löste sich von seiner Selma, trat vor und fragte die Leibwächter, warum sie seinen Vater in diese Lage gebracht hätten. Konrad habe sich, sagte einer der Leibwächter, mit einer Pistole dem Präsidenten genähert. Er schlug Konrads Jacke zur Seite und sichtbar wurde ein leeres Holster, das unter dem Arm klemmte. Der zweite Leibwächter hielt die Pistole hoch, die darin gesteckt hatte. Mich schauert bei der Erinnerung daran, wie sich Lorenz' Gesicht in jenem Moment verwandelte. Ich sah eine Wut in seiner Miene, wie ich sie dort noch nie gesehen hatte. Es war eine Grimasse der Wut, muss ich sagen, eher noch eine Fratze. Er trat einen Schritt auf die Gruppe zu und dann schrie er auf seinen Vater ein. Ich will das nicht wiederholen. Kein Sohn sollte so mit seinem Vater reden. Aber ich verstand Lorenz. Wir alle wussten, wie sehr er darunter litt, dass sein Vater für Waffen schwärmte, dass er ein Waffennarr war, dass er seine Ängste zu besiegen meinte, indem er Waffen sammelte, hortete und bei sich trug. Es gab Konrad nicht ohne Waffen, und Lorenz hatte schon als Kind darunter gelitten, in vielerlei Hinsicht.

Ich weiß, wie inständig er seinen Vater darum gebeten hatte, bei der Hochzeit unbewaffnet zu erscheinen, wenigstens dort. Ich sah sie hinten bei den Apfelbäumen streiten, unseren Apfelbäumen, die so alt sind, dass keine Frucht mehr wächst. Lorenz war laut, Konrad verstockt. Ich habe gesehen, dass er am Ende genickt hat und ich wusste, dass dies die Zusage war, die Hochzeit nicht durch seine Narretei in Gefahr zu bringen. Aber er hat es nicht geschafft, obwohl er es sicher wollte, war seiner Angst erlegen und mit einer kurzläufigen Smith & Wesson unter der Jacke erschienen, harmlos wie immer, nur auf Verteidigung bedacht, gegen Angriffe, die sein Leben lang ausbleiben sollten. Einer der Leibwächter hat wohl die Waffe unter der Jacke hervorblitzen sehen und so reagiert, wie Leibwächter reagieren müssen.

Nach einer halben Stunde konnte das Fest weitergehen. Lorenz war wieder besserer Laune, Konrad hatte sich mit Charlotte in sein Haus getrollt, nachdem er kurz von der Polizei befragt worden war. Sein Waffenschein beruhigte die Beamten. Wir tanzten noch bis um sechs. Es war ein schönes Fest, wirklich, aber einmal mehr wurde mir bewusst, dass es das reine Glück nicht geben kann, dass es keine glatten Lebenslinien gibt, sondern dass sie von Auszackung zu Auszackung treiben, wie die Linien auf meinem Seismographen.

2 *EBEN HABE ICH* die erste Schneeflocke gesehen. Langsam sank sie vor meinem Fenster nieder, so klein, sanft und hübsch. Aber wir Feldberger sehen etwas Böses darin. Einer Schneeflocke folgen viele andere. Es wird schneien, und wir lieben den Schnee nicht, oder doch nur selten.

Im Schnitt liegt die Temperatur bei uns sechs Grad unter der von Frankfurt. Das reicht für eine Menge Schnee. Es schneit ab November, taut manchmal um Weihnachten herum, von Ende Januar liegt dann durchgängig Schnee bis Ende März. Der Frühling kommt spät. Wir warten lange auf das erste Schneeglöckchen. In den schlimmsten Jahren haben wir es am Stück vier Tage lang nicht nach unten geschafft, nicht einmal mit Unimog und Schneepflug. Wir waren eingeschneit, abgeschnitten. Als es später taute, flossen Bäche durch unsere Keller.

In unserem kältesten Jahr hatten wir minus dreiundzwanzig Grad. Im Jahr drauf, als die Heizungen ausfielen, waren es nur minus zwölf Grad. Charlotte steckte Lorenz in einen Skianzug, den sie ihm auch nachts nicht auszog. Erst nach drei Tagen waren die Heizungen repariert. Wir sind an solche Schäden gewöhnt. Strom fällt einmal in der Woche aus. Schlimm ist das vor allem abends oder bei Nebel, wenn wir auch tagsüber die Lampen brennen lassen, um nicht ganz in Düsternis zu versinken. Werden wir an solchen Tagen vom Stromnetz abgeschnitten, befällt den ganzen Berg eine schwere Depression.

Der Winter ist für uns eine widrige Jahreszeit, und jetzt ist es erst Anfang Januar. Das ist früh für die erste Schneeflocke des Jahres. Ich werde drei Monate lang im Schnee leben, kein Spaß für einen alten Mann. Ich habe zudem Angst, dass es der Möbelwagen nicht heraufschafft, dass meine Einsamkeit verlängert wird.

So richtig lebendig war es auf dem Kleinen Feldberg zuletzt 1990, als Selma und Lorenz hier lebten und Horand geboren wurde. Ich habe mich von Anfang an gut verstanden mit Selma, und sie kam gerne herüber zu mir und ließ sich erzählen von den Erdbeben und in alle Erdteile entführen, denn das ist fast das Schönste an meiner Arbeit: Sie bringt einem die Welt ins Haus. Die Welt ist ständig zu Gast auf dem Kleinen Feldberg, was niemand ahnt von den Spaziergängern, die am Wochenende in wetterfester, fürchterlich bunter Kleidung zu uns heraufkommen und durch den Wald streifen, auf der Suche nach Abgeschiedenheit. Ein Irrtum, ein Irrtum!, würde ich ihnen manchmal gerne zurufen, wenn ich sie von meinem Beobachtungsplatz aus sehe. Die Türkei meldet sich gerade bei uns, Sizilien, Sichuan oder Nicaragua.

Selma war sehr interessiert an der Erdbebenwissenschaft, von der ich ihr so reichlich erzählen konnte. Ich habe aber auch viel von ihr erfahren, vom Scheitern ihres Vaters als Unternehmer, von der nervösen Mutter und den Männern, die vor Lorenz das Leben mit ihr teilten. Wir wurden Freunde, und ich war in Gedanken einmal nicht bei meinen Erdbeben, sondern bei ihr, als sie die schwere Geburt durchlitt, drüben im Assistentenhaus, weil sie sich für eine Hausgeburt entschieden hatte. Das waren lange, lange Stunden, in denen ich bangend an meinem Seismographen saß, abwechselnd zum Assistentenhaus hinübersah und die Bewegungen der

Tintennadel verfolgte, als wäre es der Wehenschreiber. Ein Tag wurde zur Nacht, und es musste noch ein neuer Morgen werden, ehe ich den befreienden Schrei vernahm. Horand war da, 3246 Gramm schwer und gesund, an einem nebelfreien Morgen geboren, was wir alle als gutes Zeichen nahmen, der erste gebürtige Feldberger. Er war viel bei mir zu Gast, da bald klar war, dass sich Horand vom Auszacken und dem leisen Surren des Schreibers beruhigen ließ. Oft saß er schreiend auf meinem Schoß, und Selma und ich warteten sehnsüchtig, bis irgendwo die Erde bebte, denn dann war er still, sah gebannt auf die Nadel und den gezackten Strich.

Leider kam Lorenz auch nach der Geburt oft spät nach Hause, ließ seine junge Frau immer länger allein, wofür aber jeder, auch sie, Verständnis haben musste. Es ging um Großes, wir waren im Jahr 1990 und wir hatten die Mauer fallen sehen, freudig fallen sehen, kann ich für mich sagen. Der alte Luis hat geweint am 9. November, und das hat er nicht oft getan in seinem Leben, eigentlich nur, wenn er die ganz großen Auszackungen gesehen hat, die Achter, die Neuner und dann auf der Weltkarte mit seinem Lineal in Gebiete kam, von deren dichter Besiedlung er wusste. Ich habe nicht viel ferngesehen in meinem Leben, aber nach den großen Beben schaltete ich zur Nachrichtenzeit jedes Mal den Fernseher an. Ich wollte mich nicht drücken, ich sah mich in der Pflicht, mir alles anzuschauen, was ein Erdbeben bewirkt, nicht nur die zackigen Linien auf dem Papier. Ich sah die zertrümmerten Städte, die Toten, die Verletzten, ich sah das große Weinen, das verzweifelte Graben, mit Händen, mit Baggern, die Hoffnungslosigkeit. Ich weinte nicht nur aus Mitleid, auch aus Scham. Ich hatte den Menschen, die ich sah, das Erdbeben nicht ankündigen können.

Am 9. November aber waren es Freudentränen. Es war

richtig, dass die beiden deutschen Staaten wieder zueinander gefunden haben, sehr, sehr richtig. Schwierig war nur, dass die Menschen aus dem Osten sofort auch das wollten, was den Menschen aus dem Westen beinahe das Wertvollste war: die Deutsche Mark. Es sollte eine Währungsunion geben, schon am 1. Juli 1990, und Lorenz, noch immer der Referent des Präsidenten, war an den Vorbereitungen beteiligt. Wenn wir ihn an den Wochenenden sahen, Selma und ich, dann war er oft wütend, weil er fand, wie der Präsident auch, dass die Währungsunion zu schnell komme, dass ein Wechselkurs von eins zu eins fatal sei für die Wirtschaft drüben. Dazu kam die ständige Sorge um den Geldwert, die Gefahren einer Inflation, wenn der Staat den Aufbau im Osten finanzieren muss und die vielen Arbeitslosen, mit denen bei einem Kurs von eins zu eins unbedingt zu rechnen war, wie uns Lorenz vorrechnen konnte.

Ich habe ihm nicht widersprochen. Wie konnte der alte Luis, der von der Erde viel, aber vom Geld wenig versteht, einem Angestellten der Bundesbank widersprechen, einem Einser-Abiturienten, Einser-Diplomanden der Volkswirtschaft, Mitglied des Führungsnachwuchses bei der stärksten, angesehensten Notenbank der Welt? Ihm winkte eine glänzende Karriere, und das, wie es damals aussah, würde nicht einmal der Zwischenfall bei der Hochzeitsfeier verhindern. Eine Weile haben wir gebangt um die Gehaltserhöhung, die damals anstand, aber sie kam. Es ging aufwärts. Also, widersprochen habe ich ihm nicht, aber in meinem Herzen dachte ich, dass es richtig ist, ihnen gleich das ganze Geld zu geben und nicht nur das halbe.

Selma und ich saßen vor dem Fernseher, als die Deutsche Mark drüben ankam, kurz vor Mitternacht, und wir sahen die Schlange vor der Deutschen Bank am Alexanderplatz, und wir sahen den Ansturm, als um null Uhr die Türen geöffnet wurden, das Gehetze und Gedränge, als gäbe es das Geld nur heute und nicht genug davon. Wir sahen die Gier in den Augen und das Glück, als die ersten Scheine und Münzen eingetauscht waren. Wir hörten den Jubel. Ein Mann mit Hut küsste einen Hundert-Mark-Schein. Mit einem Auge guckte ich zum Seismographen und sah in diesen Minuten einen geraden Strich auf dem Endlospapier. Die Erde schwieg. Ich schwieg ebenfalls, nur Selma sagte etwas, einen einzigen Satz: «Eigentlich ist das ein bisschen widerlich.»

Sie ist eine Frau, die frei heraus redet, die nichts zurückhält, was Lorenz manchmal peinlich ist, wie ich beobachten konnte. Sie redet forsch, aber nicht unmanierlich, sie hat einen schonungslosen Blick auf die Dinge, während Lorenz, da ist er ganz wie ich, lieber ein wenig beschönigt. Ich verstand ihren Satz zum geküssten Geld, aber ich fand ihn nicht richtig. Ich habe selbst einen Tag erlebt, an dem eine neue Währung eintraf, und ich weiß noch, wie glücklich die Stunden danach waren. Vielleicht waren es die schönsten Stunden meines Lebens. Davon habe ich Selma in jener Geldnacht erzählt, als wir den Fernseher ausgemacht hatten und sie noch eine Weile bei mir saß, das Kind auf dem Schoß.

Ich erzählte ausführlich, begann mit einer langen Vorgeschichte, weil ich gerne mit Selma zusammensaß, aber da darf man nichts Falsches denken. Ich war schon ein alter Mann, und überdies liebe ich niemanden so wie Lorenz, weshalb ich seiner Frau auch als junger Mann niemals den Hof gemacht hätte, bestimmt nicht.

Es begann im Jahr 1940, als ich einundzwanzig Jahre alt war und an der Universität zu Frankfurt Geophysik studierte. Ich war noch nicht einberufen und stand trotzdem im Kriegsdienst, weil mein Professor mich als Assistent auf dem Kleinen Feldberg einsetzte, von wo er die Seismologie in den Dienst der deutschen Marine stellte. Die U-Boote, die zunächst so erfolgreich im Atlantik kämpften, waren anfällig bei Stürmen. Da sie über Wasser angriffen und schon bei kabbeliger See heftig schaukelten, waren sie bei schwerem Wetter nicht einsatzfähig. Damit keine Kräfte vergeudet wurden, legte die Marineleitung Wert auf exakte Sturmprognosen, und so kamen wir ins Spiel. Denn mit Hilfe der Mikroseismik kann man Stürme über dem Meer erkennen. Heftige Wasserwellen setzen sich im Erdkörper fort und werden von einem Seismometer registriert. Es war meine Aufgabe, den Rußschreiber nicht aus den Augen zu lassen und jede Regung, die auf einen Sturm im Atlantik hindeutete, sofort an meinen Professor zu melden. Der informierte dann die Marine. So hatten wir auf 825 Metern Höhe Anteil an den Erfolgen der deutschen U-Bootwaffe. Wenn über das Radio eine Sondermeldung kam und, was zunächst oft geschah, heldenhafte und erfolgreiche Angriffe gemeldet wurden, jubelte ich auf dem Kleinen Feldberg. Ich kam mir schon selbst vor wie ein Kriegsheld. Es war dann nur folgerichtig, dass ich mich zur Marine meldete, als von mir mehr Einsatz für das Vaterland verlangt wurde als ein aufmerksamer Blick auf einen Seismographen. Ins U-Boot wollte ich aber nicht. Dort schien es dem jungen Luis, der es nicht einmal in einem Paternoster gut aushalten konnte, zu eng.

Deshalb war ich an einem Spätsommertag im Jahr 1943 auf der Fregatte ‹Erich Mühlendorf›, als sie Wilhelmshaven verließ, um in einem kleinen Verband auf der Nordsee eine Erkundungsfahrt zu machen. Ich war der Mann, der die Flugzeuge zuerst sah, ich löste den Alarm aus, aber es war zu spät.

Ich will nicht so tief ins Unglück steigen, wie ich müsste,

um zu erzählen, was dann geschah. Krieg ist Krieg. Ich fand mich plötzlich im Wasser wieder, Schmerzen im linken Bein. Ich sah die ‹Erich Mühlendorf› sinken und sah Menschen brennen, Feuer und Schreie. Dann war Ruhe. Die Wellen plätscherten gegen meine Schwimmweste. Es war nicht kalt.

Ich war der einzig Überlebende, soweit ich sehen konnte, allein in der graublauen Endlosigkeit, am Bein verwundet, zunehmend unterkühlt, die Gedanken nur auf ein Ziel gerichtet: Land. Ich hielt verzweifelt Ausschau nach einem festen Stückchen Erde. Das war meine Hoffnung. Die Stunden verrannen, und ich war so absurd klein und unbedeutend in diesem riesigen Meer, ein winziger Punkt in der großen Gleichförmigkeit, so leicht zu verschlucken, so schnell zu vergessen.

Ein englischer Zerstörer hat mich gerettet. Sie brachten mich nach England, dann nach Kanada. Sie haben mich gut behandelt, das Leben in den Lagern war erträglich, genug zu essen, ein bisschen Männerliebe, nie mehr als ein etwas befremdlicher Ersatz für etwas, das ich noch nicht kannte. Sehnsucht, sehr viel Sehnsucht.

Im März 1946, erzählte ich Selma, kam ich zurück nach Deutschland, im Flugzeug, Sonne, blauer Himmel, ein schöner Tag. Vor der Landung kreisten wir über Frankfurt. Es war still im Flugzeug, es war so still wie drei Jahre zuvor auf dem Meer. Unter uns sahen wir nicht eine Stadt, sondern Gemäuer. Wir sahen keine Dächer, nur Fassaden. Wir guckten den Häusern bis in die Keller, sahen leere, löchrige Gefäße aus Stein. Absurd war alles, was intakt war. Ein Kirchturm erhob sich weit über den Schutt ringsum. Ein Haus stand unversehrt in einem Ruinenkarree. Aus dem Boden wuchsen kopflos Laternenmasten, spitz wie Zahnstocher. Die ganze Stadt schloss nach oben mit scharfen Kanten und spitzen Enden ab, als würde dem Himmel von dort unten gedroht. Ein paar von meinen Kameraden haben geweint.

Vom Flughafen lief ich in die Stadt zum Haus meiner Eltern. Ich habe mich oft verlaufen, weil die Straßen nicht mehr die Straßen waren, die ich gekannt hatte. Ich lief sechs Stunden. Selma, sagte ich, das kannst du dir nicht vorstellen, wie das ist, wenn du eine Welt, die dir sehr vertraut war, zerstört und verändert antriffst. Wie du nach Orten für deine Erinnerungen suchst, die sich nicht mehr finden lassen. Wie du deine Erinnerungen in Frage stellst, weil sie an Orte gebunden sind, und wenn es die Orte nicht gibt, sind vielleicht auch die Erinnerungen falsch. Ich hatte plötzlich Angst, dass nicht nur meine Stadt verschwunden ist, sondern auch meine Kindheit, der größere Teil meiner Jugend. Ich war müde nach dem langen Flug, erschöpft vom Laufen, da kommen einem verrückte Gedanken. Ich habe diese Gedanken manchmal noch heute. Es fehlt mir nicht nur die Stadt, die ich kannte. Es fehlt mir etwas von mir.

Ich fand schließlich die richtige Straße, das richtige Grundstück. Aber dort stand nicht das Mietshaus aus der Gründerzeit, in dem wir achtzig Quadratmeter bewohnt hatten im zweiten Stock, meine Eltern, mein Bruder und ich. Über dem Sofa hing ein echter Dürer, von dem mein Vater allen erzählte, es sei ein falscher, damit niemand auf die Idee kam, ihn stehlen zu wollen. Es war das einzig Wertvolle, das wir besaßen, ein Erbstück.

Statt eines Hauses aus der Gründerzeit sah ich Steine und ein paar Frauen, die Steine wegräumten. Ich setzte mich gegenüber auf den Bordstein und sah in die Lücke, als wäre dort etwas, ein Gründerzeithaus mit zwei kleinen Türmchen. So saß ich dort über Stunden. Durften wir nicht annehmen, dass unsere Häuser für die kleine Ewigkeit gebaut sind, die unser Leben umfasst? Dass unsere Stadt ein Leben lang erkennbar sein würde? Dass wir vergänglicher sind als die Gemäuer, die uns umgeben?

Als ich dort so saß und die Dämmerung über die Trümmer hereinbrach, tippte jemand an meine Schulter. «Alles in Ordnung bei dir?», hörte ich eine Stimme fragen. Ich schrak auf. Eine Frau stand neben mir. Sie trug ein Kopftuch. Das war Christine, meine Christine. Sie hatte dort die ganze Zeit Trümmer weggeräumt, aber ich nahm sie nicht wahr. Ich sah das Haus und seine Bewohner, Herrn Brümmel mit den Hosenträgern, meinen Vater, lügend in Sachen Dürer, den kleinen Kuno auf einem Fahrrad, Lieselotte Schwall. Christine sah ich nicht. Aber sie hatte mich gesehen, den damals jungen Luis, der wohlgenährt war und besser aussah als die meisten jungen Männer, die aus dem Krieg zurückkehrten. Sie sah mich dort stundenlang hocken und manchmal weinen vielleicht auch. Sie nahm mich mit. Manches war damals unkomplizierter als heute. In einer Trümmerstadt nimmt man das Leben mit, wo es sich anbietet. Das Leben war Wärme. Wärme war ein Mensch, war eine provisorische Heizquelle, am besten beides zusammen. Ich musste nicht eine Sekunde überlegen. Ich musste sie nicht einmal ansehen.

Wir liefen eine Weile, und noch immer hatte ich nichts anderes von ihr gesehen als ein Kopftuch, eine zerschlissene Militärjacke, einen langen wollenen Rock und dicke Strümpfe, dazu Lederstiefel mit Absätzen, die zu hoch und spitz waren für diese Trümmerwege. Sie passten nicht zu der zerstörten Stadt und sie passten nicht Christine, waren zu groß, weshalb ihre Füße bei jedem Schritt nach vorne rutschten. Bis dahin hatte ich nur die zerstörte Stadt gesehen, beim Blick auf Christines Stiefel wurde mir klar, wie arm wir waren. Es gab in diesem Land nicht mehr ein passendes Paar Schuhe für jeden.

Es war dunkel, als mich Christine in ein großes Wohnhaus führte. Wir tasteten uns in den dritten Stock hinauf, und sie öffnete eine Tür. Auf dem Fußboden lagen Kerzen. Sie zündete eine an und ging voraus in die Wohnung. Es war sehr still. Ich sah nicht viel, aber ich sah, dass es eine schöne und große Wohnung war. Wir gingen einen langen Flur entlang und bogen nach links in ein Zimmer ab. Es war ein richtiger Salon, groß genug für Tanzstunden, wie ich sehen konnte, nachdem Christine einen Leuchter mit sechs Kerzen angezündet hatte. Der Salon war prächtig eingerichtet, schwere Stilmöbel, ein Tisch für acht Personen, Stofftapeten. Die Decke war vier Meter hoch. In einer Ecke lag eine Matratze. «Du darfst nie eine andere Tür öffnen als diese hier», sagte Christine, «versprichst du mir das?» Ich nickte, ohne auf ihre Worte zu achten. Sie zog die Militärjacke aus, setzte sich auf einen der wuchtigen Sessel und schlüpfte aus den Stiefeln. «Magst du essen?», fragte sie. Ich hatte tatsächlich großen Hunger. Sie verschwand und blieb eine Weile weg. Ich nahm den Leuchter und ging die Wände entlang. Ich sah Fotos, einen alten Rennwagen, darin eine Frau mit einer Lederkappe und einer Schutzbrille. Die gleiche Brille hing am Rahmen des Bildes. Sie hatte glattes, dunkles Haar und lachte viel. Ich war mir nicht sicher, ob es die Frau mit dem Kopftuch war, ich hatte immer noch nicht viel von ihr gesehen. Wo war sie? Ich lauschte. Ich hörte nichts. Ich verließ den Salon und stand wieder in dem langen Flur. Ich hörte etwas hinter der Tür gegenüber. Es klang wie Schritte. Ich öffnete die Tür und wollte einen Schritt ins Zimmer machen. Mein Fuß stieß ins Leere, und es gäbe den alten Luis nicht, wäre nicht Christine hinter mir gewesen, hätte mich gepackt und vor dem Fall bewahrt. Hinter der Tür war nichts. Ich sah ein paar Mauerreste und eine Straße. Ein Mann eilte durch die Nacht.

Christine war zornig. «Ich habe dir gesagt, dass du keine Tür öffnen sollst, oder?», sagte sie. Es stimmte, sie hatte es gesagt. Aber woher sollte ich wissen, dass es diese prachtvolle Wohnung nur zur Hälfte gab? Christine hatte Brot und Marmelade geholt. Wir setzten uns an den Tisch im Salon und aßen. Sie gefiel mir, aber sie war nicht die Frau auf den Fotos. Sie war blond und hatte nicht das Gesicht einer Frau, die Autorennen fährt. Es war ein schmales, weiches Gesicht. Sie war Ende zwanzig, älter als ich. Sie erzählte mir, dass sie seit zwei Monaten in dieser Wohnung lebe, verbotenerweise, weil das Haus einsturzgefährdet war, aber das kümmerte sie nicht.

Zweieinhalb Jahre habe ich mit Christine in den schönsten Wohnungen Frankfurts gelebt. Wir blieben, bis die Abrissbirnen kamen, bis der Besitzer seine Möbel abholte oder bis wir etwas Schöneres gefunden hatten. Einmal war unser Haus eingestürzt, als wir abends von der Arbeit zurückkamen. Es war uns egal, wir hatten uns schon ein neues ausgeguckt. Ich habe nie so elegant und luxuriös gewohnt wie in jener Zeit. Die Einsturzgefahr machte uns nichts aus. Wir hatten den Krieg überlebt, ich mehrere Seeschlachten und das Sinken meiner Fregatte, sie den Bombenhagel auf Frankfurt, da konnte uns eine brüchige Statik nicht mehr schrecken. Wir wollten nach diesen dunklen Jahren ein großes Leben, das hat Christine und mich verbunden wie nichts anderes, wir wollten nicht mehr die kleinen Wohnungen, aus denen wir kamen, den Kohlgeruch und die ewigen Stimmen der Nachbarn. Dafür hatten wir nicht überlebt. Deshalb nahmen wir uns das Beste, was wir kriegen konnten, auch wenn es gefährlich war. Tagsüber räumte sie Schutt weg, und ich sammelte mit dem motorisierten Dreirad eines Jungunternehmers Bruchholz ein, das er neu verarbeitete. Zudem nahm ich das Studium der Geophysik wieder auf. Wir hatten wenig zu essen, aber wenn wir abends nach Hause kamen, wohnten wir wie die Fürsten. Wir waren uns nicht zu schade, verweste Leichen wegzuschaffen, wenn es sein musste. Nach sechs Jahren Krieg hatten Leichen für uns den großen Schrecken verloren. Wir fuhren sie nachts auf einem Karren zum Friedhof, damit sie würdig bestattet werden konnten.

Wir sprachen nicht viel, aber wir haben herrlich Liebe gemacht, jawohl. Die jungen Menschen denken ja immer, sie hätten die große Lust am Sex erst entdeckt, aber da kann ich nur lachen, da würde Christine herzlich mitlachen, wenn sie noch bei mir wäre. Es hat gedauert, das hat es. Wir waren ungeschickt am Anfang, vor allem ich, der nichts wusste von Frauen. Aber unsere Gier, die Gier von sechs langen Jahren, hat uns geführt, und wir haben uns ihr ganz und gar überlassen. Mit Christine habe ich in prächtigen Betten alles entdeckt, was ich entdecken wollte.

Zwei Monate vor der Währungsreform fanden wir die schönste Wohnung von allen, Stuck an den Decken in barocker Pracht, rote Samttapeten an den Wänden, in jedem Raum eine andere Farbe, Perserteppiche, auf denen man ging wie auf Sand. Sechs Zimmer, davon vier bewohnbar, genug für uns. Wir fingen an, über Kinder zu reden. Wir saßen beim Essen in der Bibliothek, es gab elektrisches Licht, und wir stellten uns ein Leben vor zu viert, zu fünft. Das heißt, ich stellte mir das vor, ich malte uns das aus. Christine war noch nicht so weit. Sie war noch hungriger auf Leben als ich. Sie wollte nicht nur prächtig wohnen, sondern auch prächtig speisen und feiern. Dafür hatten wir kein Geld. Das wenige Geld, das wir hatten, war nichts wert. Wir warteten auf andere Zeiten. «Wenn ich schon in einer Ruinenwelt leben muss, dann will ich Champagner trinken und Pastete essen», sagte Christine.

Ich hörte sie selten lachen. Ich kannte ihre Haut besser als ihre Stimme. Ich habe sie auch nicht viel gefragt. Manchmal dachte ich, sie redet nicht, weil sie ein großes Geheimnis verbirgt, aber heute denke ich das nicht mehr. Nach sechs Jahren Krieg und zwölf Jahren Hitler hatten wir alle mehr oder weniger dasselbe Geheimnis und deshalb war es keins. Wir haben damals alle nicht viel geredet, weil wir erst wieder Erinnerungen aufbauen mussten, über die wir reden konnten. Über die zwölf Jahre konnten wir nicht reden. Gerade wir jungen Menschen hatten damit praktisch überhaupt keine Erinnerungen, über die wir gerne redeten. Christine und ich sprachen über unsere Haut miteinander. Wenn wir zusammen waren, lagen wir eigentlich nur im Bett, und wir waren nackt, und nie passte auch nur ein Blatt Papier zwischen uns, nicht einmal das hauchdünne Butterbrotpapier, auf dem wir damals schrieben. Ich musste sie immer spüren und sie mich.

Die Wohnung, in der wir kurz vor der Währungsreform lebten, war die Wohnung eines Jägers. An den Wänden im Flur hingen Fotos aus Afrika. Mir gefiel am besten ein Bild, das einen Mann und eine Frau zeigte, die sich in der Steppe die Hand reichen, als würden sie sich gegenseitig gratulieren. Sie sehen merkwürdig steif aus, mit gestreckten Armen. Hinter dem Paar steht ein halbes Dutzend Schwarze, die einen toten Löwen tragen. Die Augen des Löwen sind geschlossen, genauso die Augen der Schwarzen, deren Gesichter sich vor Anstrengung verzerrt haben. Nur einer lächelt, weil er es leicht hat. Er hält den Schwanz.

In einer Kommode aus Kirschholz fand Christine wunderschöne Wäsche, Seide, Spitze. Sie zog sie an für mich und zog sie aus, erst ein bisschen verschämt, dann mutiger, mit kleinen Tanzschritten, mit Hüftschwung. Sie warf die Höschen zu mir, ich fing sie auf, roch daran und warf sie zurück.

Christine zog sie wieder an. Es war ein neues Spiel, und wir waren so im Rausch, dass wir nicht wahrnahmen, dass unser Land, von dem wir nicht wussten, was es war und wie es heißen sollte, eine neue Währung bekommen würde. Allerdings hat das damals kaum jemand wahrgenommen.

Es war später Lorenz, der mir erzählte, dass am 20. April 1948, etwa zu der Zeit, als wir den kostbaren Inhalt der Kommode entdeckten, deutsche Währungsexperten in einem schwer bewachten Bus durch Deutschland gefahren wurden. Sie hatten das Nötigste für ein paar Wochen in Koffern dabei und saßen hinter Milchglasscheiben, damit sie nicht sehen konnten, wohin man sie brachte. Ihr oberster Bewacher war Colonel Emory D. Stoker von der amerikanischen Armee. Das Ziel war der ehemalige Fliegerhorst Rothwesten bei Kassel, jetzt ein Lager der Army, das von doppeltem Stacheldraht umgeben war, ‹Fence jumpers will be shot›.

Damals, während Christine für mich in Seidenwäsche tanzte, wurden die Grundlagen für unsere Deutsche Mark gelegt. Am 8. Juni waren die Herren im Konklave von Rothwesten fertig. Nun gab es eine Menge Gesetze und Verordnungen, ausgearbeitet unter amerikanischer Führung, die alles rund um die neue Mark regeln sollten. Das Geld war längst in Deutschland eingetroffen, in 23 000 Holzkisten aus New York, unter strenger Geheimhaltung in Bremerhaven gelandet und anschließend im Tresor der alten Reichsbankstelle in der Frankfurter Taunusanlage gelagert. Am 14. Juni begann die Operation *Bird Dog*, das Geld wurde an die Ausgabestellen in den Westzonen verteilt. Christine und ich merkten in jener Zeit nicht viel von dem, was ringsum passierte, aber wir merkten doch, dass die Läden leerer wurden, dass es noch weniger gab als zuvor und die Preise stiegen. Wir waren sehr damit beschäftigt, dass Christines Hintern außer einer herrlichen

Rundung auch aufregende Enge zu bieten hatte, wie wir uns gerade zu entdecken getraut hatten, verschämt auch dies zu Beginn und dann zunehmend lustvoll. Das war die Lage, als die Zeitungen und Radiostationen am 19. Juni 1948 berichten durften, dass es am folgenden Tag neues Geld geben würde. Aber wir lasen keine Zeitung und hörten kein Radio. Wir lagen im Bett, einem breiten Bett mit samtenem Himmel und goldenen Posamenten, und Christines Finger entdeckte, dass es jene neue, aufregende Enge auch bei mir gab. Am Tag darauf, am Sonntag, ging ich mittags los, um eine Flasche Wein aufzutreiben.

Vor der Lebensmittelkartenstelle sah ich Menschen in einer langen Schlange stehen, und ich fragte den Mann, der ganz hinten stand, was hier los sei. Er guckte mich groß an und sagte: «Mensch, lebst du auf dem Mond? Heute ist neues Geld da.» Ich rannte los, ich rannte wie ein Wahnsinniger durch die halbwegs aufgeräumte Stadt. Ich wollte auch neues Geld haben, denn bestimmt war es gut für Champagner und Pastete. Wir sollten die Mark fast vierundfünfzig Jahre lang behalten, aber ich rannte, als wäre ihr erster Tag auch der letzte. Ich jagte Christine, die eingedöst war, aus dem Bett. «Neues Geld ist da», schrie ich, «wir müssen es holen!» Sie zog sich verwirrt und hastig an, während ich von Champagner schwärmte, und zusammen rannten wir wieder los, nachdem wir unsere Kennkarten, Lebensmittelkarten und alles Geld, über das wir verfügten, eingesteckt hatten. Wir rannten zurück zur Lebensmittelkartenstelle, Hand in Hand. Wir standen in der Schlange, bis wir an der Reihe waren, und erfuhren dabei, dass jeder nur vierzig Mark mitnehmen durfte, zum Kurs von eins zu eins, in einem Monat dann noch einmal zwanzig Mark. Wir malten uns aus, was man für vierzig Mark wohl kaufen könne und waren etwas mutlos, weil eine einzige Zigarette sechs Reichsmark kostete. Wie sollte das Geld da für Champagner reichen? Schließlich kamen wir an die Reihe, zeigten unsere Karten vor und sahen ungeduldig, wie der Mann hinter dem Tisch für jeden von uns vierzig neue Mark auf den Tisch zählte. Wie glatt sich das Geld anfühlte, keine Falten, keine Knitter. Es war fest und sauber und es war schön. Die Scheine waren viel kleiner als die von heute. Ich hatte einen Zwanziger, der blau war und den Kopf einer Frau zeigte. Ich hatte vier Fünfer, die rot waren und einen sitzenden Mann zeigten. Er hatte einen Globus, eine Schriftrolle und einen Zirkel bei sich. Im Hintergrund sah man klein ein Schiff und eine Eisenbahn.

Nachdem Christine und ich das Geld empfangen hatten, gingen wir nach Hause und sofort ins Bett. Die neuen Scheine legten wir auf den Nachttisch und liebten uns. Wir liebten uns den ganzen Tag, und wenn wir uns nicht liebten, schliefen wir. Das Geld nahmen wir zwischendurch vom Nachttisch, ließen es durch unsere Finger gleiten, rochen und leckten daran. Wir tranken viel von dem billigen und schlechten Wein, den es damals zu kaufen gab. Es war unsere Abschiedsfeier vom alten Geld und unser Prosit auf die neuen und besseren Zeiten, Champagnerzeiten, wie wir dachten.

Am nächsten Morgen, am Montag, den 21. Juni 1948, blieb Christine zu Hause. Sie hatte einen Kater und konnte sich nicht vorstellen, einen Tag in der Fabrik, wo sie mittlerweile arbeitete, zu überstehen. Mir ging es auch nicht gut, aber immerhin so gut, dass ich für meinen Holzunternehmer, der inzwischen sechs Leute beschäftigte, Möbel ausfuhr. Am Nachmittag machte ich mich auf die Suche nach Champagner und Pastete. Es gab plötzlich wieder Zahnbürsten und Kochtöpfe, die Läden waren voll, und die Leute standen vor den Schaufenstern und gafften. Mich interessierte das alles nicht, ich wollte Champagner und Pastete für Christine und mich. Es war nicht leicht, das zu finden, obwohl es neues Geld gab. Die Leute guckten verärgert, wenn ich nach Champagner fragte. Aber schließlich fand ich eine Flasche und Pastete fand ich auch. Ich kaufte noch Trüffelpralinen und zwei Flaschen Wein, und dann waren die achtzig Mark, die Christine und ich eingetauscht hatten, weg. Ich war sehr glücklich, sehr stolz.

Als ich in die Nähe unserer Straße kam, sah ich die Staubwolke. Wir sahen damals oft Staubwolken, wir waren daran gewöhnt. Häuser wurden abgerissen oder stürzten ein, das machte eine Menge Staub. Ich ging unbesorgt weiter, bis ich merkte, dass ich mich der Staubwolke näherte. Vor der letzten Ecke begann ich zu rennen. Ich rannte, und die Flaschen klapperten in meinem Beutel, und dann sah ich, dass ein Haus in unserer Straße fehlte, ein Haus rechts in der Mitte, und dann gab es noch einen Moment der Hoffnung, weil dort zwei einander ähnelnde Häuser gestanden hatten. Aber diese Hoffnung schwand schnell. Es war unser Haus, das eingestürzt war und von dem die Staubwolke aufstieg. Ich ließ den Beutel fallen, rannte über die Straße und begann zu graben. Ich grub Stunden. Ich wuchtete Steine zur Seite und zog geborstene Möbel aus dem Trümmerhaufen. Ich schrie immer wieder: «Christine, Christine, halte aus, ich komme zu dir!» Meine Fingerkuppen waren blutig, die Nägel gebrochen, die Haut meiner Hände war geplatzt. Ich arbeitete bis in die Nacht hinein. Niemand half mir. Das Schild ‹Vorsicht Einsturzgefahr – Betreten verboten› stand noch. Ich grub und grub und schrie, bis ich heiser war. Ich hielt nur inne, um zu lauschen. Irgendwann kamen zwei Polizisten, die mich wegzogen und auf der Wache schlafen ließen. Einer hatte den Beutel mitgenommen. Er war durchtränkt von Wein und

Champagner, weil die Flaschen zerbrochen waren. Die Pastete und die Trüffelpralinen schenkte ich den Polizisten. Am nächsten Morgen ging ich wieder zu der Stelle, wo das Haus gestanden hatte. Ich grub noch einmal einen Tag und eine halbe Nacht. Und dann noch einen Tag. Ich gab auf, nachdem ich mich durch die Trümmer aus allen Zimmern gewühlt hatte, mit roten, gelben, blauen, grünen, weißen und braunen Tapetenfetzen. Das Foto mit der Frau und dem Mann und dem toten Löwen, das ich gefunden hatte zwischen den Trümmern, nahm ich mit. Es hängt hinter mir, über meinem Sofa.

Der alte Luis glaubt manchmal nicht, dass seine Christine unter den Toten war. Vielleicht hat sie vor dem Einsturz das Haus verlassen, weil sie gehen wollte, weil sie genug hatte von der Haut ihres jungen Geliebten. Der Gedanke kränkt mich immer noch, und doch ist er besser als der Gedanke, dass sie von jenem Haus erschlagen und verschüttet wurde. Ich habe viele Stunden, die ich vor dem Seismographen saß, damit zugebracht, mir ihr Leben auszumalen. Sie wäre jetzt weit über achtzig, die Mutter alter Kinder, eine Oma und Uroma. Wahrscheinlich könnte sie nicht mehr fahren, aber ich gucke immer noch bei jedem Auto, das vor der Erdbebenwarte hält, ob nicht eine Frau aussteigt, die mich an die junge Christine erinnert. Vielleicht hat sie einer ihrer Enkel herchauffiert. Es ist immer noch möglich.

Ich habe das neue Geld lange nicht gemocht. Immer, wenn ich es in die Hand nahm, dachte ich an Christine und den Champagner, den ich für uns gekauft hatte. Eine Zeit lang habe ich es sogar verflucht, weil ich dachte, es sei schuld am Tod meiner Geliebten. Aber was kann das Geld schon für unsere Dummheiten?

Trotzdem konnte ich die Deutsche Mark, unsere später so kräftige Währung, nicht lieben, wie es viele andere bald getan haben, konnte sie weder lustvoll horten noch lustvoll ausgeben. Ich war nie stolz auf das so genannte Prunkstück unseres halben Deutschlands, mit dem wir nur zwei Jahrzehnte nach dem Krieg wieder anfingen, unsere Nachbarländer heimlich zu erobern und zu beherrschen. Mir ist das Geld immer fremd geblieben, selbst als es später das Interesse von Lorenz weckte. Wenn er mir von ‹time lags› der Geldpolitik erzählte, von Geldmengenindikatoren und anderem mehr, musste ich oft an Christine denken, die vierzig Mark bekommen hatte, aber den Gegenwert in Champagner und Pastete nicht mehr genießen durfte. Gleichwohl konnte ich gut verstehen, dass einen neues Geld gierig machen kann, dass man eine Verheißung darin zu erkennen meint, die Hoffnung auf ein besseres, größeres Leben. Das habe ich Selma später gesagt, als sie bei mir saß. Ich weiß nicht, ob sie das eingesehen, ob sie ihren verächtlichen Satz vielleicht sogar bereut hat. Sie kam nicht mehr darauf zurück. Ohnehin verlor das Verhältnis unserer östlichen Brüder und Schwestern zum Geld bald unser Interesse, weil wir selbst so viel rechnen mussten. Es ging um große Summen.

Da Selma viel bei mir war, wusste ich auch, dass sich keine Harmonie einstellen wollte zwischen ihr und ihren Schwiegereltern. Sie begann vorsichtig, mir davon zu erzählen, als wolle sie ertasten, auf welcher Seite ich stünde. Es war rasch ein Zerwürfnis und dann schon Zerrüttung. Sie wollte weg vom Kleinen Feldberg, weg von seinen beschädigten Menschen, die zu lange im Nebel gehockt hatten. Auch sie mochte den Nebel nicht, niemand hält ihn auf Dauer aus. Deshalb drängte sie Lorenz sehr, eine neue Bleibe zu suchen, eine Wohnung, ein Haus lieber noch, Garten für das Kind. Die Lage auf dem Wohnungsmarkt war nicht besser geworden, Samstag für Samstag zog Lorenz in die Suchschlacht und kam gedemütigt zurück. Es gab wieder Leute, die Häuser besetzten, so wie Christine und ich damals Häuser besetzt hatten. Aber das kam für einen Angestellten der Bundesbank nicht in Frage. Trotzdem fanden sie bald etwas durch einen glücklich-unglücklichen Zufall, ein Haus in Kronberg.

★

Er wachte auf, als das Kind schrie. Er ging hinüber ins Kinderzimmer, nahm es hoch und brachte es zu Selma ins Bett. Er legte sich noch einmal hin, lauschte dem Saugen, Schmatzen und Schlucken des Kindes. Er sah Selma im Morgenlicht an, sie schlief. Das Kind trank an ihrer rechten Brust, die linke verdeckte halb das kleine Gesicht. Ihm fiel ein, dass sie heute zum Notar mussten. Er drehte sich auf den Rücken, starrte an die Decke. Er dachte dieselben quälenden Gedanken, die er seit Wochen dachte. Noch einmal rechnete er alles durch. Die Zahlen, Summen änderten sich nicht. Er stand auf. Es war ein klarer Tag, er fror nicht, zum ersten Mal in diesem Jahr.

Er stand in der Dusche und pinkelte. Er sah zu, wie sich Urin mit Wasser mischte und blassgelb im Ausguss vergurgelte. Es waren Sekunden, in denen er nichts dachte, nur zusah. Es tat gut. Es gehörte dazu, er hatte darauf gewartet. Er wusch sich, spülte die Seife ab und fand dann nicht den Willen, die Dusche abzustellen. Er fing das Wasser in den gefalteten Händen auf und spritzte es sich über die Schulter. Tu es nicht, dachte er.

Selma kam herein, das Kind auf dem Arm, sie nackt, er im Strampelanzug.

«Kannst du mir nicht mal Horand abnehmen, du duschst doch schon seit einer halben Stunde. Ich muss auch noch.»

Er sog den Wasserdampf ein. Er fürchtete, dass sie seinen Urin riechen könne. Nichts. Er drehte das Wasser ab, nahm ein Handtuch von der Stange. Selma sah ihm ungeduldig zu.

«Bist du wirklich sicher, dass wir das machen sollen?»

Sie verzog das Gesicht, nutzte dann den Moment, in dem er sich für seine Frage schämte, um ihm Horand zu reichen, obwohl er sich noch nicht ganz abgetrocknet hatte. Sie stellte sich unter die Dusche. Horand fing an zu schreien. Er legte ihn halb auf seine Schulter und wippte in den Knien.

«Viertausendfünfhundert Mark, jeden Monat. Wir schaffen das nicht.»

Er wippte heftiger. Horand gab Ruhe. Selma seifte sich ein, mit schnellen, eckigen Bewegungen. Sie schwieg. Er schämte sich ein bisschen. Sein Blick folgte ihren Händen. Bauch, Brüste, sie ging leicht in die Knie, um sich zwischen den Beinen zu waschen. Letzte Nacht hatten sie nicht miteinander geschlafen. Bedrückt lagen sie nebeneinander, jeder allein mit seiner Angst vor dem Gang zum Notar.

«Wir können hier nicht bleiben.»

Sie kam aus der Dusche, trocknete sich ab. Horand fing wieder an zu schreien.

«Wickel ihn doch mal. Bestimmt ist er ganz nass.»

Er ging ins Kinderzimmer, legte seinen Sohn auf die Wickelkommode. Er hielt ihm ein lila Nilpferd hin und zog an der Schnur. ‹Kommt ein Vogel geflogen›, tönte aus dem Bauch des Nilpferds. Horand zappelte mit Armen und Beinen, lag dann ruhig. Er zog ihm den Strampelanzug aus, den Body, die Windel. Sie war schwer und nass. Er nahm Feuchttücher, wischte über Horands Bauch, Penis, Po. Er beugte sich hinunter, legte seine Lippen auf den Bauch, prustete. Horand quietschte, aber nicht so vergnügt, wie Lorenz gehofft hatte. Er prustete noch einmal und noch einmal.

«Weißt du, was dein schönster Gedanke war?» Sie stand in der Tür, rieb sich Öl auf die Haut. «Dass wir groß denken sollen. Dass wir nicht das Haus kaufen, das wir uns jetzt leisten können, sondern das Haus, in das wir hineinwachsen werden. Dass wir uns was zutrauen sollen.»

Er legte Horand die neue Windel an. Er sah ihn plötzlich zucken, die Hände schnellten hoch, krallten sich zusammen. Er war erschrocken, als er das zum ersten Mal gesehen hatte. Selmas Mutter sagte, das sei ein Reflex «aus der Affenzeit des Menschen» – sich im Bauchfell der Mutter festkrallen und so durch die Bäume getragen werden.

«Du bist bei der Bundesbank. Die bist einer der Besten dort. Wir lieben uns. Was soll da schon passieren?» Ihre Stimme war sanft.

Er zog noch einmal an der Schnur des Nilpferds, nestelte Horands Ärmchen in den Body.

Dann saß er am Küchentisch und sah noch einmal die Unterlagen durch. Tilgung und Zinsen fraßen zwei Drittel seines Nettogehalts. Aber im Moment machte ihm etwas anderes mehr Sorgen. Da ein Teil des Kredits über eine Lebensversicherung abgesichert war, forderten sie einen Gesundheitscheck, mit Aidstest.

In der ersten Nacht hatten sie nicht darüber gesprochen. Sie hatten Sex wie in den siebziger Jahren. Wenn die Frau nichts sagte, dann schien alles in Ordnung. Die Frauen nahmen die Pille, glaubten ihren Zyklus zu kennen oder warteten, dass der Mann etwas sagte oder kommentarlos ein Kondom nahm. Selma hatte ihn nicht gefragt, er sie auch nicht. Sie schliefen einfach miteinander. Am nächsten Morgen fragte sie ihn, ob er ein Kondom dabeihabe. Er hatte nicht. «Ich dachte, du nimmst die Pille», sagte er, «weil du nichts gesagt hast.» «Ich habe nichts gesagt, weil ich so aufgeregt war von dem Erdbeben», sagte sie, «ich habe es einfach vergessen.» «Kannst du schwanger werden?», fragte er. «Ja», sagte sie. Es war gut so. Er freute sich. Es war richtig. Er wollte sie immer noch heiraten. «Es ist mir egal, ob es ein Junge wird oder ein Mädchen», sagte er. Sie drehte sich um. Er hatte sie am Morgen noch nicht gesehen, da sie mit dem Rücken zu ihm schlief. «Es geht nicht nur um schwanger oder nicht», sagte sie, «es geht auch um Aids.» Er fand sie ein bisschen hässlich.

Eine Woche nach der ersten Nacht mit Selma musste er mit dem Präsidenten zur Weltbanktagung nach Washington. Bei einem Bankett saß er neben der Referentin des amerikanischen Notenbankchefs. Er hatte sich nicht viel erwartet von dem Abend, aber dann kam er an seinen Tisch am Rand des Saals, und dort saß sie schon, hatte mittellange blonde Haare und sah, dachte er, ein bisschen aus wie Jessica Lange. Am Tisch waren noch ein paar Leute aus Dritte-Welt-Ländern und ein Mann von der belgischen Zentralbank. Lorenz redete ausschließlich mit ihr, Jane Kirkpatrick, und sie redeten darüber, ob das große Defizit in der amerikanischen Handelsbilanz gefährlich war für die Weltwirtschaft oder nicht. Er saß neben dieser wunderschönen Frau, die große Brüste hatte, erstaunlich große Brüste für ihren zierlichen Oberkörper und das schmale Gesicht, und sie nahm nur ihn wahr, weil er der Vertreter der Bundesbank war, der Vertreter der zweitwichtigsten Währung der Welt und vielleicht, wenn es so weiterging mit dem Dollar, eines Tages der Vertreter der wichtigsten Währung. Sie hatte Respekt. Er war nett und ein bisschen charmant, nicht zu viel, und er sagte seine Sätze so intelligent wie möglich. Sie tranken ihren Wein vorsichtig, aber er spürte die Wirkung und er fasste Mut. Er wollte mit ihr schlafen. Er wollte an diesen großen Brüsten saugen. Er dachte an Selma und dass er sie heiraten wollte, aber vielleicht stimmte das gar nicht. Er hatte sie nur eine Nacht und einen frühen Morgen lang gesehen. Jane Kirkpatrick fragte ihn, ob es sinnvoll sei, die Notenbankpolitik so stark nach der Geldmengenentwicklung zu orientieren. Natürlich war es richtig. Er konnte viel dazu sagen. Um kurz vor zwölf war das Bankett beendet. Sie erhob sich, und er war überrascht, was sie für einen Hintern hatte. Sie hatte einen gewaltigen Hintern. Er konnte sich nicht daran erinnern, jemals einen Menschen gesehen zu haben, bei dem Oberkörper und Unterleib so verschieden waren. Schmale Schultern, weit ausladende Hüften und ein Riesenhintern. Die großen Brüste hätten ihn misstrauisch machen sollen. Zu spät, sie hatten sich schon für seine Hotelbar verabredet. Er trank viel, dann nahm er sie mit hoch. Er dachte kurz an ein Kondom, aber er hatte keins dabei.

Danach erzählten sie sich Geschichten von ihren Präsidenten.

«Als ich ihn das erste Mal in seiner Villa in Königstein abgeholt habe», sagte er, «war ich viel zu früh, weil ich Angst hatte, zu spät zu kommen. Ein Dienstmädchen bat mich herein und führte mich ins Wohnzimmer, und dann saß ich da auf dem Sofa und schaute zum Fenster hinaus, als ich plötzlich ein seltsames Stöhnen hinter mir hörte. Dann ein leises Murmeln, dann wieder dieses Stöhnen. Ich hatte keine Ahnung, was es sein könnte. Ich dachte, dass es besser wäre, sich nicht umzudrehen, aber ich musste mich umdrehen, weil es so seltsam klang. Ich drehte mich um und sah den Präsidenten der Bundesbank auf einer dieser Liegen von Le Corbusier, und neben ihm hockte eine Frau. Er trug einen Bademantel, und sie war ganz normal gekleidet. Sie hockte da, und ich sah, dass sie an beiden Händen Gummihandschuhe trug, durchsichtige, wie Ärzte sie haben, und dann, weißt du, was dann passiert ist? Der Präsident öffnete seinen Mund, und sie schob ihre Gummizeigefinger hinein und hat ganz komische Bewegungen gemacht.»

Jane Kirkpatrick sah ihn entsetzt an.

«Die Frau hat ganz komische Bewegungen gemacht, die Finger hinter seinen Wangen kreisen lassen, und er hat wieder so furchtbar gestöhnt. Ich habe mich bald umgedreht, weil klar war, dass da etwas passiert ist, was ich nicht sehen sollte. Das Stöhnen ging eine Weile weiter, und dann hörte ich, wie die beiden aufgestanden und aus dem Zimmer gegangen sind.»

«Und was haben die da gemacht, war es Sex?»

«Ich habe das erst später erfahren. Ich dachte auch, dass es irgendein perverser Sex ist, und das war schwierig für mich, weil ich hatte ja jeden Tag mit ihm zu tun, und er war der Herr der Deutschen Mark, und ich fand nicht, dass er so komische Sachen machen sollte. Aber irgendwann auf einer langen Autofahrt hat er mir erzählt, dass er immer so furchtbare Kopfschmerzen habe, und das Einzige, was ihm helfe, sei eine Innenmundmassage, die ihm sein Kollege aus Indonesien empfohlen habe. Jetzt du.»

Sie grinste. «Ich kann dir das nicht sagen.»

«Du musst, das war der Deal.»

«Ich kann nicht.»

Sie schliefen noch einmal miteinander. Er sah sie nicht wieder, rief nicht an. Selma war schwanger. Er dachte nicht mehr an Jane Kirkpatrick.

Dann kam die Bank und wollte den Gesundheitscheck. Als er die Unterlagen las, erstarrte er an der Stelle, wo in Klammern stand: mit Aidstest. Was sollte das? Er wollte bei einer Bank Geld leihen, und sie wollten sein Blut sehen. Mit welchem Recht? Er dachte an Jane Kirkpatrick. Er sagte Selma, dass er diesen Kredit nicht haben wolle. «Aber wir kriegen keinen anderen», sagte sie. Es stimmte. Sie hatten es bei so vielen Banken versucht, aber niemand wollte ihnen die nötige Summe leihen, obwohl er bei der Bundesbank war. Sie fanden alle, dass sie sich übernehmen würden. Schließlich sagte Selmas Vater, er habe gehört, dass die Filiale einer Großbank in Waldshut-Tiengen «kreativ» bei der Kreditvergabe sei. Sie fuhren nach Waldshut-Tiengen und bekamen ein Kreditangebot, ein Teil von der Kreditanstalt für Wiederaufbau, ein Teil von einer Versicherungstochter der Großbank, einen Teil in Schweizer Franken. Dieser Teil war seine Hoffnung. Der Franken hatte zuletzt an Wert verloren gegenüber der Mark. Wenn er weiter fiel, würde das seinen Kredit billiger machen.

Er ging zum Arzt, ließ sich untersuchen, Belastungs-EKG, Blut entnehmen. Zäh und dunkelrot floss es in die Kanüle. Er sah zu und beschwor es dabei: gutes Blut, gesund und sauber, gutes Blut, gesund und sauber. War Blut eigentlich immer so dunkel oder nur infiziertes? Die Sprechstundenhilfe zog die Nadel raus, löste sie von der Kanüle, klebte einen beschrifteten Papierstreifen darauf. Wie betäubt verließ er das Zimmer. Selma war glücklich. Jeder Schritt, der sie näher zum Haus brachte, machte sie glücklich.

Das Ergebnis war noch nicht da. Weil er so lange nach einer Bank gesucht hatte, mussten sie zum Notar, bevor sie wieder zum Arzt gingen. Der Verkäufer drängte auf einen schnellen Abschluss, er brauchte dringend Geld. «Kein Problem», hatte der Notar am Telefon gesagt. «Wir schreiben einen kleinen Vorbehalt in den Vertrag. Sie sind doch jung und gesund.» «Bin ich nicht!», wollte er ins Telefon schreien. Er musste sich sehr zusammenreißen in letzter Zeit. Er dachte immerzu an Jane Kirkpatrick. Er hatte ein ganzes Leben für sie erfunden, nicht eins, viele Leben, worst case, best case und eine Menge dazwischen.

Am liebsten war ihm Nebel in diesen Tagen. Wenn das Assistentenhaus eingehüllt war in eine Wolke, wenn man nichts sah von dem, was draußen vorging, wenn es keine Welt gab außerhalb der vier Wände, dann fühlte er sich am wohlsten. Dann gab es kein Aids und keinen Test und kein Ergebnis. Er schlief nicht mit Selma. Er wollte sie nicht jetzt noch anstecken, falls sie noch nicht angesteckt war. Warum kannten seine Vorstellungen vom Unglück keine Grenzen?

Er erlebte das nicht zum ersten Mal. Als Selma schwanger war und er die Bank eines Tages spät verließ, hielt ihn der Pförtner an und fragte, ob alles in Ordnung sei mit seiner Frau und dem Baby.

«Alles in Ordnung», sagte Lorenz.

«Ist auch mit Ihnen alles in Ordnung?»

«Ja, natürlich, warum fragen Sie?»

Er hatte zuvor nie mit dem Pförtner gesprochen, er kannte ihn nur als ein freundlich nickendes Wesen, das klein und schmal hinter einer Glasscheibe saß. Er trug eine Hornbrille mit dicken Gläsern.

«Wissen Sie», sagte der Pförtner, «als meine Frau schwanger war, ging es mir zunächst auch sehr gut, aber dann habe ich irgendwann beim Duschen einen Knoten in meiner linken Brust ertastet.»

Lorenz wollte diese Geschichte nicht hören, aber der Pförtner sah ihn so eindringlich an durch seine Gläser, dass er ihn nicht stehen lassen konnte.

«Ich dachte erst, das geht wieder weg, aber der Knoten blieb, und dann bin ich natürlich zum Arzt gegangen. Er hat meine Brust abgetastet und mich gefragt, ob meine Frau schwanger sei. Ja, sagte ich, im siebten Monat. Der Arzt sagte, wir müssten eine Mammographie machen, wissen Sie, so eine Röntgenaufnahme von der Brust, wie die Frauen sie immer machen lassen wegen Brustkrebs.»

Lorenz war starr, er schaute den Pförtner ängstlich an.

«Wir haben die Mammographie gemacht, und dann hat der Arzt draufgeschaut und immer mit dem Kopf genickt. ‹Habe ich Brustkrebs›, habe ich den Arzt gefragt. ‹Nein, nein›, sagte er, ‹es ist etwas anderes, eine seltene, aber ganz harmlose Sache.› Manchmal hätten die Männer schwangerer Frauen den heimlichen Wunsch zu stillen, und dann wachse ihnen ein Knoten in der Brust, so etwas wie eine Milchdrüse. Es sei nicht schlimm, aber man müsse es operieren.»

Er sah, wie der Pförtner sein Hemd aufknöpfte und das Unterhemd zur Seite zog. Links neben der Brustwarze war eine kurze, dick verwachsene Narbe. Er müsse jetzt gehen, sagte Lorenz.

«Dem Kind geht es gut», rief ihm der Pförtner hinterher.

Eine Zeit lang tastete Lorenz häufig seine Brust ab, erst nur unter der Dusche, dann auch bei anderen Gelegenheiten, bis er kaum noch merkte, was er tat. «Was machst du?», fragte ihn Selma eines Tages, als sie zusammen fernsahen. Er merkte, dass seine Hand seine linke Brust knetete. «Nichts», sagte er. Selma war sofort besorgt, und dann wurde ihre Stimme ganz weich, und das mochte er nicht, diese weiche, sorgenvolle Stimme, die einen sofort zum Kranken machte. Er schnaubte. Aber der Gedanke, ihm könne eine Ersatzmilchdrüse wachsen, ließ ihn nicht los. Er schrieb Vorlagen für den Präsidenten und manchmal ertappte er sich dabei, wie er seine Brust abtastete. Es ging vorbei, aber dass es ihn so beschäftigt, so verängstigt hatte, beunruhigte ihn. Und jetzt diese Aids-Geschichte.

Er blätterte durch die Unterlagen. Mit der anderen Hand schaukelte er das Kind, das in einer Babywippe auf dem Tisch saß. Die Bank hatte schon unterschrieben. Selma stand vor dem offenen Kühlschrank und schaute auf die beiden Fläschchen mit der Milch für Horand. Sie hatte in den letzten zwei Tagen abgepumpt.

«Meinst du, dass das reicht?»

Er nickte. Sie hatte ihn schon gestern Abend gefragt.

«Aber wenn deine Mutter etwas verschüttet? Sie ist so ungeschickt. Ich glaube, ich pumpe noch mal ab. Ich müsste noch was haben.»

Sie fasste sich schnell und routiniert an beide Brüste. Sie schloss den Kühlschrank, knöpfte ihre Bluse auf, ließ sich mit dem BH helfen. Dann pfropfte sie den Sauger auf ihre Brust, das Gerät surrte. Ihr Blick war leer. Lorenz unterschrieb den Vertrag.

★

Ich sah sie um halb zehn das Assistentenhaus verlassen, nicht lange, nachdem die Erde im Iran heftig gebebt hatte. Lorenz trug Horand, Selma folgte mit zwei Taschen. Sie gingen zum Haus der Eltern, was sie zusammen lange nicht mehr gemacht hatten, weil Selma das nicht wollte. Charlotte öffnete, und dann sah ich sie in dem Haus zusammen, Konrad, Charlotte, Lorenz, Selma und Horand, und ich sah alles, was sie übereinander dachten, dazu musste ich nichts hören. Ich war ein guter Beobachter geworden in all den Jahren, die ich hier am Fenster gesessen habe vor dem Seismographen. Ich war geschult darin, auch durch den Nebel zu sehen. Ich betrachtete das Leben einer Familie und gleichzeitig das Leben unserer Erde. Ich habe viel gesehen. Aber der alte Luis ist kein Spanner, er wollte nicht dabei sein, wenn Konrad sich seiner Charlotte näherte. Darauf war ich nie aus. Es hingen Vorhänge am Fenster zu ihrem Schlafzimmer, und wenn sie einmal vergaßen, sie zuzuziehen, dann konnten sie sicher sein, dass die Regungen unserer Erde meine ganze Aufmerksamkeit in Anspruch nahmen. Es ließ sich nicht verhindern, dass ich auch mal nackte Haut sah, aber bitte, wir waren fast wie eine Familie. Sie sahen mich, ich sah sie. Niemand hat sich dabei etwas gedacht.

Natürlich habe ich Charlotte immer gern betrachtet. Sie war eine schöne Frau, nicht stolz, nicht elegant, aber sie hatte die Schönheit des schlichten Gemüts, klare, reine Züge, die nicht belastet waren von großer Gedankenschwere, und das sage ich ganz ohne Verachtung, denn eine solche Klarheit ist die Bedingung für die schönste Eigenschaft der Frauen, und das ist, man möge es einem alten Mann nachsehen, das ist Anmut. Ich weiß, dass heute niemand mehr diesen Gedanken teilt, zumal die Frauen selbst nicht, nachdem sie sich von so vielem befreit haben, was sie über Jahrhunderte schlechter gestellt hat. Niemand freut sich darüber mehr als der alte Luis, aber leider ist dabei auch die Anmut verloren gegangen, jener so sanft schwebende Liebreiz im Gang, das kleine, stille Lächeln, die Aufmerksamkeit für die nichtigen Dinge, die Abwesenheit von allem Lautem, Abruptem, Kantigem, die Zurückhaltung in jeder Äußerung, der spielerische Fluss in den Bewegungen ... ach, ich schwärme. Es ist töricht, im Jahr 2001 so zu reden, das weiß ich auch.

Ich sah also, wie Lorenz und Selma nach drüben gingen. Konrad und Charlotte saßen schweigend beim Kaffee. Dass sie nervös waren, sah ich daran, wie sie ihren Kaffee tranken, in schnellen, kleinen Schlucken, während sie sich sonst beide eher lange bei einer Tasse aufhielten. Konrad war einmal aufgestanden und hatte zum Assistentenhaus geschaut. Charlotte sah auf die Küchenuhr. Sie erhoben sich, als ihr Besuch in die Küche trat. Alle vier blieben steif bei der Begrüßung. Selma packte die Taschen aus, Anziehsachen für Horand, zwei Milchflaschen, Windeln. Sie redete, während Charlotte die Kaffeetassen abspülte. Sie zwang sich manchmal, zu Selma zu gucken, aber eigentlich wollte sie nicht zuhören. So gut kannte ich Charlotte wohl. Wie kam diese junge Frau dazu, ihr erklären zu wollen, wie man mit einem Kind umgeht? Sie rubbelte immer hart mit dem Tuch über das Geschirr, wenn sie beleidigt war. Selma spürte den Widerstand, und wenn mich nicht alles täuscht, hat sie Charlotte die Abläufe noch einmal erklärt, energischer jetzt. Sie hatte eine Milchflasche in der Hand und schüttelte sie beim Sprechen so stark, dass die Milch wahrscheinlich aufschäumte. Ich glaube, dass sie wütend war.

Beide Männer standen so zu ihren Frauen, dass sie dazwischengehen konnten, falls eine der beiden handgreiflich geworden wäre. Interessant war, dass Konrad viel entschlossener Stellung für seine Frau bezog als Lorenz. Er stand auf halbem Weg zwischen Charlotte und Selma und deckte seine Gattin, die neuen Kaffee aufbrühte, halb mit dem Körper ab. Sie würden diesen Kaffee nicht trinken, sie tranken nie eine zweite Tasse. Es ging nur darum, ihrer Schwiegertochter zu zeigen, dass sie Besseres zu tun hatte, als ihren Belehrungen über den Umgang mit einem Baby zu lauschen. Lorenz stand ziemlich dicht bei Selma, schnitt aber immer wieder Grimassen für Horand. Es müssen die Momente gewesen sein, in denen er nicht einverstanden war mit der Art, wie Selma mit seiner Mutter redete. Zwischen Lorenz und seinem Vater passierte sichtbar nichts in diesem Moment, aber ich sah, dass mein Freund die Schultern nach vorne gezogen hatte, eine Anspannung, die immer aufkam, wenn er, oft unbewusst, damit rechnete, sein Vater könne zur Waffe greifen. Er rechnete seit zwanzig Jahren damit.

Wer weiß schon, was es heißt, in einem Haus aufzuwachsen, wo der Vater schwer bewaffnet ist? Ich kann mich gut erinnern, wann die erste Pistole drüben auftauchte. Es war noch vor Lorenz' Geburt. Ich war überrascht, sie dort zu sehen. Ich hatte gerade die letzten Nachbeben der Katastrophe von Marokko auf unserem Seismographen beobachtet. Es war der 29. Februar 1960, die großen Daten vergisst ein Seismologe nicht. Es war kein besonders starkes Erdbeben, eine 5,8 auf der Richterskala. Aber Agadir war so schlecht gebaut, dass 12 000 Menschen ums Leben kamen. An jenem Tag also sah ich Konrad oben in der Küche mit einer Pistole hantieren. Es war vor dem Umbau, die Küche war noch im ersten Stock. Charlotte war schwanger mit Lorenz, und ich sah ihren Mann mit einem schwarzen Gegenstand in der Hand. Zunächst wusste ich nicht, was er dort hielt, mir wurde das erst klar, als er seinen rechten Arm ausstreckte und aus dem Fenster zielte. Ich erschrak, ich saß am Fenster gegenüber, weshalb es so aussehen musste, als ziele Konrad ungefähr auf mich. Aber er probierte nur aus, wie es sich anfühlt, mit einer Pistole zu zielen. Er nahm den Arm wieder runter, strich über den kurzen Lauf. Später hörte ich im Wald Schüsse. Ein paar Tage darauf sah ich, dass sich Konrad auf dem Gipfelplateau einen kleinen Schießstand eingerichtet hatte. Von da an hörten wir häufig Schüsse auf dem Kleinen Feldberg, und ich lernte zu unterscheiden, ob es sich um eine Pistole oder ein Gewehr handelte. Mein Gehör wurde so sensibel für den Knall aus Feuerwaffen, dass ich sofort wusste, wenn sich mein Nachbar ein neues Mordinstrument zugelegt hatte.

Ich sah Selma die Milchflasche unsanft auf den Tisch stellen. Ich sah Lorenz seiner Mutter zum Abschied ein paar freundliche, versöhnlich gemeinte Worte sagen, ich sah Selma den kleinen Horand von Lorenz übernehmen, ihn heftig herzen und beruhigend auf ihn einreden, als würde sie ihn Feinden überlassen. Sie ließ sich Zeit dafür, und Charlotte goss derweil den Kaffee in die Tassen, nahm Milch aus dem Kühlschrank, kippte sie in den Kaffee, obwohl sie ihn immer schwarz tranken, löffelte Zucker hinein, obwohl sie ihn nie süßten, und schüttete das Gemisch in den Ausguss, sobald Selma die Küche verlassen hatte. Sofort schimpfte sie mit Konrad, als sei er schuld an dem, was geschehen war, und dann wandte sie sich mit zärtlichen Worten ihrem Enkel zu.

★

Als sie im Auto saßen, sagte Selma: «Hoffentlich geht es schnell. Ich will nicht, dass Horand so lange dort bleibt.»

«Es wird ihm schon gut gehen.»

«Deine Mutter hat mir ja nicht mal zugehört. Sie wird alles verwechseln.»

«Sie wird es schon richtig machen. Sie hat selbst ein Kind großgezogen.»

«Du willst doch nicht behaupten, dass sie dabei keine schweren Fehler gemacht hat.»

Sie sah ihn an. Er schwieg. Er nahm ihr übel, dass sie seine Mutter so angriff. Es zwang ihn, sie zu verteidigen, und eigentlich wollte er das nicht. Wenn einer seine Mutter angreifen durfte, dann er. Ihm war nicht nach Versöhnlichkeit ihr gegenüber, aber er musste versöhnlich sein, weil Selma aggressiv war.

«Wir hätten Horand doch mitnehmen sollen», sagte Selma.

Er dachte an Jane Kirkpatrick. In einer Woche würde das Ergebnis kommen, und dann wäre ohnehin alles anders.

Kein Haus, kein Familienglück, keine Streitereien wegen Kleinigkeiten. Nur noch Verfall.

«Fahr so, dass wir am Haus vorbeikommen, ja? Ich will es noch einmal angucken.»

Ihre Stimme war sanft. Er schaltete hoch, und im selben Moment legte sie ihre Hand auf seine. Sie lächelte ihn an. Er lächelte zurück.

Das Haus lag am Hang, über dem Park. Dazwischen war die Hainstraße, zu laut für ihn, aber Selma störte es nicht. Es war ein Würfelhaus, grau, nichts Besonderes. Andererseits war er stolz, dass er bald ein Haus in Kronberg besitzen würde. Nicht viele bei der Bundesbank konnten das von sich sagen, schon gar nicht die Kollegen seines Alters. Das Haus kostete eine Million, obwohl es auf der falschen Seite des Parks stand, nicht bei den Gründerzeithäusern, sondern bei den hutzeligen Hütten. Zu viele Gardinen. Eine Million, um inmitten von Gardinen leben zu können. Hatte er das so gewollt? «Wir machen was draus», sagte Selma immer wieder. Aber woher sollte das Geld dafür kommen? Wie wollte sie den Straßenlärm abstellen? Dazu sagte sie nichts, natürlich nicht. Eine Million für Straßenlärm. Hundertfünfzigtausend davon kamen von Luis.

Er suchte lange nach einem Parkplatz. Hand in Hand gingen sie zum Haus des Notars. Als sie vor dem Aufzug warteten, kam der Verkäufer, Herr Löbinger, ein Klempnermeister, den kurz hintereinander zwei Großkunden nicht bezahlt hatten und der das Haus dringend verkaufen musste. Er war ein Mann, dem das Selbstbewusstsein erst kürzlich weggebrochen war. Er hatte noch Züge von Arroganz und Herrschsucht in seinem Gesicht, aber sie waren schon überlagert von Zweifel, Angst und vor allem Kränkung, die aus dem Gefühl wuchs, nicht schuld zu sein am eigenen Schicksal. Wahrscheinlich würde dieser Zug bleiben, dachte Lorenz, als er ihn am Aufzug begrüßte. Alles an ihm war rund, Schultern, Bauch, Kopf. Er hatte kaum noch Haare. Seine Frau war bei ihm, klein, hager, runde Augen, die viel geweint hatten, aber nicht erst seit jüngster Zeit, dachte Lorenz. Sie gingen alle vier in den Aufzug, obwohl das niemand von ihnen wollte, aber es traute sich auch keiner zu sagen, dass er lieber die Treppe nimmt, weil das als Beleidigung ausgelegt werden konnte. Als sich die Tür schloss, bereuten alle, dass sie es nicht trotzdem getan hatten. Es war sehr eng. Sie mussten sich berühren, obwohl jeder die Arme angelegt hielt und sich auch innerlich um Schmalheit bemühte. Lorenz roch, dass Herr Löbinger schwitzte. Er sah seinem Gesicht an, dass er dachte, er würde von ihm ausgenommen, Lorenz würde seine Notlage ausnutzen, um das Haus unter Wert zu erwerben. Es stimmte. Es könnte teurer sein, aber Löbinger brauchte das Geld dringend. Er stand kurz vor der Zwangsversteigerung. Das Haus war noch gar nicht auf dem Markt. Lorenz' Vater hatte den Tip gegeben, nachdem er erfahren hatte, in welchen Schwierigkeiten Löbinger steckte. Er ließ ihn manchmal Klempnerarbeiten in der Erdbebenwarte machen, wo Klos und Duschen nie richtig funktionierten. Zu den vielen Außenständen, die Löbinger hatte, zählten auch die letzten Rechnungen für den Kleinen Feldberg.

Der Aufzug fuhr langsam. Niemand sprach. Als die Tür im vierten Stock aufging, verklemmte sich Lorenz kurz mit Löbinger, weil sie es beide eilig hatten hinauszukommen. Der Notar ließ sie eine Weile warten. Keiner setzte sich, aus Furcht, der Falsche könnte sich daneben setzen. Alle gingen umher, betrachteten Kalenderblätter und Poster von Ausstellungen.

Selma sagte zur Frau des Klempnermeisters, Giacometti

habe sie nicht in Zürich gesehen, sondern in New York. «Diese schmalen, zerbrechlichen Gestalten, die mühsam vorwärts streben. Bei niemandem sonst sieht man so deutlich, wie beschwerlich es ist, ein Mensch zu sein.»

Die Frau des Klempnermeisters, der fünf Angestellte gehabt hatte, drehte sich weg, ging zu ihrem Mann, der sich seinerseits abwandte, als sie eine Hand zart auf seine verschränkten Arme legte. Der Notar kam aus seinem Zimmer.

Er war größer als alle anderen, an die zwei Meter, groß und dick. Er hatte überraschend lange Haare. Er ging am Klempnermeister und seiner Frau vorbei und begrüßte Selma, die ein schlichtes schwarzes Kleid trug, mit einem Ausschnitt, der etwas zu groß war für diese Gelegenheit, wie Lorenz fand, jedenfalls zu groß für ihre Milchbrüste. Über den Brüsten lag glitzernd ein Strasscollier auf ihrer Haut. Der Notar verbeugte sich vor ihr, begrüßte Lorenz herzlich, schließlich wortlos und mit ausgestrecktem Arm Frau und Herrn Löbinger.

In seinem Büro wies er Selma und Lorenz den Platz auf dem Sofa zu. Löbinger saß neben Lorenz auf einem Sessel, seine Frau links neben Selma auf einem Stuhl. Auf der anderen Seite eines flachen Glastischs saß der Notar.

«Wir sind hier versammelt, um den Kauf beziehungsweise Verkauf des Grundstücks Frankfurter Allee 34 notariell zu beurkunden. Wie mir die Käufer mitgeteilt haben, steht das Ergebnis eines Gesundheitstests noch aus, weshalb wir einen kleinen Vorbehalt in den Vertrag aufgenommen haben.»

Seine Stimme war tief, er sprach förmlich. Er machte sich eine Notiz. Lorenz sah zwischen seinen spärlichen Haaren weiße Kopfhaut. Selma hatte seine Hand genommen. Während der Notar schrieb, lachte er plötzlich auf.

«Die wollen ja jetzt sogar einen Aidstest haben.»

Von der nächsten halben Stunde bekam Lorenz nicht viel

mit. Er war ganz in Schrecken und Verzweiflung getaucht. Der Notar verlas den Vertrag, und Lorenz merkte undeutlich, dass er sich ausschließlich an Selma wandte. Mit dem Klempnermeister führte er kleine Geplänkel um Formulierungen. Es wirkte aus der Ferne, von der Lorenz das Geschehen betrachtete, wie Rechthaberei von Löbinger, wie ein Versuch, sich Autorität in der Stunde der Vernichtung zu erhalten. Lorenz fühlte eine große Ruhe. Er sah von einem hohen Turm auf diese Welt hinunter, ein Turm der Weisheit, die aus der Krankheit kommt und dem Verbrechen. Nur wer so tief in einer tödlichen Krankheit steckte, konnte solche Erkenntnisse über die Nichtigkeit des Alltäglichen gewinnen. Nur wer ein so schlimmes Verbrechen, einen Doppelmord an den Liebsten, begangen hatte und bereute, konnte die Welt gelassen betrachten. Er war jetzt ganz für sich, hatte seine Hand aus Selmas gezogen.

«Nun kommen wir zum Kaufpreis», sagte der Notar. «Auf eine Million Mark haben Sie, die hier Versammelten, sich geeinigt. Sie sind vom Käufer an den Verkäufer ...»

«Einen Augenblick, bitte.» Lorenz richtete sich auf, zog seine Krawatte zurecht. Die anderen sahen ihn überrascht an, auch Selma. Er wandte sich an Löbinger, der seine Jacke ausgezogen hatte. Unter den Achseln war sein hellblaues Hemd dunkelblau.

«Wir, meine Frau und ich, haben noch einmal über den Kaufpreis nachgedacht und wir sind, nach Berücksichtigung aller Marktdaten zu dem Schluss gekommen, dass er zu hoch ist.»

«Das ist unerhört! Zu tief ist er. Wenn ich nicht sofort verkaufen müsste ...»

«Moment, Herr Löbinger, lassen Sie uns bitte vernünftig miteinander reden.» Lorenz war konzentriert, entschlossen.

Er würde Löbinger von jetzt an ununterbrochen ansehen, freundlich und bestimmt. Er durfte nicht das Gefühl bekommen, dieser Situation entgehen zu können. Er sollte an Lorenz' Blick erkennen, dass es keinen Ausweg gab.

«Alle Indikatoren zeigen an, dass die Grundstückspreise fallen werden. Die Sicherheit, die Immobilien geben, verliert an Bedeutung. Zudem ist absehbar, dass die Mietpreise demnächst sinken, weil die Krise auf dem Wohnungsmarkt, die nun schon seit Jahren dauert, die Bautätigkeit angeregt hat, und wie immer in solchen Fällen wird überreagiert, das heißt, es wird zu viel gebaut. Wir befinden uns mitten in einem Schweinezyklus.»

«Wieso Schweine? Unterschreiben Sie jetzt unseren Vertrag. Sie haben dem Kaufpreis zugestimmt, nachdem sie mich schon um hunderttausend gedrückt haben. Ich will jetzt endlich zum Abschluss kommen und nicht über gottverdammte Schweine reden.»

Löbinger hatte sich weit in seinem Sessel vorgebeugt. Die Flecken an seinem Hemd wuchsen. Der Notar schaute ihn und Lorenz mit kaltem Interesse an.

«Wenn ich Ihnen kurz erklären darf, was ein Schweinezyklus ist.»

«Nein, ich will davon nichts ...»

«Bitte, es dauert nur einen Moment.» Lorenz beugte sich vor, legte kurz eine Hand auf Löbingers Unterarm.

«Es ist wichtig für unsere Verhandlungen. Es geht um eine Theorie, die besagt, dass die Märkte nie ins Gleichgewicht kommen können. Beginnen wir an einem beliebigen Punkt im Marktgeschehen. Plötzlich steigt, aus irgendwelchen Gründen, die Nachfrage der Konsumenten nach Schweinefleisch. Sie essen einfach mehr, es schmeckt ihnen wieder, vielleicht nach einem dieser vielen Skandale. Wissen Sie ...», wieder berührte er Löbinger sanft am Unterarm, «... meine Frau und ich fragen uns auch manchmal, ob man Schweinefleisch noch unbesorgt essen kann, man weiß ja nicht, was drin ist und wie die armen Tiere behandelt werden. Und jetzt mit dem Kind macht man sich noch größere Sorgen. Was ich sagen will, die Nachfrage steigt, und die Bauern haben erst einmal nicht genügend Schlachtschweine im Angebot. Denn zuletzt lagen die Preise wegen der schwachen Nachfrage niedrig, und es war nicht attraktiv, Schweine zu züchten. Jetzt aber, da die Nachfrage das Angebot übersteigt, klettern die Preise, und die Bauern züchten wie verrückt Schweine. Es dauert aber, bis das Fleisch auf den Markt kommt, weil die Sauen erst trächtig werden, austragen und gebären müssen, und dann vergeht weitere Zeit, bis die Ferkel Schlachtgewicht erreicht haben.»

Löbinger sah ihn wild an, wagte aber nicht mehr, Lorenz' sicheren, sanften Redefluss zu unterbrechen. Selma schaute auf die Uhr. Lorenz wusste, dass sie die Minuten zählte, die Horand noch bei ihren Schwiegereltern verbringen musste. Er ließ sich nicht aufhalten. Diese Minuten waren sehr viel Geld wert.

«Nach einem Jahr ungefähr kommen plötzlich Massen von Schweinefleisch auf den Markt. Inzwischen ist das Interesse der Verbraucher aber wieder gesunken. Sie essen lieber Fisch oder Lamm, auch weil die Preise für Schweinefleisch zuletzt so hoch waren. Die Bauern bleiben auf ihren Fleischbergen sitzen und verlieren sofort wieder das Interesse am Züchten. Das Angebot wird knapp, die Preise sinken, bis die Verbraucher wieder mehr Schweinefleisch nachfragen. Verstehen Sie, was ich meine, lieber Herr Löbinger? Wir befinden uns auf dem Immobilienmarkt in der Auftaktphase eines Ungleichgewichts von Angebot und Nachfrage. Die Preise werden sinken, das heißt, sie haben schon angefangen zu sinken. Ich schlage Ihnen deshalb vor, dass wir den Kaufpreis um 50 000 Mark nach unten korrigieren.»

Es war still im Büro des Notars. Lorenz hörte, dass draußen Vögel zwitscherten. Dann hörte er einen Vogel, den er noch nie gehört hatte, und er kannte eigentlich alle, die im Taunus zu Hause waren, weil er so lange im Wald gelebt hatte und sein Vater ein guter Vogelkenner war. Aber das, was er jetzt hörte, klang seltsam, klang exotisch, mehr ein Seufzen als ein Zwitschern. Er guckte zum Fenster, ob er den Vogel sehen könne, aber er sah nichts. Das Seufzen wurde stärker, änderte seinen Rhythmus, kam in schnellerer Folge und wurde lauter. Es klang jetzt mehr wie ein Schluchzen.

Er drehte seinen Kopf, sah Frau Löbinger an. Sie saß aufrecht auf ihrem Stuhl, steif im Kreuz, die Hände auf ihrer kleinen Handtasche gefaltet. Ihr Oberkörper senkte und hob sich im Takt der Schluchzer. Ihre Augen waren Hilfe suchend auf ihren Mann gerichtet. Selma kramte in ihrer Handtasche nach einem Taschentuch. Der Notar stand auf und ging an seinen Schreibtisch, suchte etwas in seinen Unterlagen. Löbinger starrte Lorenz an. Selma gab Frau Löbinger ein Papiertaschentuch, aber die brauchte es nicht. Ihre Augen waren trocken. Sie schluchzte in noch kürzerer Folge, ihr ganzer Körper zuckte in langen Wellen.

«Erst muten Sie uns zu, auf Ihren Aidstest zu warten, uns in ihr sexuelles Leben einzubeziehen, und jetzt kommen Sie noch damit. So geht das nicht», schnaubte Löbinger.

Lorenz stand abrupt auf.

«Ich kann es meiner Familie gegenüber nicht verantworten, ein Haus, das sich weiß Gott nicht im besten Zustand befindet, zu diesem überhöhten Preis zu kaufen. Selma, wir gehen.»

Sie stand zögernd auf. Der Notar, der noch immer an seinem Schreibtisch beschäftigt war, schaute überrascht auf. Löbingers Gesicht zeigte Panik. Seine Frau saß still auf ihrem Stuhl.

Später im Auto küsste ihn Selma. «Klasse, die 50 000, die wir jetzt sparen, können wir gut gebrauchen für die Renovierung.»

Er schwieg.

Als sie bei seinen Eltern eintrafen, sahen sie, dass Horand vergnügt auf dem Küchentisch in der Wippe lag und Lorenz' Mutter ihm das kleine Nilpferd vor die Nase hielt.

★

Selma begrüßte ihren Sohn ein bisschen zu überschwänglich, während Lorenz mit wenigen Worten erzählte, was beim Notar geschehen war. Ich wartete nicht lange. Ich nahm den Champagner, den ich in Kronberg gekauft hatte, aus dem Kühlschrank und ging hinüber. Ein Hauskauf muss gefeiert werden, und da sollten Charlotte und Konrad ruhig einmal darüber hinwegsehen, dass ein Gast kam, der nicht ihr liebster war. Es war ein schönes Fest, selten haben wir so befreit miteinander in der Küche gesessen und getrunken. Immer wieder erzählte Selma, wie sie die einzelnen Räume gestalten würde. Vor unseren Augen entstanden Bäder, eine Küche, ein Kinderzimmer, Schlafzimmer, Wohnzimmer und ein Wintergarten, obwohl der nicht eingeplant war im Etat. «Wenn wir mal irgendwoher Geld kriegen», sagte Selma. Wir alle haben Vorschläge gemacht, wie man Wohnlichkeit schaffen und Kosten sparen kann. Selbst Konrad war gelöst, sah die Zeit einer neuen Nützlichkeit in der Familie für sich heraufziehen. Es war so schön, und ich blieb so lange, dass mir ein schweres Erdbeben entging. Als ich nach zwei Stunden

zurückkam in mein Blockhaus, sah ich die starken Auszackungen und wusste sofort, dass es eine Sieben ist, dicht an
der Acht. Das Epizentrum lag im Iran. Nachdem später alle
Toten gezählt waren, verknüpfte sich die 7,7 für alle Zeiten
mit der 40000. In vielen Statistiken werden diese beiden
Zahlen zusammen genannt, die Magnitude und die Zahl der
Toten. Erdbeben sind Menschenvernichter, aber sie sind
auch ein Zeichen, dass unsere Erde lebt, dass sie sich regt und
verändern will, so wie wir uns auch immerzu verändern wollen oder sollen. Für mich allerdings kommt nur noch eine
Metamorphose, der Wandel vom Leben zum Tod. Sie kann
kommen. Ich bin vorbereitet. Ich habe keine Angst.

Dass Herr Löbinger auf 50000 Mark verzichten musste,
wurde an jenem fröhlichen Nachmittag nicht erwähnt. Selma
hat mir später erzählt, was sich im Einzelnen zugetragen hat
beim Notar, wohl auch, um ihr Gewissen zu erleichtern. Ich
habe sie beruhigt. Ich habe, ehrlich gesagt, nie dieses seltsam doppelgesichtige Verhältnis meiner Landsleute zu ihrem
Geld verstanden.

Mein Eindruck ist, dass kein anderes Volk dieser Welt seiner Währung so huldigt wie die Deutschen, so viel Selbstbewusstsein gezogen hat aus deren Stärke. Die Deutschen
haben sich fast liebevoll eingelassen auf die Mark, sind aber
immer wieder erschrocken, dass es sich dabei um Geld han-
delt. Geld weckt im Besitzer zwei Bedürfnisse, die sich widersprechen und trotzdem beide Teil derselben Sache sind: Das
Geld soll sich mehren und es will ausgegeben sein. Das ist
beim Deutschen nicht anders als bei anderen, aber hier ge-
sellt sich meist irgendwann in besonders hartnäckiger Weise
das Gewissen zu diesen beiden Bedürfnissen, und deshalb
haben wir offenbar immer das Gefühl, das Geld, das wir uns
sichern, sei anderen genommen worden, und vielleicht sogar

zu Unrecht. Amerikaner, Inder oder Italiener hätten die Verhandlung beim Notar eher sportlich gesehen. Jeder sieht zu, wie weit er kommt mit seinen Wünschen, und am Ende einigt man sich auf einen Vertrag, der beiden Seiten halbwegs gerecht wird. Vielleicht ist diese Sichtweise falsch, vielleicht steckt in einem Vertrag tatsächlich immer auch ein Unrecht. Ich selbst neige zu dieser Ansicht, aber ich bin auch kein Mann des Geldes. Mir bedeutet Geld nichts, hat insbesondere die Mark nie etwas bedeutet. Mich wundert nur die Inkonsequenz meiner Landsleute, die Liebe zum Geld auf der einen, das ewig schlechte Gewissen auf der anderen Seite. Das alles habe ich Selma so natürlich nicht gesagt. Ich habe ihr gesagt, dass uns der Klempnermeister nie eine Rechnung geschrieben hat, die auch nur annähernd richtig war, und immer fiel der Irrtum, soweit man dieses Wort hier gebrauchen kann, zuungunsten der Erdbebenwarte aus. Ich glaube, dass sie das ein wenig beruhigen konnte.

Ich selbst habe 150 000 Mark zum Haus in Kronberg beigesteuert, als zinsloses Darlehen offiziell, weil Lorenz das so wollte, von meiner Seite aber als Geschenk. Ich war damals ein halbwegs vermögender Mann, weil ich Geld auszugeben im Laufe der Jahre mehr und mehr vergessen habe und die Kosten meiner Lebenshaltung weit unter dem Gehalt eines Professors lagen und auch nicht meine üppige Pension erreichten. Ich gehe nicht aus, esse bescheiden, meine Kleidung war schon vor zehn Jahren in einem Zustand, dass Selma gerne mit mir einkaufen gegangen wäre. Ich habe das verweigert. Selma hat damals gesagt, sie sei zerschlissen, heute würde sie meine Garderobe wohl schäbig nennen.

Als Sparer war ich früh ein Freund der Aktie, anders als meine Landsleute, wie mir später Lorenz sagte, mit einem großen Lob für meine Fortschrittlichkeit. Ein Zocker bin ich allerdings nicht. Als Anfang der sechziger Jahre Volkswagen zu einem größeren Teil privatisiert wurde, stieg ich dort ein. Dass die Deutschen ein Autofahrervolk sein wollten, stand für mich außer Frage, und dass es sich um Volkswagen handelte, also schon dem Namen nach um ein Unternehmen, das sich um die Motorisierung der Massen verdient machen wollte, war mir sympathisch. Als wenige Jahre nach Volkswagen auch Daimler-Benz Aktien auf den Markt warf, griff ich nicht zu. Für Luxus auf Rädern wollte ich mein Kapital nicht zur Verfügung stellen. Meine Bank in Kronberg hatte die Anweisung, bei günstiger Gelegenheit mein gesamtes Geld vom Girokonto jenseits der 5000 Mark in VW zu investieren. Ich habe mich nie darum gekümmert und war erstaunt, als ich Lorenz beim Hauskauf helfen wollte, wie vermögend ich war. Ich gab ihm alles, was ich hatte. Das Geld ist verloren, wie ich jetzt weiß. Aber das macht nichts. Ich bin ihm mehr schuldig als er mir.

3 *ALS ICH EINES TAGES* in den Bunker ging, um das Seismometer zu überprüfen, hat mich Konrad mit einer Waffe bedroht. Ich muss oft daran denken, es war ein so unerwartetes, erschütterndes Ereignis, dass ich manchmal davon träume. Ich habe viel darüber nachgedacht, bin aber nie zu einem Ergebnis gekommen. Was hat ihn getrieben? Warum hat er mich bedroht? Warum hat er nicht geschossen?

Ich überprüfe einmal im Monat das Seismometer, gehe in den Bunker, nehme die Abdeckung herunter und schaue nach, ob alles in Ordnung ist. Hinterher vermerke ich meinen Besuch in unseren Unterlagen, weil es dabei zu kleinen Erschütterungen kommen kann, die der Seismograph zuverlässig registriert. Als ich mich gerade über unser Seismometer beugte, dieses kleine, so wunderbar empfindliche Juwel, hörte ich hinter mir Schritte. Ich drehte mich um und sah Konrad. Er sah schrecklich aus. Sein Gesicht war noch zerfurchter als sonst, seine Augen blitzten wild, der Tirolerhut saß schief auf dem Kopf. Er hatte einen Revolver in der Hand und zielte auf mich.

Ich bin kein schreckhafter Mensch, die vielen Jahre hier oben, das Leben in der Dunkelheit und der Stille, haben mich gleichmütig werden lassen. Das ist bei Charlotte anders, sie hat hier oben gelernt, an Gespenster zu glauben. Ich dagegen denke bei einer knarrenden Tür an Wind oder an Holz, das arbeitet. Aber Konrad in diesem Zustand und mit dem Finger am Abzug einer Waffe, das machte mir Angst.

Es ist schon eine Weile her, Lorenz war elf oder zwölf, und trotzdem erinnere ich mich gut, wie mein Herz pochte, als ich mich langsam aufrichtete. «Was ist los?», fragte ich. Er sagte nichts. Er stand ganz still da und richtete den Revolver auf meine Stirn. «Lass uns reden», sagte ich, «es geht uns allen nicht gut in diesen Tagen.» Wir hatten Stromausfall, lebten in der Dunkelheit. Er schwieg, und ich dachte, dass ich jetzt sterben müsse. Er sah so entschlossen aus.

Was denkt man in solchen Sekunden? Ich kann für mich sagen, dass ich an Christine gedacht habe, die große, unvollendete Liebe meines Lebens. Ich dachte an die starken Erdbeben, deren ferner Zeuge ich war, dachte daran, dass es mir trotz all meiner Mühen nicht gelungen war, einen wesentlichen Beitrag zur Vorhersage von Erdbeben zu leisten. Vergessenheit ist dein Schicksal, dachte ich, außer in den engeren Kreisen meines Forschungsgebiets. Natürlich dachte ich auch an Lorenz, den ich so sehr ins Herz geschlossen hatte. Ihn nicht weiter aufwachsen zu sehen, das war besonders schmerzlich. Der Gedanke an ihn gab mir noch einmal Mut, einen Versuch zur Rettung meines Lebens zu starten. «Konrad», sagte ich, «wenn es irgendein Problem gibt zwischen uns, dann lass uns drüber reden.» Er schüttelte den Kopf. «Dreh dich um», sagte er. Natürlich gehorchte ich, und so standen wir für eine Weile da, ich ergeben neben dem Seismometer, er am Eingang des Bunkers. Es herrschte eine fast absolute Stille. Irgendwann hörte ich, wie Konrad den Bunker verließ.

Später, als ich darüber nachdachte, kam ich zunächst zu dem Schluss, dass Konrad nicht wirklich vorhatte, mich zu erschießen. Es war sein schlimmer Zustand, es war letzten Endes unser Berg, der ihn auf diesen Abweg geschickt hat. Ich verzichtete deshalb auch darauf, ihn anzuzeigen. Wir gehörten zusammen, wir waren eine Gemeinschaft, und wir konnten unsere Probleme selbst lösen. Nachdem mir Konrad am folgenden Tag in der Maschinenhalle eine Entschuldigung hingemurmelt hatte, war die Sache für mich erledigt. Wir hatten wieder Strom, der Nebel war verschwunden. Wir konnten wieder leben, vernünftig miteinander leben.

Ich brauche Wasser. Unsere Zisterne ist so gut wie leer. Wir brauchen hier achtzig Liter pro Kopf und Tag und dafür musste Konrad früher zweimal die Woche nach Glashütten fahren. Mir würde eine Fahrt in zwei Wochen reichen. Aber im Moment ist niemand hier, der fahren könnte. Ich habe das Fahren längst aufgegeben, der Unimog steht seit zwei Wochen unbewegt in der Maschinenhalle. Bis der neue Hausmeister hier sein wird, dauert es noch ein paar Tage. Ich werde sparsam sein müssen. Wenn es nicht reichen sollte, habe ich den Schnee. In den ganz harten Wintern, als nicht einmal der Unimog den Berg schaffte, tranken wir tagelang Schneewasser. Es schmeckte metallisch, dafür frisch, während das Wasser aus der Zisterne manchmal modrig schmeckt.

Von der Zisterne in der Maschinenhalle wird das Wasser in unsere Häuser gepumpt, wenn die Pumpe funktioniert. Denn sie funktioniert immer häufiger nicht, genau wie die Ölpumpe. Die Dr. Albert von Reinach'sche Erdbebenwarte verkommt seit vielen Jahren, und das lag nicht an Konrad, der seine Arbeit hervorragend machte. Das Problem liegt bei der Universitätsverwaltung, die uns vernachlässigt, vielleicht sogar vergessen hat. Jedenfalls wurden unsere Anträge auf Geld für Reparaturen spät, gar nicht oder abschlägig beantwortet. Alles hier ist uralt, die Pumpen, die Türen und Fenster, die längst nicht mehr richtig schließen. Es ist ein beschwerliches Leben, das wir hier führen müssen, ein Leben in kalten, feuchten Häusern, wo der Pilz in den Bädern gedeiht. Ich glaube nicht an böse Absicht. Es fehlt einfach an Geld.

Der Staat ist arm, also sind es auch seine Universitäten. Der Euro wäre ein großer Fortschritt, wenn sich das änderte, aber das ist wohl kaum zu hoffen.

★

Er flog Swissair. Nur die Swissair flog nach Tirana, Business Class. Nach dem Start holte er seine Aktentasche hervor, ging noch einmal die Rede durch. Sie war gut, stimmig. Zunächst ein paar Worte an das Gastland. Dass man sich freue über den Öffnungsprozess, Aufnahme im Kreis der freien Völker. Bald zur wirtschaftlichen Lage übergehen. Kurze Analyse, er hatte sich Unterlagen besorgt. Im Prinzip hoffnungslos, Staatswirtschaft, vierzig Jahre abgeschottet vom Welthandel, zu viel Schwergüterindustrie, da man autark sein wollte und jede Lokomotive selbst herstellte. Kein Export, also viel zu kleine Stückzahlen, ineffizient. Würde er gerne mal besuchen, so eine albanische Fabrik. In den Städten gab es so gut wie keine Autos. Darauf freute er sich: eine Stadt ohne Autos. Kurz die Lage skizzieren, deutlich, aber nicht brutal. Hoffnung machen. Zum Kern kommen. Die Grundlage von allem ist ein stabiler Geldwert. Stimme hoch, den Satz betonen, Pause danach. Er machte einen Strich ans Ende des Satzes. Die Gefahren der Inflation benennen, Geldentwertung, Verunsicherung der Marktteilnehmer, hohe Informationskosten, soziale Ungerechtigkeit, da die ärmeren Schichten ihr Geld nicht in Immobilien oder Gold anlegen können. Die Erfolgsgeschichte der Mark skizzieren, Zusammenhang mit dem stabilen Geldwert betonen. Schließlich die Struktur einer modernen Zentralbank entwerfen. Unabhängigkeit von politischem Einfluss. Er machte noch einen Strich ans Manuskript. Er bügelte es mit seinen Händen glatt, steckte den Papierstapel in eine blaue Pappkladde. Er kippte den Sitz zurück, schloss die Augen. Er freute sich über diese Reise. Albanien war ein rätselhaftes Land, fremd und exotisch. Er war der Einzige, der sich für diese Reise gemeldet hatte. Alle bei der Bank fürchteten schlechte Hotels. Auch er fürchtete schlechte Hotels, aber Albanien interessierte ihn. Der Präsident ließ ihn fahren, Lorenz nahm es als Belohnung.

Es ging ihm gut. Seitdem er das Testergebnis erfahren hatte, ging es ihm sehr gut. Es war ein schlimmer Vormittag gewesen, die Fahrt mit Selma zum Arzt, er ganz still, von schlimmen Vorahnungen gequält, sie fröhlich plaudernd. Langes Warten beim Arzt. Er versuchte in den Gesichtern der Sprechstundenhilfen zu lesen, ob es irgendein Zeichen von Mitleid oder Erschrecken gebe. Nichts, reine Geschäftsmäßigkeit. Er wusste nicht, ob er seiner Wahrnehmung trauen konnte. Er war panisch, die Hände schweißnass. Im Arztzimmer saß Horand auf seinem Schoß, Selma neben ihm. Sie hielt seine Hand. «Du schwitzt ja ganz doll», hatte sie gesagt und gelacht. Der Arzt zog Papiere aus einem Stapel, blätterte. Sein Gesicht war ernst. Lorenz starrte auf die Papiere, versuchte zu erkennen, sah aber nur Wörter, die ihm fremd waren, Zahlen, die er nicht einordnen konnte. Bei Selma sei alles in Ordnung, sagte der Arzt. Er blätterte weiter, murmelte etwas und sagte dann: «Ihre Cholesterinwerte sind ein bisschen erhöht, liegen aber noch unter der Gefahrenschwelle, passen Sie auf mit Ihrer Ernährung, nicht so viel Fett. Alles in Ordnung. Ich schätze, dass sie mit diesen Befunden keine Probleme haben werden bei Ihrer Versicherung, viel Spaß in Ihrem neuen Haus.» Selma klatschte in die Hände, küsste erst Horand, dann Lorenz, der unbeholfen grinste. Später im Auto war er souverän, gleichgültig. Wie hatte er sich bloß so in diese Sache reinsteigern können?

Er schlief, bis ihn der Purser sanft anstieß, weil die Landung in Tirana bevorstand und er seine Lehne senkrecht stellen musste. Er schaute aus dem Fenster und sah Wiesen und Äcker, die mit runden grauen Flecken gesprenkelt waren. Eine harte Landung, ein leerer Flughafen. Als die Tür geöffnet wurde, empfing ihn Kälte. Er ging die Treppe hinunter auf das Rollfeld. Ein Soldat empfing die Passagiere und führte sie zum Flughafengebäude. Es war klein, der ganze Flughafen war klein. Ein Mann, der in einem Holzverschlag saß, prüfte lange Lorenz' Pass. Es machte ihn nervös. Es machte ihn immer nervös, wenn er in ein anderes Land einreiste und kontrolliert wurde. Was geschah, wenn die Einreise abgelehnt wurde? Er hatte keine Vorstellung von diesem Zwischenzustand, sich auf dem Boden eines fremden Landes zu befinden, aber nicht zugelassen zu sein. Das Niemandsland machte ihm Angst. Er sah den Grenzbeamten an, versuchte etwas in seinem Gesicht zu entdecken, was albanisch war, was für ein Leben in der Abschottung stand, ein Leben ohne Autos und konvertible Währung. Er fand nichts. Es war ein junger Mann, der auch ein Italiener sein könnte. Er guckte einmal kurz hoch, nachdem er lange das Visum betrachtet hatte. Als er sah, dass Lorenz ihn anstarrte, wurde er rot und beugte sich wieder über den Pass. Er drückte einen Stempel neben das Visum und gab Lorenz den Pass zurück, ohne ihn noch einmal anzusehen.

Seine Reisetasche fand er auf einem Betonsockel. Dahinter standen drei Männer und wuchteten Koffer und Taschen hinauf. Fünf andere sahen zu. Draußen standen zwei Dutzend Männer, die ihn schweigend ansahen. Es war sehr kalt, er hatte nicht damit gerechnet. Er stellte die Tasche ab, knöpfte seinen Mantel zu.

Er wusste nicht, was er machen sollte. Von der Friedrich-

Ebert-Stiftung hatte er die Nachricht bekommen, dass er abgeholt würde. Aber niemand der Männer machte Anstalten, auf ihn zuzugehen. Sie guckten und rauchten. Die anderen Reisenden stiegen in den Bus, der bald darauf abfuhr. Was sollte er jetzt machen? Wie sollte er sich mit Albanern verständigen? Die hatten doch mit Sicherheit keine Fremdsprachen gelernt. Er fror. Er ging auf ein paar Männer zu, die in einer Gruppe neben den Autos standen.

«Taxi?»

Sie sahen ihn an, rauchten weiter.

«You drive taxi?» Er machte eine Bewegung mit den Armen, als würde er lenken.

Jemand schüttelte den Kopf. Lorenz nahm seine Tasche und ging los. Er wusste nicht, wie weit es bis in die Innenstadt war. Er ging eine Weile eine leere Straße entlang, an der rechts und links Äcker lagen. Er sah jetzt, dass die Flecken, die er aus der Luft gesehen hatte, kleine Kuppeln aus Beton waren, wahrscheinlich Bunker. Es gab eine Schießscharte und einen kleinen Eingang. Die schienen ihr ganzes Land mit Bunkern gepflastert zu haben. Er ging, bis er die Tasche nicht mehr halten konnte. Er stellte sich ratlos an den Straßenrand. Manchmal sah er Leute auf den Äckern. Dann hörte er ein Motorengeräusch und sah einen wuchtigen Traktor herantuckern. Ein halbes Dutzend Leute saß darauf. Sie sahen ihn schweigend an. Der Traktor hielt an, und der Fahrer winkte ihm zu. Die Leute auf der langen Motorhaube rutschten zusammen. Lorenz kletterte hinauf und setzte sich vor den Fahrer, der sich eine Wollmütze bis zum Kinn hinunter gezogen hatte. Zwei Sehschlitze waren hineingeschnitten.

«Thank you. Danke.»

Der Fahrer nickte.

Nach zwei Stunden waren sie in Tirana. Der Fahrer ließ es

sich nicht nehmen, ihn vor dem Hotel Dajti abzusetzen. Auf der Motorhaube des Traktors sitzend, fuhr er dort vor. Er hätte es lieber gehabt, zwei Straßen weiter abgesetzt zu werden, aber er wollte den Mann nicht kränken. Die Straße vor dem Hotel war voller Menschen, die auf und ab spazierten. Es waren Tausende. Lorenz ging ins Hotel, checkte ein. Es beruhigte ihn, dass die Rezeption genauso war wie in allen internationalen Hotels. Die Angestellten trugen saubere Uniformen, es gab eine gewisse, nichts sagende Pracht. Dass keine Kreditkarten akzeptiert wurden, wusste Lorenz. Er hatte überlegt, Dollar mitzunehmen, sich dann aber doch für Mark entschieden. Wäre doch gelacht, wenn sie hier kein hartes deutsches Geld nähmen. Er fragte und der Concierge nickte heftig mit dem Kopf, eine kleine Genugtuung.

Er war überrascht, dass es in seinem Zimmer so kalt war wie draußen. Er fühlte an der Heizung, keine Wärme. Er drehte am Knopf, aber der ließ sich nicht bewegen. Er rief bei der Rezeption an, wurde jedoch nicht verstanden. Er setzte sich aufs Bett, atmete durch. Dann ging er hinunter, um sich zu beschweren. Die Heizung sei ausgefallen, sagte der Mann. Vielleicht morgen.

Am Abend saß er allein im Restaurant des Hotels, aß ein steinhartes Steak, dazu glitschige Bohnen. Der Wein kam aus Bulgarien und war süß. Lorenz hatte seinen Mantel an, der Ober trug zwei Pullover und eine Strickweste darüber. Als Lorenz gehen wollte, traf der Mann von der Friedrich-Ebert-Stiftung ein und entschuldigte sich mit unangenehmem Eifer. Er sei für drei Tage im Norden gewesen, sagte er, und dort habe sein Fahrer, der aus dem Norden kommt, erfahren, dass seine Familie schwer beleidigt worden sei von einer anderen Familie. Es ging um ein Eheversprechen, das nicht gehalten wurde. Der Fahrer habe deshalb in einer Nacht mit seinem

Bruder dem untreuen Verlobten aufgelauert und in eine Messerstecherei verwickelt. «Es gibt im Norden noch Blutrache», sagte der Mann von der Friedrich-Ebert-Stiftung, «wussten Sie das?» Lorenz schüttelte den Kopf. Jedenfalls sei sein Fahrer dabei verwundet worden, ein Stich in den Bauch. Der Gegner habe einen Stich in die rechte Brustseite davongetragen. Beide seien von der Polizei ins Krankenhaus gebracht worden. Die Rachefahrt habe der Fahrer im Auto der Friedrich-Ebert-Stiftung unternommen, weshalb er, der Repräsentant der Friedrich-Ebert-Stiftung in Albanien, am Morgen ohne Auto dagestanden habe, nicht nur ohne Fahrer, sondern auch ohne Auto. Da der Fahrer auch sein Dolmetscher gewesen sei, habe er größte Probleme gehabt, sich bei den Einheimischen verständlich zu machen und mitzuteilen, was sein Problem sei. Deshalb habe er leider nicht zum Flughafen kommen können wie versprochen. Er müsse sich noch einmal für die Unannehmlichkeiten entschuldigen. Ob ansonsten alles in Ordnung sei? «Die Heizung funktioniert nicht», sagte Lorenz.

Als er auf seinem Zimmer war, stellte er fest, dass es auch kein warmes Wasser gab. Das Wasser, das dünn aus dem Hahn floss, war so kalt, dass er es nur kurz ins Gesicht spritzte und sich die Hände wusch. Es tat an den Zähnen weh, als er seinen Mund nach dem Putzen ausspülte. Er ging noch einmal zur Rezeption und fragte, ob es morgen früh warmes Wasser geben würde. Es wurde ihm zugesichert.

Er legte sich nackt ins Bett, stand aber nach zehn Minuten auf und zog sich ein T-Shirt und eine Unterhose an. Die Decke war dünn. Nach einer halben Stunde zog er einen Pullover an und legte seinen Mantel über die Decke. Die Kälte kroch ihm trotzdem unter die Haut. Er zitterte, er schlief nicht. Er ging noch einmal an die Rezeption und fragte, ob es einen Heizlüfter gebe. Der Mann verstand zunächst nicht, was er wollte. Dann sagte er: «No, no, no.» Lorenz zog einen Zwanzig-Mark-Schein aus der Hosentasche, legte ihn auf den Tisch.

«Besorgen Sie mir einen Heizlüfter.»

Der Mann sah ihn ratlos an, berührte das Geld nicht. Zwei Hoteldiener kamen hinzu, beobachteten die Szene.

«Los, das ist für Sie, wenn Sie mir einen Heizlüfter besorgen.»

Der Mann nahm das Geld immer noch nicht. Lorenz zog fünfzig Mark aus der Hosentasche, legte sie auf den Tresen.

«Viel Geld», sagte er.

Der Mann guckte noch ratloser. Lorenz zog einen Hunderter aus der Tasche und legte ihn dazu.

«Wenn Sie keinen Heizlüfter haben, schicken Sie jemanden los, der einen besorgen soll, von irgendwoher. Von diesem Geld können Sie in diesem beschissenen Land doch drei Monate leben.»

«No, no.»

Lorenz wollte ihn würgen. «Kalt», sagte er, «sehr, sehr kalt. Bitte, ich brauche einen Heizlüfter.»

Schweigen.

Er sah ein, dass es keinen Sinn hatte. Wahrscheinlich gab es in diesem Land keinen Heizlüfter. Er sammelte das Geld wieder ein und kehrte in sein Zimmer zurück.

Er behielt seine Sachen an und bibberte trotzdem nach einer halben Stunde haltlos. Um drei Uhr morgens machte er Kniebeugen, dann schlief er ein. Am nächsten Morgen stand er lange in der Wanne und betrachtete den Wasserstrahl, der schwach aus dem Duschkopf regnete. Er hielt den Duschkopf weit von sich entfernt. Er sammelte Mut für das kalte Wasser. Die Beine waren schon nass, er fror wie noch nie. Er hasste Albanien, was für ein primitives Drecksland. Er steckte den Duschkopf in die Halterung, ließ Wasser in seine gefalteten Hände laufen und benetzte damit seinen Körper. Er seifte sich ein, nicht sehr gründlich, weil er sonst so viel Wasser zum Abduschen brauchen würde. Dann nahm er all seinen Mut zusammen, nahm den Duschkopf und ließ das Eiswasser über seinen Körper laufen. Er schüttelte sich und rieb heftig mit einer Hand die Seife vom Körper. Den Rest rubbelte er ins Handtuch. Die Haare hatte er nicht gewaschen.

Es war ein schwach besetztes Symposium. Der Mann von der Friedrich-Ebert-Stiftung redete, der Wirtschaftsreferent der russischen Botschaft und ein albanischer Wirtschaftswissenschaftler. Was immer das sein mochte, dachte Lorenz. Er ärgerte sich über seine fettigen Haare, weil der Russe auch fettige Haare hatte. Immerhin war die Kongresshalle geheizt und voll besetzt, viele junge Leute. Er hielt seinen Vortrag, nicht schlecht, wie er hinterher dachte, hörte dann kaum zu, als der albanische Wirtschaftswissenschaftler sprach, und ging kurz vor der Mittagspause hinaus. Er hatte keine Lust, sich mit den anderen zu unterhalten. Die Sonne schien. Er ging ein Stück die Straße hinunter, sie war breit, keine Autos. Nur langsam gewöhnte er sich an das Gefühl, auf einer breiten Straße nicht auf der Hut sein zu müssen. Er kehrte bald um, weil ihm kalt war. Dann lieber doch mit den anderen essen. Als er an der Tür zur Kongresshalle war, sprach ihn eine junge Frau an.

«Das war ein interessanter Vortrag, vielen Dank.»

Ihr Englisch war nicht schlecht. Lorenz sah sie überrascht an. Sie war jung, Anfang zwanzig. Sie lächelte unsicher, und es war offensichtlich, dass es sie Mühe gekostet hatte, ihn anzusprechen. Es war ein Lächeln, das ihn aufforderte, sie dafür nicht zu verachten. Sie hatte dichtes, schwarzes Haar, das ihr glatt bis auf die Schultern fiel. Ihr Gesicht war rund, weiche Züge, schwarze, tief liegende Augen, lebhaft bis zum Übermut. Sie war mittelgroß, schmal, breite Hüften.

«Es freut mich, dass es Ihnen gefallen hat.»

Sie standen verlegen voreinander. Der Vortrag des Albaners war zu Ende, die Zuschauer strömten heraus und drängten sich an ihnen vorbei.

«Ich bin Laura. Ich habe Wirtschaftswissenschaft studiert.»

«Lorenz Kühnholz. Was hat man denn bei Ihnen unter Wirtschaftswissenschaft verstanden?»

«Viel marxistische Wirtschaftstheorie, die Lehren Enver Hodschas, ein bisschen Friedman, der Gegner sozusagen.» Sie lächelte unsicher.

Sie tat ihm plötzlich Leid, hatte eine Jugend in diesem Land ohne Pop verbringen müssen und dann etwas studiert, was sie jetzt nicht mehr gebrauchen konnte. Ihr Haar schimmerte bläulich.

Der Mann von der Friedrich-Ebert-Stiftung kam und sagte, er habe ihn schon gesucht, es gebe Mittagessen. Lorenz nickte der jungen Frau zu und folgte dem Mann von der Stiftung. Der Russe führte das Wort an ihrem Tisch. Er sagte, dass die Rolle des Staats auch in der neuen Ära wichtig sei und sprach sich für eine gemischte Staats- und Marktwirtschaft aus. Lorenz widersprach erst, gab dann aber auf. Er dachte an die junge Frau und war etwas gerührt von seinem Mitleid für sie. Was würde sie jetzt tun? Mit dem Studium konnte sie ja nicht mal auswandern. Er war so in Gedanken an sie vertieft, dass er leicht aufschrak, als ihn der Mann von der Ebert-Stiftung ansprach. Sein Flieger gehe doch morgen erst am Nachmittag, ob er nicht einen kleinen Ausflug in seinem Wagen machen wolle, als Entschädigung sozusagen. Er habe einen neuen Fahrer. Lorenz willigte ein.

Er verträumte den Nachmittag. Als die Veranstaltung zu Ende war, ging er als einer der Ersten. Er hatte noch eine Stunde Zeit bis zum Empfang des Präsidenten der albanischen Zentralbank. Draußen stand die Studentin. Er mochte die schüchterne Art, wie sie ihn anlächelte, und ging zu ihr hin.

«Was meinen Sie, was aus unserem Land wird?»

«Wenn man es so macht, wie der Russe sagt, hat Ihr Land keine Zukunft. Jetzt kann nur die Marktwirtschaft helfen. Natürlich muss sie vorsichtig eingeführt werden, aber das Ziel muss klar sein: so wenig Staatseinfluss wie möglich. Am wichtigsten ist eine vollkommen unabhängige Zentralbank, so wie bei uns.»

Sie waren langsam losgelaufen, als er angefangen hatte zu reden. Jetzt reihten sie sich ein in den Abendcorso. Wieder waren Tausende auf der Straße. Sie gingen schweigend zu zweit oder in kleineren Gruppen. Es wirkte wie eine stumme Demonstration, aber es gab keine Plakate, keine Gesänge. Manchmal wurde er angestarrt, nicht unfreundlich, sondern neugierig. Als sie am Ende der Straße waren, vor seinem Hotel, machte die junge Frau neben ihm wie selbstverständlich kehrt, und er folgte ihr. Alle machten es so. Er fühlte sich wohl. Er redete viel.

«Die monetären Variablen entwickeln sich nicht unabhängig voneinander. Zum Beispiel hat jede Veränderung der Geldmenge Folgen für die Zinssätze. Da jedes Geldmengenaggregat Teil einer umfassenden Liquiditätsgröße ist, wirkt sich eine veränderte Geldmenge auch auf die Liquidität der Gesamtwirtschaft aus.»

Er hatte den Eindruck, Laura höre ihm gebannt zu. Sie schien intelligent zu sein, wissbegierig.

«Eigentlich müsste ich Ihnen das einmal aufzeichnen.»

Vor ihnen teilte sich die Menge, ein Auto schlich heran.

Die Leute traten zurück, blieben stehen und gafften, dachte Lorenz, als würde ihnen ein Drache erscheinen.

«Gab es hier wirklich überhaupt keine Autos?»

«Ein paar gab es schon immer, die Polizei und Sigurimi hatten welche, die hohen Leute vom Staat.»

«Also kennen die Leute Autos?»

Sie lachte. «Natürlich kennen wir Autos. Aber die meisten sind noch nie in einem Auto gefahren.»

«Sind Sie schon einmal in einem Auto gefahren?»

«Nein.»

Sie war wieder verlegen. Er dachte, dass er sich in sie verlieben würde. In ihrem Lächeln steckte eine kleine Entschuldigung für ihre Rückständigkeit, aber er erkannte auch ein Selbstbewusstsein, eine Sicherheit, die sich aus einem Wissen zu speisen schien, dass es bedeutendere Erfahrungen gibt, als mit einem Auto gefahren zu sein. Ihm gefiel das. Wie konnte sie nach einem Leben in diesem Unterdrückungsstaat so viel Eigensinn entwickelt haben? Er war neugierig, so neugierig, wie er noch nie auf eine Frau gewesen war.

«Hätten Sie Lust, morgen einen kleinen Ausflug mit mir zu machen, im Auto?»

«Ja.»

Wie sie das sagte, so selbstverständlich, fast ungerührt. Er wünschte, er hätte sich die Haare gewaschen.

Sie waren wieder bei seinem Hotel angekommen.

«Ich muss gleich zum Empfang des Zentralbankpräsidenten. Wollen Sie vorher noch einen Kaffee mit mir trinken?»

«Ich kann da nicht mit Ihnen hineingehen.»

«Warum nicht?»

«Es gehört sich nicht. Frauen, die mit fremden Männern in ein Hotel gehen, sind nicht anständig. Man würde mich für so eine Frau halten.»

Wieder dieses verlegene Lächeln. Oder war es überlegen? Nachdem er sich von ihr verabschiedet hatte, war er nicht mehr sicher.

Am Abend ärgerte er sich, weil der Präsident der albanischen Zentralbank beharrlich das alte Wirtschaftssystem verteidigte. Nach dem Dessert ließ er sich zu dem Satz hinreißen, dass man mit Leuten wie ihm die Zukunft nicht gewinnen könne. Daraufhin nahm der Präsident der Zentralbank sein Glas und prostete ihm lächelnd zu. Sie stießen an, tranken. Es war russischer Sekt. Er sah die Dolmetscherin an, die von der deutschen Botschaft kam. Sie nickte freundlich, ihr Gesicht zeigte keine Regung. Gerne hätte er gewusst, was sie dem Präsidenten übersetzt hatte, sicher nicht seine Beleidigung.

Er war früh zurück im Hotel, fror die ganze Nacht und malte sich aus, er würde Laura sanft in die Liebe einweisen. Am Morgen duschte er fluchend mit eiskaltem Wasser, wusch sich die Haare.

Sie stand in der Lobby, halb verdeckt von einer Säule, trug einen Rock, einen Pullover und ein Tuch um den Hals. Als er sie begrüßte, trat ein junger Mann hinzu, ebenfalls Anfang zwanzig, groß, kräftig, mit schwarzem, dichten Haar wie Laura.

«Das ist Dhimitraq, mein Bruder.»

Sie gaben sich die Hand.

«Er kann kein Englisch.»

Sie gingen hinaus, draußen stand ein schwarzer Passat, ein Mann lehnte am Kofferraum. Sie stiegen ein, Lorenz und Laura hinten, ihr Bruder vorne. Der Fahrer ließ den Motor an. Lorenz schaute, ob es Blutflecken auf der Rückbank gab. Er sah nichts.

«Wo fahren wir hin?»

Sie überlegte einen Moment. «Durrës. Das ist nicht weit, und es gibt einen schönen Strand.»

Er nickte.

Sie sagte etwas zu dem Fahrer, er gab Gas, würgte den Motor ab. Nach drei Versuchen rollte der Passat. Sie kamen nur langsam durch die Stadt, weil Leute auf der Straße gingen oder sie hinter einem Eselsfuhrwerk festhingen. Es gab viele Busse, die alle verbeult waren und schwarze Rauchwolken spuckten. Laura erzählte, dass die meisten Albaner ganz gut Italienisch verstehen könnten, weil sie italienisches Fernsehen schauten. Das sei zwar verboten gewesen, aber jeder habe es getan. Sie zuckte mit den Achseln.

«Dann wissen Sie ja, wie wir leben und wie es bei uns aussieht.»

«Natürlich wissen wir das.»

Er war enttäuscht. Es hätte ihm besser gefallen, auf ein Volk zu treffen, dass vollkommen ahnungslos ist von seiner Welt. Es hätte ihm besser gefallen, er hätte Laura als Erster von der westlichen Zivilisation erzählen können.

Der Fahrer tat sich schwer mit der Schaltung, es krachte im Getriebe, das Auto ruckelte. Sie verließen Tirana und fuhren über eine freie Straße Richtung Durrës. Laura war still geworden. Lorenz redete von der Bedeutung des Geldmengenziels für die Liquiditätsversorgung einer Wirtschaft.

Plötzlich sagte Laura etwas zum Fahrer, er bremste und hielt auf dem Seitenstreifen. Laura presste sich eine Hand an den Mund, wollte aussteigen, fand aber den Hebel nicht. Lorenz hörte sie würgen. Ihr Bruder sprang hinaus und öffnete die hintere Tür. Laura glitt aus dem Wagen, direkt in den Staub. Lorenz sah sie nicht mehr. Er saß beklommen da, hörte, dass sie sich übergab. Dann setzte sie sich wieder neben ihn, sehr blass.

«Es tut mir Leid, ich bin das nicht gewöhnt.»

«Sollen wir umkehren?»

«Ich würde Ihnen so gerne Durrës zeigen.»

Sie fuhren weiter. Er mochte, wie souverän sie mit diesem Missgeschick umging. Sie plauderte über ihren Vater, ihre Mutter. Er mochte auch, dass es passiert war. Sie hatte sich übergeben müssen, weil ihr das Gefühl, in einem Auto zu fahren, vollkommen fremd war. Dies war doch eine vollkommen andere Welt. Er lehnte sich zufrieden in die Polster des Passats. Laura erzählte, dass ihre Mutter krank sei, aber sie vertraue in Gott, dass er ihr helfen werde.

«Wieso Gott? Ich dachte, es gab keinen Gott in Albanien außer Enver Hodscha.»

«Ich bin katholisch. Wir haben eine kleine katholische Gemeinde in Tirana.»

«Und das hat Hodscha zugelassen?»

«Es gab manchmal Probleme, aber meist haben die uns in Ruhe gelassen. Der Pfarrer und die Nonnen kommen aus Italien. Sie sind so gute Menschen, ich habe ihnen viel zu verdanken. Wussten Sie, dass Mutter Theresa eine Albanerin ist?»

Er wusste es nicht.

«Sind Sie katholisch?»

«Ich wurde evangelisch getauft, aber ich bin mit zwanzig aus der Kirche ausgetreten.»

«Papa und Mama waren unpolitisch. Weil sie katholisch sind, konnten sie unmöglich an Hodscha glauben, das ging einfach nicht. Aber die Sigurimi hat Papa in Ruhe gelassen, er hat jedenfalls nie etwas gesagt.»

«Wer ist die Sigurimi?»

«Der Geheimdienst.»

Ihre Stimme wurde leiser. «Alle hatten Angst vor der Sigurimi.»

«Sie auch?»

«Alle. Ich hatte immer Angst, dass sie Papa abholen. Dass sie ihm wehtun würden, ihn schlagen. Ich habe immer gebetet, dass sie ihm nichts tun.»

«Warum hätten sie ihn abholen sollen?»

«Sie brauchten keine Gründe.»

Sie schwiegen. Er sah sie von der Seite an. Sie sah aus wie ein italienisches Mädchen, hübsch, unbeschwert, mit fröhlichen Augen. Wie konnte es sein, dass sie so vollkommen anders gelebt hatte als er? Und warum wirkte sie so normal auf ihn? Er hatte sich das anfangs auch bei seinem neuen Kollegen aus Ost-Berlin gefragt. Aber dessen Leben hatte viel mehr seinem eigenen geglichen als Lauras. Er war nicht exotisch gewesen, nur langweilig. Laura fing seinen Blick auf und lächelte. Er lächelte zurück. Der Bruder sah es im Rückspiegel. Lorenz schaute aus dem Fenster, sah den dritten Hund, der tot auf der Straße lag.

«Hier werden viele Hunde totgefahren.»

«Sie kennen die Autos noch nicht. Sie können nicht einschätzen, wie schnell sie fahren.»

Bis Durrës sprach niemand mehr. Der Fahrer hielt vor einem Hotel am Strand. Laura führte Lorenz zum Wasser, ihr Bruder folgte mit einigem Abstand. Das Meer lag blau und still vor ihnen. Auf der anderen Seite war Italien.

«Wir haben hier wunderschöne Urlaube gehabt», sagte Laura. «Jedes Jahr im Sommer sind wir hierher gefahren. Dann war es immer sehr voll. Ich habe mich das ganze Jahr darauf gefreut.»

Die Hotels an der Strandzeile waren schäbig und hässlich, Schlafkästen. Die Laternen waren rostig, genauso die Turngeräte auf dem Spielplatz, der mitten auf dem Strand lag. Er hatte ein Betonfundament und einen rostigen Zaun. Auf die

Wippe waren Gesichter gemalt, die fröhlich sein sollten. Auf Lorenz wirkten sie nur trostlos. Er konnte sich nicht vorstellen, wie man hier einen schönen Urlaub erleben sollte. Er würde Depressionen kriegen.

Er schaute über das Meer, wo Italien war, schöne Städte, volle Läden, guter Espresso, geheizte Hotelzimmer. Er sah ein Schiff auf dem Meer und hätte fast gewunken.

«Gefällt es Ihnen?», fragte Laura.

«Wenn es warm ist, ist es bestimmt schön.»

Er blieb stehen. Er war so gerührt von ihr, dass er sie gerne geküsst hätte. Sie dann fragen, ob sie mit ihm nach Deutschland kommt, ihr sein Leben zeigen, es zu ihrem machen. Sie immer beschützen, damit sie keine Angst haben muss. Ihr alles kaufen, damit sie auf nichts verzichten muss.

Sie schaute ihn an, lächelte. Verlegen oder überlegen, er wusste es wieder nicht. Er ging weiter. Ein leichter Wind wehte vom Meer her. Es war kühl, aber er fror nicht. Er fragte sie, ob es schlimm gewesen sei, sich nicht das kaufen zu können, was sie im Fernsehen bei den Italienern sah.

«Die Sachen, die wir brauchten, hatten wir. Es tat daher nicht weh, die italienischen Sachen nicht haben zu können. Es war schlimmer, sie nicht kaufen zu können.»

«Das verstehe ich nicht.»

«Ich dachte immer, es wäre schön, Nein sagen zu können. In einem Laden zu stehen, wo es alles gibt, sich alles anzuschauen und am Ende zu sagen: Nein, ich brauche das nicht, oder: ich will sparen. Ich würde gerne nach Amerika gehen und dort noch einmal studieren. Dafür würde ich mein Geld sparen. Aber unser Geld kann man ja nicht sparen.»

Sie spazierten langsam nebeneinander her.

«Durrës ist eine sehr alte Stadt. Die ersten Siedler aus Korfu sind hier 627 vor Christus gelandet. Für die Römer war es ein wichtiger Handelsplatz. Aber die meisten Zeugnisse aus dieser Zeit sind verschwunden. 1273 gab es ein schweres Erdbeben.»

«Welche Magnitude?», fragte Lorenz mechanisch. Er war in Gedanken versunken.

«Das verstehe ich nicht.»

Lorenz schreckte auf, sah sie an und sagte dann: «Es wäre schön, wenn wir jetzt zum Essen nach Italien rüberfahren könnten.»

Sie lächelte schwach.

Er hatte Hunger. Er fragte sie, ob man in einem der Hotels etwas essen könne. Die Hotels hätten im Winter geschlossen, sagte sie, aber es gebe ein Restaurant in der Innenstadt von Durrës, dort würde er etwas bekommen. Sie gingen zurück zum Passat, fuhren zum Restaurant. Der Bruder blieb mit dem Fahrer im Auto.

Im Restaurant saßen sie an einem Plastiktisch, die Stühle waren aus Metallrohren. Laura verhandelte mit dem Kellner. Dann ging er weg und kam lange nicht wieder. Laura fragte, ob es in Deutschland gute Universitäten für Wirtschaftswissenschaft gebe. Er erzählte von seinem Studium in Frankfurt und den leeren Abenden im Studentenwohnheim, als er lernte oder auf dem Bett lag und döste, während in der Küche, die seinem Zimmer gegenüber lag, Partys gefeiert wurden. Er konnte sich nicht daran erinnern, mit einem seiner Mitbewohner gesprochen zu haben. Er ging nie in die Küche, weil er sich nichts zu essen machte. Er ging nicht auf die Partys, weil er nicht wusste, was er sagen sollte. Ob er ein Problem habe, über das er mal reden wolle, fragte ihn eines Tages sein Nachbar, ein Zypriot, der an seiner Tür ein Plakat mit der Aufschrift *Remember Cyprus* kleben hatte. Es zeigte die Umrisse der Insel, aus der Blut tropfte. Nein, er habe keine

Probleme, hat er gesagt. Kurz darauf fand er ein Zimmer in einer Wohngemeinschaft und lebte fortan mit Leuten zusammen, die er mochte. Sie gingen viel weg und tranken viel. Er lernte eine Frau kennen, mit der er zwei Jahre zusammenblieb.

Der Kellner brachte Fleischspieße und in Öl getränkte Bratkartoffeln. Es sah nicht gut aus. Lorenz aß, weil er hungrig war.

«Sind Sie noch mit dieser Frau zusammen?»

«Nein.»

«Haben Sie eine Frau? Haben Sie Kinder?»

«Ja. Eine Frau und ein Kind.»

Sie schwiegen eine Weile. Lorenz sah nur auf sein Essen, nicht auf Laura.

Als er fertig war, merkte er, dass Laura nichts gegessen hatte.

«Schmeckt es Ihnen nicht?»

«Es schmeckt sehr gut. Aber ich kann es nicht essen.»

«Warum nicht?»

Er sah, dass es ihr schwer fiel zu antworten.

«Ich habe lange kein Fleisch mehr gegessen.»

«Gab es kein Fleisch?»

«Doch, es gab Fleisch, nur in den letzten vier, fünf Monaten nicht, seit der Wende. Niemand arbeitet mehr richtig, alle warten ab.»

Sie stocherte mit der Gabel auf ihrem Teller. «Ich habe mich so danach gesehnt, wieder Fleisch zu essen, aber jetzt geht es nicht. Mein Magen will es nicht.»

«Essen Sie doch die Kartoffeln.»

«Die will mein Magen auch nicht. Verstehen Sie, wir haben hier alle in den letzten Monaten sehr wenig gegessen, weil es kaum etwas gab.»

«Sie haben gehungert?»

Er sah, wie sie leicht zuckte und rot wurde, und ihm war sofort klar warum. Sie hatte sich die ganze Zeit angestrengt, den Unterschied zwischen ihnen nicht groß sein zu lassen. Während Lorenz die Entfernung zu ihr faszinierte, war sie auf Nähe bedacht. Sie wollte nicht die rückständige Exotin sein, sie wollte zu seinem Planeten gehören. Das Wort «gehungert» zerstörte das. Sie schämte sich.

«Ich habe ein paar Kilo abgenommen, das tut mir ganz gut. So schön schlank war ich noch nie.» Sie lächelte. «Ich muss mich erst wieder ans Essen gewöhnen.»

Er legte das Besteck auf den Teller. Er hatte keinen Appetit mehr.

«Ich würde Ihnen gerne unsere Kirche zeigen», sagte sie.

Er forderte den Fahrer auf, sich nach hinten zu setzen. Er hatte Lust zu fahren. Laura saß neben ihm, dahinter ihr Bruder. Er fuhr zügig über die leere Landstraße, ohne zu rasen. Er fragte sich, ob er Laura noch einmal begegnen würde. Auf den Feldern sah er schwere Traktoren, die auf Ketten rollten.

Dann sah er Leute, die auf seiner Seite am Fahrbahnrand entlanggingen, drei Männer, ein Kind. Sie kamen ihm entgegen. Er nahm den Fuß vom Gaspedal, lenkte leicht nach links und fuhr fast in der Straßenmitte. Vielleicht würde die albanische Zentralbank ja bald einen Berater brauchen, dachte er. Manche seiner Kollegen machten das, vor allem in Afrika oder Asien. Warum nicht auch in Albanien? Er würde für ein paar Wochen hier sein. Er sah den Jungen plötzlich über die Straße rennen. Lorenz trat sofort auf die Bremse. Das Auto schlingerte leicht. Er hörte den Aufprall und sah den Jungen durch die Luft fliegen. Als der Passat stand, hielt er für einen Augenblick inne. Er erinnerte sich später, dass er gedacht hat: Lass es nicht wahr sein, lass es bitte nicht wahr sein. Er erinnerte sich auch, dass es still war. Nur der Passat dieselte leise vor sich hin. Dann stürzte er nach draußen, rannte zu den Männern, die sich über den Jungen beugten. Er lag auf dem Boden und bewegte sich nicht. Seine Augen waren offen, reglos. Der Mann, der vorausgegangen war, tätschelte seine Wangen. Niemand sagte etwas. Lorenz kniete sich neben den Mann.

«Wie geht es dem Jungen? Was ist mit ihm? Warum ist er so plötzlich losgerannt? Ich hatte doch gar keine Chance mehr, glauben Sie mir, das ging viel zu schnell. Warum rennt er denn plötzlich los?»

Der Mann sah ihn ausdruckslos an. Lorenz drehte sich um. Laura kam angelaufen, hinter ihr der Bruder und der Vater.

«Sagen Sie ihm, dass ich keine Chance hatte, dass der Junge viel zu plötzlich auf die Straße gelaufen ist. Ich habe ja noch gebremst, ich war nicht zu schnell, wirklich nicht.»

Sie sagte etwas zu dem Mann, der wieder die Wangen seines Jungen tätschelte. Er war hager, hatte einen Schnurrbart. Seine Bewegungen waren langsam.

«Was sollen wir denn jetzt tun? Wer kann denn dem Jungen helfen?»

«Wir fahren ihn ins Krankenhaus», sagte Laura.

Er rannte zum Auto und setzte zurück. Der Mann hob den Jungen hoch, legte ihn auf die Rückbank, setzte sich dazu und bettete den Kopf des Jungen auf seinen Schoß. Laura stieg vorne ein, ihr Bruder und der Fahrer blieben zurück. Lorenz fuhr hundertfünfzig. Laura sprach mit dem Mann.

«Was sagt er?»

«Er ist ein Bauer, sie kamen von der Feldarbeit und wollten nach Hause. Der Junge ist sein Jüngster. Er hat noch drei Jungen und zwei Mädchen.»

Um fünf Uhr ging sein Flug. Den musste er kriegen, unbedingt musste er den kriegen. Er dachte daran, den Mann und den Jungen vor dem Krankenhaus abzusetzen und sofort zum Flughafen zu fahren. Nur keine Polizei. Die würde ihn ewig aufhalten und am Ende noch beschuldigen, zu schnell gefahren zu sein. War er nicht. War er nicht. War er nicht. Vollkommen wahnsinnig von dem Jungen, einfach loszulaufen. Er hatte keine Chance gehabt, die andere Straßenseite unversehrt zu erreichen. Wenn er den Mann am Krankenhaus zurückließ, war das dann Fahrerflucht? Am Ende würden sie ihm noch die Sigurimi auf den Hals hetzen. Er musste das Flugzeug kriegen. Es war kurz vor drei.

In Tirana wies ihm Laura den Weg zum Krankenhaus. Er raste durch die Stadt, hielt an der Pforte. Laura redete mit der Frau, die dort saß. Sie kam raus, hob die Schranke hoch, und sie fuhren auf das Gelände. Lorenz stoppte vor der Tür, sprang aus dem Wagen, öffnete die hintere Tür. Er zog den Jungen vorsichtig heraus, hob ihn auf seine Arme und rannte los, bevor der Vater ausgestiegen war. Laura überholte ihn, lief voraus, durch die Tür, dann eine Treppe hinauf. Eine Krankenschwester zeigte ihnen den Weg zum Operationssaal. Er lief weiter. Der Vater holte ihn ein, machte Gesten, dass er sein Kind selbst tragen wolle, aber Lorenz gab es nicht her.

Auf dem OP-Tisch lag ein Mann, der sich heftig wand. Zwei Schwestern hielten seine Arme fest, ein Arzt versuchte eine blutende Kopfwunde zu behandeln. Niemand beachtete sie. Lorenz war ratlos. Sein Ziel war eine Trage gewesen, auf die er den Jungen legen würde, damit ihn Pfleger wegbrächten, vielleicht auch ein Bett, in dem er davongeschoben wurde, auf jeden Fall aber, als letztmögliches, aber vollkommen gewisses Ziel ein OP-Tisch, auf dem sofort die rettende

Operation beginnen könnte. Als er den Tisch besetzt vorfand, wusste er nicht mehr, was er machen sollte. Er hatte keine Vorstellung von einem Fall wie diesem. Der Vater nahm ihm das Kind aus den Armen.

«Laura, hier muss doch einer helfen. Die können doch nicht warten, bis der Junge tot ist.»

Sie zuckte mit den Achseln. Er verstand das nicht. Er hatte vom Moment des Unfalls an die Gleichmütigkeit dieser Menschen nicht verstanden.

«Reden Sie doch mal mit dem Arzt. Vielleicht hat er gar nicht gemerkt, dass wir hier sind.»

Sie sprach den Arzt an, er winkte unwirsch mit einer Hand, bemühte sich mit der anderen weiter um die Wunde. Der Mann auf dem Tisch zuckte.

Lorenz sah sich um. In der Mitte stand der Tisch, der nichts anderes war als ein Stahlgestell mit einer dünnen Matratze. Von seiner letzten Operation, Blinddarm, hatte er das anders in Erinnerung. Über dem Tisch hing eine Lampe, die so aussah, wie Lorenz solche Lampen kannte, rund, mit fünf Leuchten drin, aber nur eine brannte. Es gab noch einen Glasschrank, in dem nicht viel stand, außerdem ein Stuhl und ein Waschbecken, das war alles. Die Wände waren geweißelt, der Boden war nackt.

Der Mann auf dem Tisch hatte aufgehört zu zucken. Eine der Schwestern ging hinaus und kam mit zwei Pflegern zurück. Sie trugen den Mann fort, seine Arme hingen schlaff herunter. Der Arzt machte ein Zeichen, dass nun der Junge auf den OP-Tisch solle. Sein Vater legte ihn vorsichtig ab, trat dann zwei Schritte zurück. Seine Hände hatte er vor dem Bauch gefaltet, sein Blick war nach unten gerichtet. Der Arzt wusch sich die Hände, untersuchte den Jungen. Es dauerte nicht lange. Er ging wieder zum Waschbecken, wusch sich noch einmal die Hände. Dabei sagte er etwas. Laura musste es nicht übersetzen. Der Junge war tot.

«Woher will er das denn wissen? Er hat ihn doch gar nicht richtig untersucht. Wo sind denn seine Instrumente? Er muss doch viel mehr machen.»

Der Arzt drehte sich um, hob seine Hände, von denen Wasser tropfte. «Das hier sind meine Instrumente.»

Er genoss Lorenz' Verblüffung.

«Ich habe in der DDR studiert, Ost-Berlin. Willkommen auf der neurochirurgischen Station des Krankenhauses Tirana, dem besten des Landes. Haben Sie den Jungen überfahren?»

«Er lief plötzlich auf die Straße, ich habe sofort gebremst, wirklich, aber ich hatte überhaupt keine Chance.»

«Sieht eher so aus, als hätte der Junge keine Chance gehabt.»

Laura stand neben dem OP-Tisch und betete. Der Vater hatte sich tief hinuntergebeugt und drückte seine Wange an die Wange des toten Jungen.

Lorenz sah auf die Uhr. Halb vier.

«Kommen Sie, ich gebe Ihnen einen Schnaps», sagte der Arzt.

Er ging voraus in ein Büro, das spärlich eingerichtet war, Tisch, Stuhl, Tischlampe. Aus einer Schublade holte der Arzt eine Flasche und zwei Gläser. Er schenkte ein, gab Lorenz ein Glas. Sie tranken. Lorenz musterte den Arzt, er war von mittlerer Statur, hatte einen milden Gesichtsausdruck wie jemand, der versöhnt ist mit der Welt, obwohl sie nicht seinen Vorstellungen entspricht. Er trug eine Brille.

«Die Autos rotten unser Volk aus. Es kommen immer mehr von diesen Dingern ins Land, und die Menschen schätzen die Geschwindigkeit falsch ein. Wer nicht sofort tot ist, landet mit seinen Schädelverletzungen bei mir. Aber was soll ich tun?»

Er goss noch einmal Schnaps ein.

«Werden Sie die Polizei informieren?»

«Die Polizei, die Polizei. Gibt es eigentlich noch eine Polizei? In diesem Land hat sich in kurzer Zeit so viel verändert, dass ich es nicht mehr erkennen kann. Alles ist im Wandel, auch die Polizei. Kommen Sie, ich zeig Ihnen was.»

«Ich muss eigentlich zum Flughafen.»

Der Arzt ignorierte das. Er stand auf, öffnete eine Tür an der Fensterseite und trat hinaus. Lorenz folgte ihm auf einen langen Balkon. Ein paar Fenster weiter saß ein Mann auf einem Stuhl und döste. Er hielt ein kurzes Gewehr auf den Knien.

«Ist das jetzt die Polizei? Nein, das ist ein Leibwächter, der einen Mann bewacht, den ich gestern operiert habe, Streifschuss am Schädel, nicht weiter schlimm.»

Er ging wieder zurück in sein Zimmer, schloss die Balkontür. Lorenz schaute auf seine Uhr.

«Wahrscheinlich ist er ein Verbrecher. Wir haben jetzt hier eine Mafia. So was geht schnell. Noch einen Schnaps?»

«Hören Sie. Ich muss gleich zum Flughafen, ich muss dringend zurück nach Deutschland. Was soll ich tun? Was erwartet der Vater von mir?»

Der Arzt schenkte Schnaps ein. Sie tranken.

«Machen Sie ihm ein Geschenk. Der Mann muss weiterleben. Machen Sie ihm sein Leben ein wenig leichter.»

«Was soll ich ihm schenken?»

«Geld natürlich. Ihr Deutschen habt doch schönes Geld. Geben Sie ihm was davon.»

Lorenz zückte sein Portemonnaie. Er zählte die Scheine, sieben Hunderter, zwei Fünfziger, ein Zwanziger. Siebzig brauchte er für das Taxi vom Flughafen nach Hause. Blieben siebenhundertfünfzig als Preis für einen toten Jungen.

«Sind siebenhundertfünfzig in Ordnung?»

Der Arzt zuckte mit den Achseln.

«Alles ist in Ordnung. Er wird nicht wissen, wie viel es wert ist. Geben Sie ihm irgendwas.»

Lorenz faltete die Scheine zusammen, auch die siebzig für das Taxi. Er konnte mit der Bahn fahren, er hatte eine Monatskarte. Er steckte das Geld in die Hosentasche und stand auf.

«Danke, vielen Dank. Auf Wiedersehen. Alles Gute.»

«Auf Wiedersehen.»

Lorenz eilte zurück in den OP. Der Vater saß auf dem Stuhl, seinen Jungen auf dem Schoß. Laura stand neben ihm, hielt seine Hand. Eine Frau wischte mit einem Lappen das Blut vom OP-Tisch.

«Sagen Sie ihm bitte, dass es mir Leid tut, wahnsinnig Leid. Aber ich konnte wirklich nicht mehr tun, und ich war auch nicht zu schnell, höchstens neunzig, und ich will ihm was geben, auch wenn ich weiß, dass nichts den Jungen ersetzen kann, aber trotzdem. Ich würde mich freuen, wenn er es annehmen würde.»

Er zog das Geldbündel aus seiner Hosentasche, hielt es dem Mann mit ausgestrecktem Arm hin. Laura übersetzte, der Mann sah ihn verwundert an.

«Bitte, nehmen Sie es.»

Er schämte sich bodenlos, mehr noch Laura gegenüber als dem Mann, der das Geld mit einer schlaffen, gleichgültigen Bewegung nahm. Lorenz drehte sich abrupt um, stürmte hinaus. Es war vier Uhr. Als er losfuhr, sah er im Rückspiegel Laura aus der Tür kommen. Sie winkte und rannte ihm hinterher. Er bremste. Sie öffnete die Tür und stieg ein.

«Bitte, ich würde Sie gerne zum Flughafen begleiten.»

Er wollte schnell fahren, aber er konnte nicht. Er hatte Angst, dass plötzlich jemand vor der Motorhaube auftauchen würde.

«Es war nicht Ihre Schuld. Der Junge ist einfach losgelaufen. Er wusste nicht, wie schnell ein Auto ist», sagte Laura.

«Ich war nicht schnell.» Er guckte in den Rückspiegel, ob ihn die Polizei verfolgte.

«Nein, ich meine, egal, wie schnell Sie waren, Sie hätten nichts tun können.»

Es war halb fünf, als er am Flughafen vorfuhr. Er ließ den Schlüssel stecken. Vor der Passkontrolle stellte er seine Tasche ab und wandte sich Laura zu. Sie standen sich schweigend gegenüber.

«Darf ich Sie umarmen in der Öffentlichkeit?»

Er nahm sie in seine Arme, drückte sie an sich, hielt sie, als müsse er sonst fallen. Er küsste ihre Stirn. Er sah, dass ihn zwanzig Männer schweigend beobachteten. Es war ihm egal. Dann lösten sie sich, er gab ihr seine Visitenkarte, schrieb die Adresse von Luis auf die Rückseite.

«Schreiben Sie mir. Bitte.»

Sie nahm die Karte. Er küsste noch einmal ihre Stirn. Dann ging er.

Die Maschine der Swissair stand vor dem Flughafengebäude, und er sah sie sehnsüchtig an wie ein Stück vorgeschobene Heimat. Dort begann die Zivilisation, begann der Planet, auf dem er lebte. Wenn er sich erst in seinen Business-Class-Sitz schmiegen könnte, wäre alles gut, Rückkehr aus der Hölle, Aufbruch in das schöne Leben. Horand, Selma, sein Job bei der Bank, das Haus.

Warum verzögerte sich der Abflug? Es war fünf, und niemand machte Anstalten, mit dem Einsteigen beginnen zu lassen. Was sollte das? Es gab hier keinen Flugverkehr, man konnte pünktlich starten. Es ging um die Swissair, die Schweiz, wo das Geld noch härter war als in Deutschland. Seitdem er seinen Kreditvertrag abgeschlossen hatte, stieg der Franken. Er stand jetzt bei 1,21 Mark. Der Kredit wurde teurer dadurch. Lorenz schwitzte.

Verzögerte sich der Abflug seinetwegen? Hatte die Polizei angerufen, um die Maschine aufzuhalten? Würden sie ihn gleich abholen, mitnehmen auf eine finstere Wache und verhören? Und mit welchen Methoden?

Um sechs Uhr war er aufgelöst in Angst. Es gab kein Anzeichen, dass die Maschine bald starten würde. Jede Minute, die er bleiben musste, gab der Polizei eine Chance, ihn festzunehmen. Wahrscheinlich hatte der Vater des Jungen den Unfall längst gemeldet und sie fahndeten schon nach dem schwarzen Passat der Friedrich-Ebert-Stiftung. Er malte sich aus, wie das ganze Land alarmiert war und die Sigurimi jeden Winkel absuchte. Früher oder später würden sie am Flughafen sein. Warum waren sie dann noch nicht hier? Vielleicht gab es diplomatische Verwicklungen, er sah, wie sich der deutsche Botschafter und der albanische Staatspräsident anschrien seinetwegen. «Er ist ein Repräsentant der Bundesbank!», schrie der Botschafter, «es ist für unser Land dringend erforderlich, dass er Albanien sofort verlassen kann, um in seine Heimat zurückzukehren.» «Er ist der Mörder eines unschuldigen Kindes!», schrie der Staatspräsident, «er muss in Albanien vor ein Gericht gestellt werden.»

Sein Hemd war schweißnass. In der Wartehalle saßen ein Dutzend Leute. Sie guckten gleichmütig vor sich hin, niemand sprach. Lorenz stand an der Fensterscheibe, starrte hinaus zur Maschine der Swissair. Häufig drehte er sich um, weil er jederzeit damit rechnete, abgeholt zu werden. Die

Männer der Sigurimi kamen wahrscheinlich in Zivil. Er sah sich in Handschellen, dann in einem Kellerraum, angestrahlt von einem grellen Licht. Drei Männer verhörten ihn, Blut tropfte aus seinem Gesicht. Er war geschlagen worden, jetzt legten sie die Elektroden an.

Als er zwei Männer in Uniform in die Wartehalle kommen sah, war er ruhig, ergab sich seinem Schicksal. Dann sollten sie ihn eben mitnehmen. Er hatte sich nichts zuschulden kommen lassen, hatte nichts zu verbergen. Sie gingen zum Fenster, schauten hinaus auf die Maschine der Swissair. Einer schaute kurz zu Lorenz, ein eher scheuer Blick. Ihre Dienstmützen waren absurd groß, als wären sie Landeflächen für Modellhubschrauber, dachte Lorenz, der als Kind von solchen Hubschraubern geträumt hatte.

Die Wachmänner gingen bald wieder. Um halb sieben war die Maschine zum Einsteigen bereit. Lorenz fragte die Stewardess, warum es diese Verzögerung gegeben habe. «Schnee in Zürich», sagte sie, «ein ziemliches Chaos.» Er nahm ein Glas Champagner von dem Tablett, das sie ihm reichte. Er trank langsam, ganz kleine, genießerische Schlucke. Schnee in Zürich. Er musste lächeln.

Er war noch einmal kurz beunruhigt, weil die Tür, wie er fand, lange offen stand. Nach dem Start, als sie schon über den Wolken waren, empfand er ein tiefes Gefühl von Geborgenheit in seinem Business-Class-Sitz. Oder würden sie einen Abfangjäger schicken? Er grinste. Schnee in Zürich. Er kippte die Lehne zurück, schloss die Augen und dachte an Laura.

★

Er war verändert, als er zurückkam aus Albanien, ganz sicher war er das. Ich habe ihn gefragt eines Tages, nicht lange nach seiner Rückkehr, weil er so wenig erzählt hatte von der Reise, und auch Selma zeigte sich beunruhigt. «Er ist bedrückt», sagte sie mir bei einem Besuch auf dem Kleinen Feldberg, bedrückt und verschlossen. «Was war da los in Albanien», fragte mich Selma, «eine Frau, glaubst du, dass er eine Frau getroffen hat?» Es war genau das, worüber ich auch nachdachte. Es fällt einem als Erstes ein, wenn ein Mann sich verändert. «Nein, nein», beruhigte ich sie, «eine Frau ist es nicht, da kenne ich meinen Lorenz gut genug, da wäre er anders.» Es ging mir nicht gut bei diesem Satz.

«Versprichst du mir», sagte sie, «dass du mir alles erzählst, wenn du etwas erfährst von ihm? Ich will nicht mit einem Mann leben, der noch ein anderes Leben lebt, verstehst du, das wäre das Schlimmste.» Ich nickte. Ich wusste nicht, was ich tun würde, falls er mir sein Geheimnis preisgeben sollte, falls es eins gab. Oder, um ehrlich zu sein, hatte ich schon da nicht die Absicht, meinem Nicken eine Tat folgen zu lassen. Natürlich hätte ich ihr nichts erzählt, kannte meinen Lorenz länger als sie, war ihm mit einem dickeren Tau verbunden. Zudem kann eine kleine Unwissenheit das Leben in manchen Fällen leichter erträglich machen. Wer wüsste das besser als der alte Luis?

Es dauerte nicht lange, da waren wir abgelenkt von unseren Gedanken über Lorenz' Reise nach Albanien. Der Präsident der Bundesbank trat zurück, gab nunmehr ein deutliches Zeichen, dass er nicht einverstanden war mit der Art, wie die deutsche Einheit ökonomisch vollzogen wurde, Wechselkurs von eins zu eins sowie in der Folge hohe Subventionen für die Wirtschaft und die Menschen drüben. Wir hatten leider kein Glück mit dem Verlauf der Einheit, die unser gewaltiger

Kanzler so eilig geschmiedet hatte. Kein Vorwurf an ihn, immer noch nicht, auch wenn wir jetzt wissen, dass in einer Ruinenlandschaft so schnell nichts blühen kann. Es ist schwierig, nach so langer Zeit zusammenzufinden. Auch wir Seismologen mussten da unsere Erfahrungen machen. Am besten, ich kann das leider nicht anders sagen, kamen wir miteinander aus, als die Mauer noch stand, als wir, die Westdeutschen, unseren Kollegen im Osten fast Paten waren, sie mit Informationen versorgten, manchmal mit Geräten, auch wenn es unsere alten, ausrangierten waren. Aber sie freuten sich. Sie freuten sich auch, wenn wir ihnen ein Parfüm mitbrachten, eine Süßigkeit oder eine Zeitschrift, die sie nicht beziehen konnten. Wie die Kinder freuten sie sich. Wir haben geschmuggelt, wir haben manche Gefahr auf uns genommen, um unseren Brüdern etwas Gutes zu tun. Einmal im Jahr fuhren wir zum Seismologenkongress nach drüben, und was habe ich gebangt, wenn wir auf die Grenze zurollten, vielleicht mit einem *Spiegel*, der tief im Koffer vergraben war, mit einer *Quick* oder, das auch, mit einem *Playboy*. Später, als es keine Grenze mehr gab zwischen uns, habe ich das einem ostdeutschen Kollegen erzählt. Ich musste sehr lachen, er aber lachte nicht, sondern sagte, nachdem ich mich beruhigt hatte: «Wie konntet ihr von uns Widerstand erwarten, wenn ihr schon beim Grenzübertritt solche Schisser wart.» Ich war verstimmt, wie man sich denken kann, würde aber heute, mit dem Abstand der Jahre sagen, dass er wohl Recht hatte. Ohnehin traten bald Spannungen auf in der Gemeinschaft der vereinten deutschen Seismologen. Denn auch bei uns war es keine Einheit in Gleichheit. Wir Westdeutschen übernahmen bald alle Institute im Osten, auch das so bedeutende in Potsdam, was unseren Kollegen natürlich nicht gefiel. Sie grummelten und jammerten, mussten sich aber fügen. Wir waren vielleicht nicht die besseren Seismologen, aber die besseren Institutsleiter, weil wir Erfahrung hatten in der Welt, an die sie sich erst noch gewöhnen mussten.

Für Lorenz war die schmerzliche Folge der Einheit, dass er seinen Chef verlor. Er war ihm sehr verbunden, er mochte diesen kleinen, rundlichen Herrn, der meinem Freund, ich bin ganz sicher, eine große Karriere möglich gemacht hätte. So musste sich Lorenz neu besinnen, da der neue Herr der Mark von einem ganz anderen Schlag war als der scheidende, streng, unsinnlich, kühl bis zur Kälte. Lorenz wollte, konnte ihm nicht so dienen wie dem Vorgänger. Die Politik blieb zwar dieselbe, die Stärke der Mark wurde unerbittlich verteidigt, aber der Spaß war vorbei. Lorenz quälte sich mit der Entscheidung. Die Bank bot ihm mehrere Jobs als Alternative an, aber keiner war dabei, der ihm wirklich gefiel.

So saßen wir bei mir am Seismographen und grübelten. Ich freute mich, dass er meinen Rat suchte. Draußen, es war einer der ersten Frühlingstage, zimmerte Konrad einen neuen Verschlag für die Hühner, die er und Charlotte damals hielten. Das heißt, an diesem Tag gab es keine Hühner mehr auf dem Kleinen Feldberg, weil der Fuchs in der Nacht in den Verschlag eingedrungen war und an den Hühnern ein Massaker verübt hatte. Niemand von uns war wach geworden. In der Stille, der Dunkelheit unseres Berges fallen wir in einen sehr tiefen Schlaf, in eine Ohnmacht fast. Wenn wir aufwachen, zumal in der Düsternis eines frühen Nebels, ist uns oft nicht klar, wo wir gelandet sind, bei den Lebenden wieder oder im Reich der Toten. Solcher Schlaf ist nicht sehr erholsam.

«Am besten, ich werde auch Hausmeister», sagte Lorenz, als er bei mir am Fenster stand und seinen Vater beobachtete, der sich beim Hämmern und Bohren ständig mit der Zunge über die Lippen fuhr. «Man hat so wenig Sorgen dabei, die Verantwortung hält sich in Grenzen. Als Feind gibt es nicht halb Europa, sondern nur einen Fuchs.»

«Sie tun es wirklich», fuhr er nach einer Pause fort und drehte sich mir zu, «sie werden sich in Maastricht auf einen Vertrag einigen, der die Mark abschaffen und den Weg zu einer europäischen Währung bahnen wird. Weißt du, was das heißt, wir sind dann vereint mit solchen Inflationsankurblern wie den Italienern, Griechen und Spaniern. Wir werden eine wachsweiche Währung haben, weißt du, was das heißt für dieses Land?» Ich wusste es. Ich war sein Schüler gewesen in diesen Dingen. «Wir müssen das verhindern», sagte er. Es war deshalb klar, dass er ein Angebot der volkswirtschaftlichen Abteilung annehmen würde. Dort entstanden die Studien, in denen die Bundesbank die wirtschaftliche Lage bewertete, die Erfolgsaussichten politischer Eingriffe. «Von dort aus kann man warnen», sagte Lorenz zu mir, «denn es gibt eine Katastrophe, wenn sie das tun, ganz sicher gibt es eine Katastrophe, gegen die all deine Erdbeben harmlos sind.» Nun ist der alte Luis niemand, der Wert darauf legt, dass Erdbeben in der Hierarchie der Katastrophen hoch angesiedelt werden, dass aber eine weiche Währung eine höhere Vernichtungswirkung hat als ein Beben der Magnitude sieben oder acht, das hielt ich für zweifelhaft, sagte jedoch nichts. Ich fand, dass sich Lorenz in eine Richtung bewegte, die mir und meinen Wünschen entgegenkam. Er sollte sich in der volkswirtschaftlichen Abteilung vor allem mit Konjunkturprognosen befassen, hatte er mir erzählt. Man kann sich wohl vorstellen, wie mich dieses Wort, besser gesagt, sein hinterer Teil hat aufhorchen lassen. Prognosen, mein geliebter Lorenz sollte an Prognosen arbeiten, forschen, einen Blick in die Zukunft werfen. Das, sagte ich zu ihm, klingt sehr gut.

Mit Lorenz am Ende doch noch beruflich vereint zu sein, jedenfalls ein Stück weit, das ließ mein Herz höher schlagen. Ich, der Geophysiker, hatte ihn an die Ökonomie verloren, das war nicht rückgängig zu machen, aber die Aussicht, uns beide über Prognosen gebeugt zu sehen, hob einen Teil dieses Verlusts auf. Vielleicht, dachte ich, käme ja vom anderen Fach ein kleiner Hinweis, der uns Seismologen weiterbringt, der mir, dem Emeritus, einen späten Triumph einträgt. Ich hatte da, im Jahr 1991, kaum noch Hoffnungen, den Durchbruch zu erleben, gar selbst zu erreichen. Wir waren mit allem gescheitert. Das war besonders bitter, weil wir auf dem Feldberg und auch im Institut in Frankfurt mit den Meteorologen vereint waren. Eigentlich sollte das Taunus-Observatorium als reine Wetterstation gegründet werden, aber die Stifterin, Frau Baronin von Reinach, geborene Bolongaro, war zum Glück der Seismologen mit einem Mann verheiratet, der sich für Erdbeben interessierte. Jener Dr. Albert von Reinach setzte bei seiner Frau durch, dass neben der Meteorologie auch die Seismologie einen Platz auf dem Kleinen Feldberg finden solle. Also schaffte man mit dem Geld der Baronin einen Satz Galitzin-Seismographen an, ein Bosch-Omori-Horizontalpendel und einen Wiechert-Vertikal-Seismographen. Als das Observatorium eingeweiht wurde, kam auch Seine Majestät Kaiser Wilhelm Zwo. Mit seiner Unterschrift beginnt unser Gästebuch, das von mir zuverlässig verwahrt wird, so wie ich zuverlässig alle Daten, die uns die Erde liefert, verwahre.

Die Meteorologen schickten Ballons und Drachen in den Himmel, ließen zu diesem Zweck sogar eine kleine Eisenbahn um unseren Feldberg kurven, die das schwere Gerät hochbrachte. Meine Vorgänger horchten derweil in die Erde. Zwar kamen sie zu wichtigen Erkenntnissen – Beno Gutenberg zum Beispiel verdanken wir das Wissen, dass es in 2900 Kilometern Tiefe eine Grenze gibt, die Grenze zwischen festem Erdmantel und flüssigem Erdkern. Doch bei den Prognosen gab es in all den Jahren keinen Fortschritt, während die Meteorologen, die lange im Assistentenhaus ihren Sitz hatten, ständig besser wurden in ihren Vorhersagen. Als sie noch hier waren, gab es manche Frotzelei, die mich böse getroffen hat. Ich war daher erleichtert, als sie ihre Geräte in einem Container auf dem Plateau verstauten und nur noch stundenweise auf den Berg kommen, weil sie alle Daten digitalisiert ins Institut geliefert kriegen. Ich sehe sie manchmal nach oben stiefeln, wenn eine Kassette auszutauschen oder ein Gerät zu warten ist. Es sind junge Leute, die ich nicht kenne, nicht kennen muss. Sie grüßen mit einem Winken, ich grüße zurück. Sie wissen nicht, wie sehr ich sie beneide.

Dieser Schmerz ist unauslöschlich. Ich höre im Radio die Wettervorhersage und ärgere mich, wie selbstverständlich sie verkündet wird, als würde eine Wahrheit verbreitet. Ich muss zugeben, auch wenn das niedrig ist, dass ich mich auf diebische Art freue, wenn die Kollegen irren. Wenn es regnet, obwohl Sonnenschein angekündigt war, steigt meine Laune. Das ist beschämend, zumal für einen alten Mann und Wissenschaftler, aber ich muss hier eine Zuflucht nehmen, die allen Sündern offen steht: Ich bin ein Mensch, also fehlbar.

Was mich manchmal tröstet, ist, dass die Meteorologen nur Meister der Kurzfristigkeit sind. Der Blick über drei Tage hinaus verschwimmt auch ihnen, die Klarheit geht verloren, die Fehlerquote rast nach oben. Drei Tage, immerhin. Drei Tage für San Francisco, für Los Angeles ...

4 ALS ER AUFWACHTE, hörte er die Straße. Es war sechs Uhr morgens, dunkel. Sein Sohn kam herein, ging um das Bett herum zum Nachttisch, zog die Schublade auf und pinkelte hinein. Lorenz sah den Strahl, hörte das Plätschern. Die Augen des Jungen waren geöffnet. Er blickte in die Schublade, abwesend im Reich der Träume. Lorenz lag auf dem Rücken und hatte den Kopf zu seinem Sohn gedreht. Solange es plätscherte, hörte er die Straße nicht. Horand war vier, sehr schmal, blond. Als er fertig war, schloss er die Schublade und ging hinaus. Lorenz lag noch einige Minuten auf dem Rücken, lauschte den Autos. Es roch nach Kinderpipi. Er stand auf, ging in Horands Zimmer und deckte ihn zu. In der Küche machte er sich ein Brot mit Himbeermarmelade, das er langsam aß, bedächtig. Es wurde hell. Die Hainstraße war dicht befahren.

Er brauchte neue Fenster, aber er wusste nicht, wie er sie bezahlen sollte. Durch die dünnen Scheiben hörte er den Lärm der Straße wie eine Mauer. Sie stand zwischen ihm und dem Park. Direkt hinter der Hainstraße lag der Park, eine Senke, Rasen, alte Bäume, drüben die Häuser der Leute, die wirklich Geld hatten. Sie lebten in der Stille. Reichtum war die Möglichkeit der Stille. Er biss in sein Himbeerbrot, Mamas Marmelade. Es hatte immer gerauscht in seinem Leben. Auf dem Kleinen Feldberg waren es die Bäume gewesen, ständig Wind, kaum ein Tag ohne. Jetzt die Autos, ein ewiges Rauschen und Brummen.

Er dachte an den Zettel, der gestern auf seinem Schreibtisch gelegen hatte. ‹Herr Dimitri hat angerufen›, stand auf dem Zettel. ‹Er meldet sich wieder.› Keine Nummer für einen Rückruf. Herr Dimitri. Er musste lachen. Er wartete immer auf Zettel, auf Anrufe, auf Mails, auf Nachrichten. Wenn er von der Mittagspause kam, hoffte er auf eine Nachricht, eine gute. Das Ende von Maastricht, etwas in der Art. Aber von Herrn Dimitri war nichts Gutes zu erwarten. Klang der Name nicht nach Albanien? Es gab dort eine griechische Minderheit.

Er dachte an den Jungen. Er dachte jeden Tag an den Jungen. Das Seltsame war, dass der Junge, den er getötet hatte, für ihn weiterlebte. Seit zwei Jahren lebte der Junge ein ganz normales albanisches Jungenleben, so wie Lorenz es sich vorstellte. Schweres Aufstehen in der Frühe, langer Fußmarsch zur Schule, den Mädchen die Röcke heben, Talent für Fußball, eine erste Zigarette in einem Bunker auf den Feldern. Er sah ihn jeden Tag aus einem der Bunker krabbeln, die Hände an den Hosen abwischen, verlegen grinsen, schuldbewusst, aber auch frech. Ein magerer Junge mit dunklen Haaren, ein Stich Rot darin, eine Andeutung von Sommersprossen, ein Junge, der geliebt wurde. Er stand vor dem Bunker auf einem weiten, leeren Feld. Manchmal träumte Lorenz dieses Bild, und dann hielt an der Straße ein Streifenwagen. Vier Polizisten mit Schnurrbärten stiegen aus. Er wachte auf, verstört, ihm war, als habe er geschrien. Selma schlief. Wenn das Kind schrie, wurde sie immer wach. Er hörte die Straße, wenig Verkehr in der Nacht. Er brauchte lange, um wieder einzuschlafen.

Als er den Zettel gestern auf seinem Schreibtisch gefunden hatte, stand er auf, schloss die Tür zu seinem Büro, setzte sich wieder hin. Er war ruhig, er war vorbereitet.

Es gab kein Auslieferungsabkommen mit Albanien. Sie konnten ihn so nicht kriegen. Aber sie konnten sein Leben trotzdem zerstören. Ein Mitarbeiter der Bundesbank, der in Albanien einen Jungen überfahren hat und dann abgehauen ist. Diese Nachricht mitten hinein in den Überlebenskampf der Mark, wo doch Osteuropa die letzte Hoffnung war. Dort glaubten sie noch an die Mark. Er würde zahlen, so viel war sicher. Er würde viel verlieren, aber nicht alles. Jetzt, da es so weit war, da sie jemanden schickten, war das ein tröstlicher Gedanke. Er saß auf seinem Bürostuhl, schaute das Telefon an und wartete. Es kam kein Anruf.

Heute würde einer kommen, da war er sicher. Herr Dimitri. Freundlich bleiben, einen Treffpunkt ausmachen, belebtes Restaurant, eher billig. Er würde einen seiner schlechteren Anzüge tragen. Die Summe runterhandeln, wichtiger noch, durchsetzen, dass in Lek gezahlt würde. In Albanien war mit hoher Inflation zu rechnen. Aber das wussten die auch.

Durch den Park spazierte die erste Frau mit Hund, drüben auf der stillen Seite. Ein Haus dort stand leer, 1,8 Millionen. Er rechnete. Unmöglich. Er hatte schon so oft gerechnet.

Selma kam in die Küche. Sie hatte ein schwarzes Nachthemd an, gab ihm einen Kuss. Sie roch nach Kamillentee.

«Es werden immer mehr Autos», sagte er.

«Ich höre nichts.»

Sie ließ Wasser in eine Espressokanne laufen, löffelte Kaffee in den Aufsatz.

Sie machte das Radio an, die Straße verschwand. Sie stand am Fenster, schaute in den Park. Sie drehte sich um, tanzte. Er sah sie an und fand sie schöner als gestern. Das Alter tat ihr gut. Er stand auf, tanzte auch, *Sympathy for the Devil*. Obwohl sie groß war, konnte sie graziös tanzen. Sie bewegte ihre Füße nicht, ihre Arme schwebten wie die Flügel von großen

Vögeln. Ihr Becken kreiste. Er tanzte dicht an sie heran, ging in die Knie, bog den Oberkörper nach hinten, zuckte mit den Schultern vor und zurück. Als die Espressokanne pfiff, hörte sie abrupt auf, nahm zwei Tassen aus dem Schrank, goss Kaffee ein. Er tanzte weiter, seine Bewegungen immer sparsamer, kleiner, als blende er sich selbst aus. Als das Lied zu Ende war, setzte er sich zu ihr an den Tisch.

«Ich habe Kontoauszüge geholt», sagte sie. «Viertausend Miese. Ich habe mich an unsere Abmachung gehalten.» Sie sah ihn über die Kaffeetasse hinweg an.

«Ich auch.»

Es stimmte nicht. Sie hatten vereinbart, dass er hundert Mark in der Woche ausgeben durfte. Vierzig Mark davon ließ er in der Kantine. Der Abend mit Ernesti in der ‹Bar del Centro› hatte ihn siebzig Mark gekostet, nur für das Essen.

«Du hast dir wieder eine Krawatte gekauft.»

Er sah ihre Brüste, als sie sich über den Tisch beugte, um im Kaffee zu rühren. Seitdem sie Horand gesäugt hatte, waren sie nicht mehr fest. In den ersten Wochen, nachdem sie abgestillt hatte und die Milch nicht mehr einschoss, hingen sie herab wie leere Tüten. Sie hatte im Bad vor dem Spiegel geweint. Er stand hinter ihr, legte seine Hände auf ihre Brüste und sagte, dass er sie so lieben würde wie immer, dass sie ihn noch glücklicher machen könnten als zuvor, weil er wisse, dass Horand an ihnen genährt worden war. Er war sich nicht sicher. Sie fühlten sich seltsam an. Wenn Selma im Bett auf ihm saß, schloss er die Augen. Mit der Zeit wurden sie wieder voller. Es war kaum ein Unterschied, nur wenn er genau hinsah.

Er sah genau hin. Sie waren nicht besonders groß. Früher hatte ihn das nicht gestört. Jetzt sehnte er sich manchmal nach großen Brüsten. «Je älter wir werden, desto größer müssen die Brüste sein», hatte sein Freund Ernesti gesagt.

Er sagte irgendwas von einem Sonderangebot, Krawatten seien billig im Moment. Es war ihm peinlich. Aber er musste ihr jetzt klar machen, wie sehr sie ihm Unrecht tat. Sie stritten sich heftig, bis Selma am Fenster stand und weinte. Er sah ihren Rücken, das schwarze Nachthemd. Seine Frau.

«Wir können die nächste Rate nicht bezahlen. Wir schaffen das nicht mehr, wenn du dich nicht änderst.»

Er stand auf und ging duschen. Die Dusche war der schönste Ort des Hauses. Das Rauschen des Wassers war stärker als das Rauschen der Autos. Gestern in der Kantine hatte ihm Ernesti gesagt, er kenne jemanden, der eine leise Wohnung gegen eine laute tausche. «Warum will er eine laute Wohnung», hatte Lorenz gefragt. «Er hat einen Tinnitus», sagte Ernesti, «ein Pfeifen im Ohr, das ihn wahnsinnig macht, vor allem wenn es ringsum still ist. Deshalb braucht er eine laute Wohnung.»

Es war spät, er nahm ein Taxi nach Frankfurt. Als es auf der Autobahn war, rief er Selma an.

«Du hast Recht. Es stimmt alles, was du gesagt hast. Ich habe vergessen, wie die Lage ist. Es tut mir Leid. Wir schaffen das, hörst du. Ich werde nicht mehr hundert Mark ausgeben, sondern achtzig, nein, fünfundsiebzig.»

Er hörte Horand singen. Sie schwiegen.

«Bist du im Taxi?»

«Nein.»

«Achtzig sind okay.»

«Ich liebe dich.»

«Ich liebe dich auch.»

Vor der Bundesbank angekommen, ließ er sich vom Fahrer eine Quittung geben. Er ließ sich immer und überall Quittungen geben. Es war beruhigend, wenn er sie in seinem Portemonnaie sah. Er hatte dann das Gefühl, dass alles bezahlt würde, dass er den Stapel nur irgendwo einzureichen brauche und ein paar Tage später ginge ein hoher Betrag auf seinem Konto ein.

Um kurz vor neun war er bei der Bundesbank, ein Riegel aus Beton, lang, schmal, vierzehn Stockwerke hoch. Er fuhr in den achten Stock, ging über einen ewig langen Flur, rechts und links Türen, hellgrüner Teppich. Er musste bis zum Ende des Flurs gehen. Es war immer ein wenig duster. In seinem Büro schaltete er den Computer an, sah die neuen Daten durch. Es gab einen neuen Ifo-Index über die Stimmung bei den Unternehmern. Der Index war einer der Parameter für die Konjunkturprognose. Eher schlechte Stimmung. Er gab den Wert ein, stellte einige Berechnungen an. Es sah nicht gut aus. Eine Rezession stand vor der Tür. Der Druck, die Zinsen zu senken, würde wachsen. Als er auf dem Klo war, stand neben ihm ein Kollege und lachte laut, während er pinkelte. Lorenz konnte nicht pinkeln neben dem lachenden Mann. Er tat nur so, spülte ab, ging an ihm vorbei zum Waschbecken. Er sah, dass der Kollege ein Handy an sein Ohr hielt. Nachdem er kurz in seinem Büro gewartet hatte, ging er noch einmal. Diesmal war er allein in der Toilette.

Der Anruf kam um elf. Es war eine junge Stimme, starker Akzent. Lorenz verstand den Namen nicht, verstand gar nichts. Blut pochte in seinen Ohren. Mit Mühe gelang es ihm, ein Treffen in einer Pizzeria auszuhandeln, neun Uhr. Er legte auf, sah aus dem Fenster. Er sah das Feld, den Bunker, den Jungen. Er mochte ihn, das rötliche Haar, die fahlen Sommersprossen. Manchmal sah er, wie der Junge, Horand und er Fußball spielten. Er passte zu dem Jungen, der sich den Ball elegant über den Kopf löffelte und ihn mit dem Nacken auffing. Der Ball blieb dort liegen. Horand lachte,

119

er hatte immer einen Riesenspaß an den Kunststücken des Jungen. Lorenz schaute aus dem Fenster, auf die Türme der Banken.

Ernesti kam um sechs in sein Büro, und sie fuhren in die Innenstadt, gingen in den ‹Bär und Bulle›. Sie stellten sich an die Bar, tranken Bier.

«Von uns bleibt nichts», sagte Ernesti, «wusstest du das? Wenn unsere Ehen scheitern, bleibt nichts von uns. Jetzt denken wir, dass unsere Frauen uns mehr lieben als wir sie, weil unsere Frauen unser Leben mitleben. Wenn wir Teil der Bundesbank sind, sind sie es auch. Wenn wir zum Judentum übertreten, werden sie Juden. Wenn wir Krebs haben, kriegen sie ihn auch. Frauen sind so. Aber wenn wir sie verlassen oder sie verlassen uns, dann haben sie eines Tages einen neuen Mann, und wenn er Teil von Karstadt ist, werden sie auch ein Teil von Karstadt. Verstehst du, was ich meine? Sie machen bei jedem Mann, den sie lieben, das Gleiche wie bei uns: Sie übernehmen das Leben, in das sie sich verlieben. Deshalb bleibt nichts von uns. Wir können uns in unseren Frauen nur verewigen, wenn wir ewig bei ihnen bleiben. Das ist unsere Tragik. Ist dir die Bedeutung davon klar? Wir müssen bei ihnen bleiben, weil wir sonst ausgelöscht werden. Mich macht das depressiv.»

«Du hast Recht», sagte Lorenz.

Nach einer halben Stunde war die Bar voll. Es kamen die Leute von der Börse, den Banken, gestreifte Hemden, weiße Kragen, Manschettenknöpfe, einige trugen neuerdings Hosenträger. Sie hatten Geld oder die Hoffnung auf Geld. Sie schauten ständig auf die Monitore, die oben in den Ecken der Bar hingen, Börsenkurse aus New York, kein schlechter Tag offenbar. Jemand drängte sich an Lorenz vorbei an die Theke und bestellte zwei Mojitos.

«Könnt ihr nicht ein bisschen runter mit den Zinsen?»,
schrie er Lorenz ins Ohr.

Lorenz hob eine Hand, streckte die Finger waagerecht vor
dem Gesicht des anderen und ließ sie auf und ab schaukeln.
Der Mann lachte, klopfte Lorenz auf die Schulter. Als er gegangen war, stand ein neues Bier vor Lorenz. Der Barmann
zeigte mit einem Finger unbestimmt in die Menge, in die der
Mann verschwunden war. Er hatte Hosenträger getragen.

«Zu wenig Frauen», sagte Ernesti. «Wieso stellen die nie
Frauen ein?»

Ernesti war dick, hatte wenig Haare und trug eine Brille.
Die Frauen mochten ihn. Er war von straffer Fülle, sein Kopf
war schmal geblieben und die Brille, die nach sechziger Jahren aussah, gab seinem Gesicht eine Klugheit, die er nicht
hatte. Er konnte sehr lieb gucken, das konnten andere Männer nicht.

Seine Theorie war, dass die Bundesbank den größten Eros-
faktor in Frankfurt hatte. «Wenn du sagst, dass du bei der
Bundesbank bist, werden sie feucht», hatte er einmal zu Lorenz gesagt. «Die wollen nicht diese schnellen Jungs, die Geld
kotzen, die wollen uns. Die wollen mit der Macht ficken, die
wissen, dass wir unter unseren Anzügen von Boss, die wir
im Winterschlussverkauf gekauft haben, große Schwänze tragen. Das ist ihnen lieber als Dolce & Gabbana.» Lorenz hatte
genickt.

«Warum hast du heute einen so miserablen Anzug an?»,
fragte Ernesti, der sich einen Singapore Sling bestellt hatte.

«Ich muss noch weg.»

Ernesti hatte schon den Kopf abgewandt, weil eine Frau
an seiner Seite aufgetaucht war. Er liebte es, Frauen ins Ohr
zu sprechen und dabei mit den Lippen ihr Haar zu berühren. Lorenz schaute eine Weile auf die Monitore: Plus, Plus,

überall Plus. Er schämte sich für seinen Anzug. Plötzlich hatte er Angst, immer solche Anzüge tragen zu müssen. Er zahlte und ging.

Die Pizzeria lag im Bahnhofsviertel. Er kam ein bisschen zu spät, obwohl er zu früh aufgebrochen war. Er wollte, dass er in seiner ganzen Größe gesehen wurde. Schlechter Anzug, aber stattlich, kein Opfertyp. Niemand, mit dem man nach Belieben umspringen kann, ein leitender Angestellter der Deutschen Bundesbank, der mächtigsten Institution in Europa.

Er streckte das Kreuz durch, als er die Pizzeria betrat. Wenig Leute, Poster von Capri, von Pisa. Vorne am Fenster saß ein junger Mann mit dunklen Haaren. Lorenz ging langsam auf ihn zu. Er kannte den Mann, es war Lauras Bruder, Dhimitraq.

Lange drückte er seine Hand, schaute ihn warm an, dankbar, froh. Laura schickte ihren Bruder. Er bestellte Antipasti aus der Vitrine, einen großen Teller, redete Dhimitraq die Nudeln aus und überzeugte ihn von Kalbsschnitzeln, dazu einen Barolo, die teuerste Flasche auf der Karte. Leider hatten sie hier keinen guten.

«Erzähl», sagte er zu Dhimitraq, als sie sich zugeprostet hatten, er mit einem Prosecco, der Bruder mit einem Wasser. Lorenz wollte alles wissen von Laura, wie sie jetzt lebte, was ihr Studium machte, obwohl er das alles aus ihren Briefen kannte. Der Bruder hatte Mühe, sein Deutsch war holprig, aber Lorenz gefiel es ihm zuzuhören, weil er ihn dabei ansehen und nach Ähnlichkeiten mit seiner Schwester suchen konnte. Sie waren sich sehr ähnlich. Vor allem das Haar, auch er hatte dieses dichte, schwere Haar mit dem bläulichen Glanz. Er trug es halb lang mit Pony, nur ein bisschen kürzer als Laura. Auch er hatte ein rundes Gesicht, hohe Wangenknochen, die Augen tief liegend. Seine Züge waren nicht so weich wie die seiner Schwester, es gab da ein paar scharfe Linien, die Lorenz irritierten. Wenn er so lange gestarrt hatte, bis sich Dhimitraqs Gesicht fast in das von Laura verwandelt hatte, traten plötzlich diese Linien hervor und zerstörten das Bild.

Nach dem zweiten Glas Barolo verlor Lorenz etwas von seiner Wohligkeit. Warum war der Bruder gekommen? Offenbar hatte er keine Botschaft von Laura, so viel hatte Lorenz schon herausgefunden. Es schien, als wolle er in Deutschland bleiben. Er war illegal hier, hatte einer Schlepperbande tausend Mark bezahlt für einen Platz auf einem Schnellboot. Nachts waren sie von Vlora aufgebrochen und hatten die Adria überquert. Sie schafften es unentdeckt bis zur italienischen Küste, sahen dann aber die Positionslichter eines Patrouillenbootes. Einen halben Kilometer vor dem Strand stoppte der Skipper das Boot und sein Begleiter holte eine Maschinenpistole hervor. Alle sollten ins Wasser springen. Ein paar Leute sagten, sie könnten nicht schwimmen, aber das spielte keine Rolle. Die Koffer und Taschen, die sie mitgenommen hatten, mussten an Bord bleiben. Die Frauen weinten. Das Wasser war fast warm im Vergleich zum Fahrtwind. Dhimitraq schleppte eine ältere Frau zum Ufer. Von einundzwanzig Passagieren kamen neunzehn dort an. Mit den anderen hockte er eine Weile bibbernd auf dem Strand und wartete auf die Vermissten. Sie trauten sich nicht zu rufen, da sie Angst vor Entdeckung hatten. Als die anderen berieten, was jetzt zu tun sei, entfernte er sich ein paar Schritte und pinkelte in den italienischen Sand. Von dort ging er, ohne sich noch einmal umzusehen, auf die Bäume zu, mit denen das Hinterland begann. Er verschwand im Wald, nass, frierend, ohne zu wissen, wo er war. Er hielt es nicht für ausgeschlossen, wieder in Albanien zu sein. Sie hatten auch solche Bäume dort.

Er lief über Felder, an Dörfern vorbei, immer weiter. Er legte sich in eine Bodensenke, als er den ersten Schimmer des Tages sah. Er schlief ein. Er wachte auf und sah vier Hunde neben sich sitzen. Sie saßen reglos, still, er hörte nur ihr Hecheln. Sie starrten ihn an. Es waren große hellbraune Hunde, kurzes Fell, hängende Ohren. Sie trugen Halsbänder. Nach einer Weile kamen ein Mann und eine Frau. Sie sagten etwas zu den Hunden, die sich darauf hinlegten, ihn aber weiterhin nicht aus den Augen ließen. Dhimitraq war kalt.

Was er hier mache, fragte ihn die Frau. Er sei eingeschlafen, sagte Dhimitraq mit dem Italienisch, das er aus dem Fernseher kannte. Ob er aus Albanien komme, wollte die Frau wissen. Er nickte. Sie sprach mit dem Mann, schnell, leise, Dhimitraq verstand sie nicht. Die Frau sagte, er solle aufstehen und mitkommen. Er stand auf und ging mit. Sie liefen über einen Feldweg, Wiesenland, im Hintergrund sah er hohe, dünne Schornsteine, er hörte Züge. Die Hunde trotteten dicht hinter dem Mann und der Frau her. Manchmal wurden sie mit einem scharfen Wort zurechtgewiesen. Nach einer Weile kamen sie zu einem Haus, das von einer hohen Mauer umgeben war. Dahinter waren Käfige, in denen noch mehr Hunde waren. Dhimitraq fiel auf, dass sie nicht bellten. Er blieb dort. Sie gaben ihm ein Zimmer mit einem Bett und einem Stuhl. Er ging morgens und abends mit den Hunden, jeweils eine Stunde. Manchmal hatte er acht, neun Tiere dabei, nicht nur die hellbraunen, von denen er jetzt wusste, dass sie Rhodesian Ridgebacks waren. Jeden Morgen kamen Leute mit Geländewagen oder Kombis und gaben ihre Hunde ab. Der Mann und die Frau machten Übungen mit ihnen, Übungen im Gehorchen vor allem. Hinterher putzte er die

Pfoten der Hunde, und manchmal schnitt er ihre Nägel. Ein junger Rüde wich ihm nicht von der Seite, wenn er mit dem Rudel spazieren ging. Dhimitraq bekam etwas Geld von den Leuten, und nach ein paar Monaten vertrauten sie ihm so, dass sie für zwei Tage in Urlaub fuhren an die Küste. Als sie weg waren, machte er Futter für zwei Tage fertig und stellte es den Hunden hin. Er nahm den alten Pickup und fuhr mit dem jungen Rüden davon. Er fuhr durch bis Frankfurt, die Grenzen waren kein Problem, er wurde nicht angehalten. In Frankfurt stellte er den Wagen auf einen Parkplatz und ging fort.

«Und wo ist der Hund?», fragte Lorenz.

«Hier.» Dhimitraq zeigte hinter sich. Lorenz stand auf und sah den Hund, hellbraun, elegant, ein kluger Blick.

«Die Leute lassen mich in Ruhe, wenn sie den Hund sehen.»

«Ist er gefährlich?»

«Er ist lieb. Aber er sieht gefährlich aus und teuer. Die Leute denken, dass ich okay bin, wenn ich einen teuren Hund habe. Sie lassen mich in Ruhe, aber ich brauche Arbeit.»

Das war es also, er brauchte Arbeit. Sie schwiegen eine Weile. Eine Frau stellte sich von außen ans Fenster, schaute auf die Speisekarte, die dort aushing. Ihr Mund stand offen, während sie las. Dhimitraq sprang plötzlich auf und schlug mit der flachen Hand hart gegen die Scheibe, ungefähr in Höhe des Gesichts der Frau. Sie schrak zusammen, warf einen ängstlichen Blick auf Dhimitraq und ging rasch weiter. Er setzte sich wieder.

«Warum hast du das gemacht?», fragte Lorenz.

«Sie soll nicht so glotzen.»

Lorenz schwieg. Er konnte Laura nicht mehr in dem Jungen erkennen. Er dachte plötzlich, dass man Angst vor ihm haben konnte.

«Vielleicht kann ich dir helfen. Ich weiß einen Job, bei der Bundesbank.»

Der Junge nickte, nicht so glücklich, wie Lorenz gedacht hatte.

«Die Bundesbank sorgt für die Stabilität der Mark, deshalb wollten die Schlepper, dass du sie in Mark bezahlst, nicht in Lek oder Lira. Die Mark ist sehr wertvoll, das macht die Bundesbank, verstehst du?»

Der Junge nickte.

«Wir haben gerade dreizehnmal hintereinander die Leitzinsen erhöht. Dreizehnmal. Europa tobt. Wir haben die höchsten Leitzinsen in der Geschichte der Bundesrepublik, Lombard, Diskont. Verstehst du? Die anderen mögen das nicht, weil sie dann auch ihre Zinsen erhöhen müssen. Oder sie werten ab. Das mögen sie auch nicht, weil das immer so dumm aussieht, so schwach. Die Italiener müssen jetzt wieder abwerten, ihr Konfettigeld.»

Lorenz kicherte. Er nahm einen Schluck Barolo. Die Flasche war fast leer.

«Da sind sie sauer. Die Briten sind auch sauer. Alle sind sauer. Aber wir erhöhen schön die Leitzinsen. Was sollen wir auch machen?»

Er hob die Hände, zuckte mit den Achseln.

«Die Einheit ist ein Desaster, alles auf Pump finanziert. Die Inflation liegt bei vier Prozent. Das ist Wahnsinn, verstehst du? Das hält dieses Land nicht aus. Deshalb müssen die Zinsen rauf, Geld knapp halten, auch wenn es die Arbeitslosigkeit ein bisschen nach oben drückt. Ist nicht unser Job. Wir kümmern uns um den Geldwert. Und weißt du was?»

Er beugte sich vor, senkte seine Stimme.

«Ist doch nicht schlecht, wenn Europa tobt. Ist doch nur gut, wenn das europäische Währungssystem ins Trudeln kommt.»

Er winkte den Jungen zu sich heran, senkte seine Stimme noch weiter.

«Je mehr Turbulenz, desto besser. Dann glaubt bald niemand mehr an den Euro, verstehst du. Die Franzosen stimmen bald über Maastricht ab. Wenn sie Nein sagen, ist die Sache gelaufen. Das ist unsere Chance.»

Er strich dem Jungen übers Haar. Es war seidig und fest.

«Deine Schwester ist eine schöne Frau.»

Dhimitraq schaute ihn ausdruckslos an. Lorenz dachte daran, dass dieser Junge sie nackt gesehen hatte, als sie jung war, ohne Brüste, aber nackt. Er hätte ihn gerne gefragt, wie sie nackt aussah. Er bestellte einen Grappa. Er wollte wissen, ob sie einen Freund hatte, ob sie ihn mit nach Hause brachte, ob er nachts ihr Seufzen gehört hatte.

«Deine Schwester ist bestimmt Jungfrau. In ihrem Alter gibt es das in Deutschland gar nicht.» Er kicherte wieder.

«Noch ein Wasser für den jungen Mann», sagte er, als der Kellner den Grappa brachte.

«Entschuldigung. Deine Schwester ist sehr klug.»

Der Junge guckte ernst.

«Nicht böse sein.» Er lehnte sich zurück, trank den Grappa.

«Ich habe einen guten Job bei der Bundesbank für dich, ich habe den früher selbst gemacht, als Student in den Semesterferien.»

Er hatte in einem Keller gesessen und Geldscheine sortiert, die man aus dem Verkehr genommen hatte. Sie waren eingerissen, dreckig, fettig. Sie stanken. Es war ekelhaft.

«Das wäre doch gut für dich. Es ist nie schlecht, sich mit Geld zu beschäftigen.»

Der Junge nickte.

«Ich werde sehen, was ich für dich tun kann. Ruf mich in ein paar Tagen an.»

Er musste los. In einer halben Stunde fuhr die letzte S-Bahn nach Kronberg. Er durfte sie nicht verpassen, das Essen war schon teuer genug. Er bestellte die Rechnung.

«Die Familie von dem toten Jungen ist sehr traurig.»

Lorenz hatte gerade Lauras Gesicht gesehen. Er fühlte sich wie aus einem Traum geworfen. «Was?», fragte er.

«Der Vater ist krank, er kann nicht mehr arbeiten.»

Der Kellner kam mit der Rechnung. Lorenz holte sein Portemonnaie hervor, hielt es unterhalb der Tischkante und suchte zwei Fünfziger heraus.

«Stimmt so.»

Umständlich steckte er das Portemonnaie ein. Er brauchte Zeit. Er musste sich neu einstellen auf die Welt. Es war eine andere Welt, in der er plötzlich war, die Welt des toten Jungen. Er war verwirrt. Wie war er da hineingeraten? Dann fiel ihm ein, dass Dhimitraq den Jungen erwähnt hatte. Er sah ihn an.

«Die Familie ist sehr arm.»

Lorenz nickte. Ja, eine arme Familie, er wusste das. In Albanien waren sie alle arm. Und er hatte einen Jungen totgefahren, und jetzt war der Vater krank, vor Kummer sicherlich, und die Familie war noch ärmer, als man ohnehin arm ist in Albanien. Ganz arm, richtig arm, hundearm.

«Kannst du ihnen Geld geben? Hast du eine Möglichkeit, ihnen das zuzusenden? Vielleicht kann Laura das machen.»

Dhimitraq nickte.

«Ich gebe dir fünfhundert Mark mit, ich muss sie nur aus einem Geldautomaten holen, weil ich so viel nicht dabeihabe. Verstehst du das, Geldautomat?»

Er sprach das Wort langsam, zerhackte es in seine Silben. Dhimitraq sah ihn fragend an.

«Geldautomat, ATM, Maschine, wo Geld rauskommt, habt ihr das immer noch nicht in Albanien?»

Er machte eine Bewegung mit der Hand, als würde er eine Karte in einen Schlitz schieben. Dann ahmte er mit der Zunge das Geräusch nach, das entsteht, wenn der Automat die Geldscheine abzählt. Es gelang ihm nicht richtig, er versuchte es noch einmal. Dhimitraq sah ihn schweigend an. Der Ober kam und räumte die leeren Gläser weg.

«Lass uns gehen», sagte Lorenz. Er stand auf. «Von fünfhundert Mark werden sie eine Weile leben können.»

Es war kühl, er versuchte sich zu erinnern, wo der nächste Geldautomat der Commerzbank war. Woanders bekam er nur vierhundert Mark. In der Nähe des Bahnhofs hatte er schon mal Geld gezogen, fiel ihm ein. Der Junge stand neben ihm, die Hände in den Taschen versenkt. Er war größer, als er ihn in Erinnerung hatte. Er war groß und schmal. Seine Jacke war aus rissigem Kunstleder, und er trug eine Jeans, wie Lorenz sie noch nie gesehen hatte, ein seltsames Blau, eher ein Grau, grob verwaschen, als wäre es Batik. Sie steckte in halbhohen Stiefeln. Sie gingen schweigend nebeneinander her, der Hund einen halben Schritt hinter Dhimitraq. Lorenz fragte sich, wie lange man von fünfhundert Mark in Albanien leben konnte. Zwei, drei Monate müsste es doch reichen. Bis dahin konnte sich der Vater erholt haben und wieder arbeiten. Es waren nicht mehr viele Leute unterwegs, manche starrten sie an. Vielleicht dachten sie, er habe einen jungen Stricher aufgegabelt. Er ging etwas schneller. Die Reklame der Sexläden flimmerte. In den neonhellen Dönerbuden standen Männer mit kleinen elektrischen Sägen in der Hand und schauten stumm nach draußen.

Sie gingen in die Bank. Der Automat war außer Betrieb. «Kaputt», sagte er zu dem Jungen. Sie gingen wieder hinaus. Gleich würde die letzte Bahn fahren. Aber er musste das hier noch erledigen, er konnte es nicht in den nächsten Tag mitnehmen, auf keinen Fall konnte er das. Wenn er diese Sache erledigt hatte, könnte sein Leben neu beginnen. Er würde eine Schuld beglichen haben. Die Familie wäre aus großer Not gerettet, und sie wären quitt. Das konnte er nicht verschieben. Er schwitzte stark, wenn er den Traum von dem toten Jungen hatte. Er wachte morgens auf und roch schlecht. Er stand schnell auf, bevor Selma ihre Hand nach ihm ausstreckte. Manchmal tat sie das am frühen Morgen. Sie zog ihn zu sich, sie war so warm am Morgen. Er schlief mit ihr, bevor er richtig in der Welt angekommen war, ohne Sorgen, ohne Pflichten, ohne die Stimmung eines Tages. Wenn sie abends miteinander schliefen, war immer die Stimmung des ganzen Tages dabei. Am Morgen liebte er Selma in großer Reinheit, Klarheit und Entschiedenheit. Aber wenn er nachts von dem toten Jungen geträumt hatte, ging es nicht.

«Wir müssen zurück ins Bankenviertel», sagte er. «Dort gibt es andere Automaten.»

Wieder gingen sie schweigend nebeneinander her. Sie tauchten aus dem Licht des Bahnhofsviertels in die Schatten unter den Banktürmen. Es war Vollmond, keine Wolken. Sie gingen still zwischen den Türmen durch. Dhimitraq schaute nach oben. Ein Polizeiwagen überholte sie langsam, der Beamte auf dem Beifahrersitz schaute sie prüfend an. Er sagte etwas zu seinem Kollegen am Steuer, sie lachten. Der Wagen fuhr davon. Ein Mann löste sich aus dem Schatten eines Turmes, bettelte um Kleingeld. Lorenz ging weiter, Dhimitraq und der Hund folgten. Die S-Bahn war längst weg.

Sie gingen in die Commerzbank, der Automat war in Betrieb, aber er gab Lorenz kein Geld. Er solle sich bei seinem Kundenberater melden, lautete die Anweisung im Display. Der Junge sah ihn fragend an, als Lorenz seine Karte aus dem Automaten gezogen hatte und zurückging auf die Straße.

«Kein Problem», sagte Lorenz, «manchmal ist es schwierig mit den Automaten, ich beschaffe das Geld, kein Problem. Don't worry.»

Er holte sein Funktelefon aus der Brusttasche, rief Ernesti an. Als er auf das Freizeichen wartete, merkte er, wie still es war im Bankenviertel. Keine Geräusche, keine Menschen. Durch die Glastüren sah er zwei Männer am Empfang der Commerzbank sitzen. Einer schaute in einen Fernseher, der andere heraus zu Lorenz und dem Jungen. Warum war es so still hier? Machten sie nicht rund um die Uhr Geschäfte? Bevor sich Ernesti meldete, hörte er den Lärm der Bar. Er war immer noch im ‹Bär und Bulle›.

«Ich brauche Geld», sagte Lorenz, «hast du fünfhundert Mark für mich?»

«Ich versteh nichts, bist du das, Lorenz?»

«Ich brauche Geld, Geld, verstehst du mich?» Er brüllte.

Der Junge sah ihn an, beide Pförtner sahen ihn an. Der Hund saß still auf dem Pflaster. Eine Ampel sprang von Grün auf Gelb. Ein Auto kam näher, beschleunigte, fuhr bei Rot über die Ampel.

«Hallo», rief Ernesti in den Hörer. Er war betrunken. Lorenz legte auf, verstaute das Handy in der Brusttasche seiner Anzugjacke.

«Wir gehen da jetzt hin, es ist nicht weit.»

Sie gingen eine Weile, dann blieb er plötzlich stehen. «Hat Laura je über mich geredet, hat sie je meinen Namen genannt?»

Der Junge nickte.

«Ich liebe sie, ich liebe deine Schwester, wusstest du das?» Lorenz legte seine Hände auf Dhimitraqs Schultern. «Aber ich habe sie nie geküsst, verstehst du, nie, ich habe Respekt vor deiner Schwester, wenn ich sie küsse, heirate ich sie auch. Deine Schwester ist eine große Frau.»

Seine Augen waren feucht. Er sah an der nächsten Ampel nicht nur einen roten Kreis, sondern drei, vier, das Rot glitzerte, verschwamm, wurde wieder klar. Er drehte sich weg, ging weiter. Der Junge folgte.

Ernesti stand an der Theke, die Frau, die er vorhin angesprochen hatte, neben ihm. Sie lachten, ihre Köpfe berührten sich fast. Die Bar war halb voll, laute Stimmen, leere Gläser. Ernesti trug Hosenträger unter seinem Sakko. Als er Lorenz sah, fiel er ihm um den Hals.

«Das ist mein Freund», sagte er zu der Frau, «er ist auch ein Hüter der Mark und er wird sie verteidigen bis aufs Blut.»

Er lachte laut. Die Frau grinste, während sie Lorenz betrachtete. Er kannte diesen Blick, zunächst Respekt, Ehrfurcht, dann ein bisschen Herablassung, sobald sie sich das Einkommen vorstellte – das Salär eines Beamten. Sie hatte Lippenstift auf der rechten Wange, ihren eigenen. Ernestis Mund war rot geküsst.

«Siehst du meine Hosenträger?», fragte Ernesti. Er zog einen Strang vor, ließ ihn zurückschnellen. «Einer von den Aktienaffen hat sie mir gegeben, weil ich ihm versprochen habe, dass wir Maastricht aus den Angeln heben, machen wir doch, oder?»

Er kippte seinen Kopf vor, so dass er mit seiner Stirn gegen Lorenz' Stirn knallte. Als Lorenz zurückwich, folgte Ernesti mit seinem Kopf. Sie standen Stirn an Stirn in der Bar, Ernesti starrte ihm in die Augen. Dann wendete er sich ab und gab der Frau einen Kuss auf die Wange.

«Sie ist auch ein Aktienaffe», sagte er zu Lorenz, «aber ein süßer.»

Er sah den Jungen, der hinter Lorenz stand. «Gehört der zu dir?»

«Auch ein Hüter der Mark», sagte die Frau und lachte kreischend.

Ernesti musterte den Jungen.

«Er ist mein Freund aus Albanien», sagte Lorenz, «er heißt Dhimitraq.»

«Wie heißt das Geld in Albanien?», fragte die Frau an den Jungen gewandt.

«Lek», sagte Lorenz.

«Bitte?»

«Das Geld heißt Lek», sagte er.

«Leck mich», sagte die Frau.

«Am besten, du ziehst die Hose aus den Stiefeln», sagte Ernesti, «in Deutschland ist das verboten.»

Dhimitraq sah ihn an. Nichts regte sich in seinem Gesicht. Der Hund saß neben ihm.

«Komm mit.» Lorenz zog Ernesti auf die Toilette.

«Ich brauche dringend fünfhundert Mark», sagte er, als sie nebeneinander an den Becken standen. «Die Bankautomaten sind kaputt oder geben mir nichts mehr, kriegst du morgen wieder, wenn ich das geklärt habe.»

«Hast du Schwierigkeiten, wirst du erpresst von dem Kerl?»

«Es ist schon in Ordnung.»

«Willst du das Geld, bevor ich mir die Hände gewaschen habe oder danach?»

«Danach.»

Sie wuschen sich die Hände.

Danach zückte Ernesti sein Portemonnaie, zählte fünf

Hunderter ab. Lorenz steckte das Geld in seine Hosentasche. Sie umarmten sich, gingen zurück in die Bar. Die Frau redete auf den Jungen ein. Lorenz zog ihn von ihr weg, hinaus auf die Straße. Er gab ihm die fünfhundert Mark, strich noch einmal über sein Haar und winkte ein Taxi herbei. Er hasste die Beflissenheit des Fahrers, nachdem er «Kleiner Feldberg» gesagt hatte. Ein gutes Geschäft für den Fahrer, er wollte seine Sache gut machen und mit Lorenz den günstigsten Weg diskutieren. Es war ihm egal, es kam nicht darauf an. Er wollte nur Ruhe, nicht reden. Das Taxi rauschte durch die Nacht, Lorenz lehnte seinen Kopf an die Stütze, schloss die Augen. Das Taxameter klapperte, wenn die Zahl in der Anzeige weitersprang. So hatte die Fahrt einen Rhythmus, den Rhythmus von Geld, dachte er, fünfzig Mark, fünfzig Mark zwanzig.

★

Ich war noch wach, als das Taxi am Tor hielt. Konrad und Charlotte schliefen schon, alles war dunkel drüben. Ich wunderte mich. Es war zwei Uhr morgens, um diese Zeit haben wir nie Gäste, schon gar nicht Gäste, die mit einem Taxi vorfahren. Das Taxi hielt, Lorenz stieg aus, ging über die Einfahrt herauf. Er geht sehr langsam, träge, das ist so seine Art. Ich war gespannt, ob er zu seinen Eltern wollte oder zu mir, und ich freute mich, dass er seine Schritte zum Blockhaus lenkte. Ich zeigte ihm meine Verwunderung nicht. Er kam spät, aber er war willkommen. Wir plauderten ein wenig, über die Bank und die Erde, dann fragte er, ob ich ihm Geld leihen könne, dreitausend Mark. «In zwei Monaten hast du es wieder», sagte er. Natürlich konnte, wollte ich ihm Geld leihen, keine Frage. Ich besaß nicht mehr viel, seitdem ich meine Volkswagenaktien für das Haus in Kronberg hergegeben hatte, aber dreitausend waren noch da. Ich stellte ihm keine Fragen. Ich holte das Geld aus meinem Schlafzimmer. Es ist sicher dort. Es gab noch nie einen Einbruch in einem der Wohnhäuser hier oben. Ich überreichte Lorenz die dreitausend Mark, dann plauderten wir noch kurz. Das Taxi wartete am Tor.

Ich war in Unruhe, nachdem er das Blockhaus verlassen hatte. Wieso musste er sich Geld leihen? Wir redeten viel über Geld, aber nie über unsere finanziellen Verhältnisse. Wir gingen stillschweigend davon aus, dass jeder klarkommt.

Unser Kontakt war nicht mehr so eng wie früher, mir entging manches. Zwar kam er regelmäßig auf den Kleinen Feldberg, damit Horand nicht den Kontakt zu seinen Großeltern verliere und umgekehrt, aber er schaute nicht jedes Mal bei mir vorbei oder kam nur kurz. Ich weiß genau, woran das lag, an der Eifersucht seiner Eltern nämlich, die nicht wollten, dass von der knappen Zeit, die er für den Kleinen Feldberg hatte, zu viel für mich abfiel. Es tat mir weh, ihn dort drüben zu beobachten, wie er schweigend den Kuchen seiner Mutter aß, während Charlotte und Horand nicht zu sehen waren, weil sie auf dem Fußboden krochen, kleine Autos vor sich herschiebend. Konrad las eine Zeitschrift, wahrscheinlich das *Deutsche Waffen-Journal*, das er im Abonnement bezog. Wie schön hätten wir derweil miteinander reden können, über Erdbeben, über die Deutsche Mark und das Leben überhaupt, aber es war uns nicht vergönnt. Nicht einmal Horand, der Enkel, hat es geschafft, für eine bessere Stimmung zwischen Blockhaus und Hausmeisterhaus zu sorgen.

Wobei Kinder ja eigentlich eine große versöhnende Kraft haben. Lorenz sagte mir einmal, wie sehr es ihn freue, dass seine Mutter so viel mit seinem Sohn spiele. «Weißt du, Luis», sagte er, «ich denke immer, wenn sie so viel mit ihm spielt, dann hat sie doch wahrscheinlich auch viel mit mir gespielt, als ich klein war, vielleicht mehr, als ich erinnern kann.» «Genauso war es», sagte ich lebhaft, «sie hat eine Menge mit dir gespielt.» «Mich versöhnt das mit ihr», sagte er. «Ich glaube, dass mir Horand hilft, mich mit meiner Mutter zu versöhnen.»

Ich kann gar nicht sagen, wie gern ich diesen Satz hörte. Ich bin immer der Meinung gewesen, dass die Bewohner und ehemaligen Bewohner dieses Berges versöhnlich miteinander sein sollten. Wir standen und stehen einer widrigen Natur gegenüber. Deshalb sollten wir Menschen, wir Feldberger, uns nicht das Leben gegenseitig schwer machen. Wir sollten eine Gemeinschaft sein, daran habe ich immer geglaubt.

«Mit Vater allerdings», sagte Lorenz, «ist es etwas anderes. Hast du gesehen, dass er wieder nur die ganze Zeit sein Waffen-Journal gelesen hat?» Ich hatte es gesehen, aber ich schwieg. «Er spielt nie mit Horand», sagte Lorenz, «es ist genauso wie bei mir. Es interessiert ihn nicht, Kinder interessieren ihn nicht, nur Waffen. Er hat sich schon wieder eine neue gekauft, hat mir Mama erzählt, eine Luger.»

Ich hätte ihm erzählen können, dass Konrad sehr wohl mit seinem Sohn gespielt hat, als der so alt war wie Horand, nicht viel, aber immerhin. Ich hätte ihm sagen können, dass Konrad seinen Sohn gewickelt, gebadet und ganz sicher geliebt hat, soweit ich das sehen konnte von meinem Platz am Seismographen aus. Aber ich sagte nichts.

Warum schwieg ich? War der alte Luis eifersüchtig? Freute er sich gar insgeheim über das Zerwürfnis von Vater und Sohn? Nein, so war es nicht, nicht ganz. Wie schon gesagt, wollte ich Frieden auf dem Kleinen Feldberg, wollte Harmonie. «Wenn wir das nicht schaffen», habe ich einmal zu Charlotte gesagt, «wer soll es denn dann schaffen? Wir haben die idealen Bedingungen, eine kleine, verschworene Gemeinschaft zu sein, aber wir schaffen es nicht.» Ich war ihr gefolgt. Ich hatte gesehen, dass sie das Haus mit einem Korb verlassen hatte und in die Beeren gegangen war. Wir haben hier oben Blaubeeren, Himbeeren und sogar wilde Erdbeeren. Es ist ein Paradies für Beeren, und früher, als die Assistenten in großer Zahl bei uns waren, machten wir manchmal beerenfrei, ließen die Erdbeben der Welt Erdbeben sein und gingen alle gemeinsam pflücken, die Assistenten, der Hausmeister, seine Frau und ich. Sogar die Meteorologen fragte ich, ob sie mit uns in die Beeren gehen würden. Sie kamen mit, nachdem sie wahrscheinlich eine ihrer Wetterprognosen, die immer zutreffender wurden, abgesetzt hatten. Aber Beerenzeit war Friedenszeit, keine Frotzeleien von ihnen, kein Neidanfall von mir. Wir freuten uns gemeinsam über unsere blauen Hände, unsere blauen Zungen und Lippen. Wir hockten in den Büschen, scherzten oder hingen unseren Gedanken nach und waren jedenfalls glücklich.

Diese schönen Zeiten der Gemeinsamkeit waren längst vorbei, als ich Charlotte in den Beeren ansprach. Ich litt sehr darunter, dass es kaum noch einen Austausch gab zwischen dem Haus des Hausmeisters und dem Blockhaus, abgesehen von Lorenz' Besuchen. Damals stand er am Beginn seiner Schuljahre und machte seine Hausaufgaben am liebsten bei mir. Konrad und ich sprachen nur über das Nötigste, und auch Charlotte ging mir aus dem Weg.

«Können wir nicht wieder in Eintracht miteinander leben», fragte ich Charlotte, «können wir uns nicht Besuche abstatten und miteinander plaudern, wenn wir uns begegnen, statt nur kurz den Tagesgruß zu sagen und weiterzugehen, mit jedem Schritt tiefer in das Schweigen hinein? Ich hasse das Schweigen.»

Charlotte hockte in den Sträuchern und pflückte weiter Beeren. Sie sah mich nicht an. Sie war immer noch eine hübsche, sogar eine anmutige Frau. Ihr geblümter Rock hatte sich ringsum über die Erde gebreitet, und es sah so aus, als säße sie nicht nur in den Sträuchern, sondern auch auf einer kleinen, blaugrundigen Blumenwiese. Denn blau war der Rock, das weiß ich noch heute.

«Ach, Luis», sagte sie, «wir hatten die Chance und du hast sie vermasselt, und damit müssen wir jetzt leben.» «Aber warum denn!», rief ich. «Das weißt du genau», sagte sie, «und, bitte, lass mich jetzt in Ruhe Beeren pflücken. Konrad wird gleich kommen und mir Gesellschaft leisten.» Ich stand kurz schweigend bei ihr, dann ging ich. Niemand kann sich meine Traurigkeit vorstellen, als ich Charlotte in den Beeren zurückließ.

Ich weiß nicht, ob das eine Antwort auf die Frage ist, warum ich Lorenz nicht erzählt habe, wie Konrad mit ihm als Kind umgegangen ist. Es war Konrad, der mich in Isolation hielt, nicht Charlotte. Sie hätte mich gerne als guten Nachbarn gehabt, das weiß ich genau. Aber Konrad wollte mich fern halten von seiner Familie, und das, muss ich gestehen, konnte ich ihm lange nicht verzeihen. Jetzt, in meinem hohen Alter, und nachdem so viel passiert ist, habe ich einen milderen Blick auf die Dinge, und ich wünschte mir manchmal, ich könnte mit ihm reden, wir könnten uns aussprechen und miteinander versöhnen. Aber es ist zu spät.

Es schneit heute nicht. Das gibt mir Hoffnung, dass die Fenster in diesem Winter frei bleiben, dass sich kein Schnee wie eine Mauer davor türmt. Ich weiß nicht, ob ich in der Lage wäre ihn wegzuschaufeln, und ich möchte nicht einschneien. Ich habe Angst vor der totalen Abgeschiedenheit, Angst vor dem fehlenden Blick nach draußen.

Es blieb mir nicht erspart, das Versprechen, das ich Selma knapp zugenickt hatte, zu brechen. Nicht lange, nachdem sie mich um Informationen gebeten hatte, kam Lorenz zu mir und fragte, ob ich Briefe für ihn in Empfang nehmen könne. «Natürlich», sagte ich, ohne zu überlegen, «natürlich kann ich Briefe für dich in Empfang nehmen.» Wir sagten eine Weile nichts. Es ist wohl klar, was ich gedacht habe in jenen Sekunden. Was für Briefe sind das, fragte ich mich, von wem kommen sie? Warum können sie nicht zu Lorenz nach Hause geschickt werden? Ich machte mir Sorgen. Ein Brief, der ein Geheimnis ist, birgt auch eine Gefahr.

«Es ist eine Zumutung für dich, ich weiß», sagte er. «Es ist mir auch peinlich, aber ich möchte mir die Briefe nicht in die Bank schicken lassen, Briefe aus Albanien, das sieht irgendwie komisch aus, und ich will auch kein Postfach er-öffnen, das macht es gleich so groß. Deshalb dachte ich, dass du …» Er machte eine Pause. Ich schaute auf den Seismographen. «Selma muss das nicht unbedingt wissen», sagte er, ein seltsames Flirren in seiner Stimme, «obwohl es ganz harmlos ist, aber sie regt sich immer gleich so auf, sie ist extrem eifersüchtig, das weißt du ja.» Ich wusste es nicht, wir hatten nie darüber gesprochen. Ach, Lorenz, hätte ich am liebsten gesagt, du musst mir das nicht alles erklären, nie würde ich dir etwas abschlagen, auch wenn es um eine Sache geht, die nicht ganz sauber ist. Aber das sagte ich nicht, ich nickte nur, bestätigte damit Selmas Eifersucht und gab mein Einverständnis, als Briefkasten zu dienen. Er wollte gehen, spürte aber wohl eine Verpflichtung, mehr zu sagen, als er gesagt hatte. «Ich habe sie bei dem Seminar in Tirana kennen gelernt», sagte er, «sie ist sehr intelligent und sie ist so anders, so fremd, ein Wesen aus einer anderen Welt.»

Ich wollte, dass er aufhörte, ich wollte das nicht hören. Ich war froh, als Lorenz ging, das muss ich zugeben. Aber ich war auch gespannt und wartete auf den ersten Brief.

Uns erreicht die Post mit dem Auto. Der Briefträger hält genau zwischen Blockhaus und Hausmeisterhaus und er kommt immer zuerst zu mir, weil er links aussteigt und mein Haus auf seiner linken Seite liegt. Er hat es immer eilig und redet nicht viel, redet meistens gar nicht. Er ist dick und guckt grämlich. Es ist unser Pech, denke ich manchmal, dass ausgerechnet wir hier oben einen solchen Briefträger haben, wo wir doch am ehesten Ansprache brauchen, ein Schwätzchen über Gott und die Welt. Aber ihn kümmert das nicht. Ich glaube, es ist ihm sogar unangenehm, dass ich die Briefe persönlich in Empfang nehme. Er kommt an die Tür gewatschelt, und ich gucke, ob sich etwas in seinem großen Gesicht regt. Nichts, außer Grämlichkeit. Sein fettes Kinn hängt ihm auf die Brust wie ein halber Pfannkuchen. Ein Hals ist nicht zu sehen, kleine Augen, flache Nase. Ein erfreulicher Anblick ist das nicht, aber ich würde ihn gern anschauen, wenn er nur reden würde. Er nickt zum Gruß, gibt mir die Briefe, geht hinüber zu Charlotte und Konrad.

Viel Post kommt nicht. Manchmal schickt die Universität einen Brief, manchmal schreibt ein ehemaliger Assistent eine Postkarte aus einem Erdbebengebiet.

Nachdem mir Lorenz Post aus Albanien angekündigt hatte, wartete ich mit großer Ungeduld. Ich sah mehr aus dem Fenster als auf den Seismographen. Ich stand in der Tür, noch bevor das gelbe Auto hielt. Er brauchte immer so lange, bis er seinen Leib aus dem kleinen Auto gewuchtet hatte. Ich riss ihm die Post fast aus der Hand. Gab es einen

Brief mit exotischer Marke? Nein, wieder nicht. Ich war enttäuscht, schaute dem Briefträger hinterher, wie er zum Hausmeisterhaus schlurfte. Es war ihm zuzutrauen, dass er Post verbaselte.

Nach zwei Wochen kam ein Brief aus Albanien. Die Briefmarke zeigte einen Traktor mit Ketten, das Papier des Umschlags war grau und fühlte sich seltsam an, nicht wirklich nach Papier. Ich schätzte den Inhalt auf vier Seiten. Der Brief lag zwei Tage neben dem Seismographen, dann holte Lorenz ihn ab. Von da an kam jede Woche ein Brief.

Im Sommer jenes Jahres machte Lorenz mit seiner Familie nicht Urlaub im Süden wie sonst, sondern bei uns auf dem Kleinen Feldberg. Ich war überrascht, als sie für zwei Wochen ins Assistentenhaus zogen. Was hatte Selma dazu bewogen, die besten Tage des Jahres auf unserem Berg verbringen zu wollen? Schon damals hatte ich den Verdacht, dass Geldnot der Grund war. Aber ich dachte nicht weiter darüber nach, zumal wir zwei herrliche Wochen miteinander verbrachten. Leider endeten sie mit einem Eklat, worauf Selma schwor, dass sie den Kleinen Feldberg nie wieder betreten würde.

Dabei sah es eine Weile so aus, als könnten wir wieder eine Familie sein, so wie in den Wochen, als das Haus renoviert wurde, als könnte Eintracht herrschen zwischen uns. Wie schön war es zu sehen, dass Lorenz an jedem Tag Fußball spielte mit seinem Sohn, vor meinem Fenster, und manchmal ging ich hinaus, verließ, ohne ein schlechtes Gewissen zu haben, meinen Beobachterposten und kickte mit meinen damals schon müden Knochen gegen den Ball. Selma lag im Bikini in der Sonne und las, Charlotte schälte draußen Kartoffeln. Manchmal saß sie bei ihrer Schwiegertochter, und sie unterhielten sich, so wie es sein soll in einer Familie. Konrad holte den Unimog aus der Maschinenhalle und schraubte an ihm herum, nicht wirklich bei uns, doch auch nicht abwesend. Ich glaube, er mochte das Gemurmel, das Gelächter und die Eintracht, die zwischen uns herrschte, aber er hatte schon die Brücke zu uns abgerissen. Seit einigen Jahren verbrachte er manche Nächte nicht mehr in seinem Bett, sondern draußen im Wald, wo er sein Zelt aufgeschlagen hatte. Er war immer ein Mann des Fernwehs gewesen, las sich Stunden über Stunden an unseren Nebeltagen in ferne Länder hinein, las Reiseberichte, Entdeckertagebücher und derlei mehr. Ich weiß von Lorenz, wie sehr er es als Kind genoss, stundenlang neben seinem Vater durch unseren Wald zu spazieren und Pläne zu schmieden für große, abenteuerliche Reisen in die Wildnis, ins asiatische Hochgebirge, in die afrikanischen Savannen, die chinesische Wüste, den Kongodschungel und die Geysirwelt Islands. Er hatte Phantasie, unser Konrad, wenn er erzählte, dann schlichen Hyänen ums Lager und Schlauchboote schlingerten durch enge Schluchten.

«Ich dachte», sagte Lorenz viele Jahre später zu mir, «dass wir das alles machen würden, dass hinter diesen Geschichten feste Absichten stünden.» Damals begann Lorenz zu sparen. Sein Vater hatte ihm aufgezählt, was man alles brauche für die abenteuerlichen Reisen, zum Beispiel ein wetterfestes Zelt, zum Beispiel Entkeimungstabletten für verdrecktes Wasser. Teuer sei das alles, sehr teuer, aber wenn sie rechtzeitig zu sparen anfingen, könnten sie die Ausrüstung zusammenhaben, bis Lorenz im richtigen Alter für die abenteuerlichen Reisen sei. Damals war er acht oder neun. «Was ist das richtige Alter?», fragte er seinen Vater. «Zwölf», sagte Konrad auf ihrem Weg durch unseren schönen Nadelwald. «Wenn du zwölf bist, fahren wir los.»

«Ich wusste, dass wir wenig Geld hatten», sagte Lorenz zu mir, als wir am Seismographen saßen. «Ich dachte, dass wir es schaffen können, wenn ich ihm helfe. Ich habe jeden Pfennig meines Taschengeldes gespart, jede Mark, die du mir geschenkt hast.»

Ich musste lächeln, weil ich mich erinnerte an jene Zeit, denn ich wusste natürlich, dass Lorenz sparte, und ich habe ihn unterstützt, so gut ich konnte, und das war keine Frage der Summen, sondern der Unauffälligkeit. Konrad sollte nicht merken, dass ich die Pläne, die er mit seinem Sohn hatte, förderte. So steckte ich Lorenz immer mal wieder eine Mark zu, wenn er bei mir war, manchmal auch ein Fünf-Mark-Stück.

Da fällt mir ein, während draußen wieder Schnee fällt, dass es Fünf-Mark-Stücke demnächst nicht mehr geben wird, dass sie dort unten eifrig umgetauscht werden in Euro-Scheine, in Euro-Münzen, und plötzlich schmerzt es mich. Das Fünf-Mark-Stück war das beste an unserer Währung. Allein dem Fünf-Mark-Stück war sinnlich anzumerken, dass Geld etwas wert ist. Groß und schwer lag es einem in der Hand, und man konnte eine Menge kaufen dafür. Es war schön anzusehen mit dem breiten Adler auf der Rückseite. Bald wird es vergessen sein.

Lorenz hatte ein Sparschwein aus Porzellan, und manchmal trug er es zu mir herüber, setzte sich auf den Fußboden, öffnete den Verschluss am Bauch des mit roten Blumen bemalten Schweins und zählte das Geld. Es waren immer krumme Summen, auf die er kam, dreiundvierzig Mark sechsundzwanzig oder hunderteinundachtzig Mark elf. Die Münzen sortierte er nach Wert und stapelte sie zu Türmen. Die Scheine lagen auf einem Haufen. Es waren nicht viele, ein Zwanziger und ein Fünfziger und ein Zehner, die kleine Ausbeute von Geburtstagen.

«Damals begann ich zu rechnen», sagte Lorenz. «Ich malte

mir aus, wann ich welche Einnahmen zu erwarten hatte, addierte sie zum Bestand und subtrahierte die errechnete Summe von zweihundertneunundvierzigachtundneunzig. Das war der Preis eines Schlafsacks, der sich für Temperaturen bis minus dreißig Grad eignete. So kalt konnten die Nächte im Himalaya werden.»

Ich weiß, ich weiß, hätte ich sagen können. Denn wie oft hatte er mir von diesem Schlafsack erzählt. Wie oft hatten wir ihn gemeinsam in einem Katalog betrachtet. Aber ich schwieg.

«Immer war es zu wenig Geld», sagte Lorenz. «Nie reichte es. Ich bekam drei Mark Taschengeld in der Woche, als ich zehn war. Ich multiplizierte die mir bis zum zwölften Geburtstag verbleibenden Wochen mit drei, rundete dann auf, weil zwischendurch Erhöhungen zu erwarten waren. Ich brachte mir Zinsrechnung bei, um solche Zuschläge einrechnen zu können. Ich war bald der beste Schüler in Mathematik. Zwischendurch wuchs unsere Ausrüstung, weil mein Vater hin und wieder kleinere Sachen kaufte, Taschenmesser mit unzähligen Funktionen, einen Spirituskocher, der auch bei starkem Wind funktionierte, eine wasserdichte Taschenlampe, einen Kompass, aber das weißt du ja. Du kennst das ja alles.» Ich nickte. Ich kannte das alles. Ich kannte die Ausrüstung, die gut genug war, um den Mount Everest zu besteigen. «Das Komische war», sagte Lorenz, «dass Konrad irgendwann aufgehört hat, mich mitzunehmen, wenn er in den Laden für Fernreisebedarf fuhr. Er fuhr nur noch alleine. War ich da zehn oder elf, als das anfing?»

Lorenz war zehn, das weiß ich genau. Es fing damit an, dass sie eines Tages vorhatten, am frühen Abend in den Laden in Wiesbaden zu fahren, um einen Rucksack zu kaufen. Der Junge war so aufgeregt, so glücklich, dass er den ganzen

Nachmittag bei mir saß, zweimal sein Geld zählte und sich ausmalte, wie er mit seinem Vater auf einer Höhe von mindestens viertausend Metern übernachten würde. Um halb sechs wollten sie fahren, um fünf ging Lorenz hinüber ins Elternhaus. Er zog sich eine Jacke an und wartete in der Küche. Um Viertel vor sechs wurde er unruhig. Er guckte aus dem Fenster, wo sein Vater wohl blieb. Er schaute beunruhigt zu mir herüber. Ich winkte ihm zu. Er würde schon kommen, obwohl die Zeit nun wirklich knapp wurde. Damals hatten wir noch andere Ladenöffnungszeiten als heute. Damals, in den Zeiten einer blühenden Mark, machten die Läden um halb sieben dicht. Um fünf vor sechs hörte ich den Unimog in der Maschinenhalle starten. Konrad fuhr hinaus, der Unimog rollte aus der Garage, hielt kurz bei Lorenz. Doch dann, zu meiner großen Überraschung, fuhr Konrad weiter, ohne seinen Sohn aufzunehmen, fuhr zum Tor hinaus und den Waldweg hinunter. Lorenz, der erst wie erstarrt dort stand, rannte plötzlich los, hinter dem Unimog her.

Er ist bis zum ‹Roten Kreuz› gelaufen. Den Unimog hat er nicht mehr gesehen. Nach einer Stunde sah ich ihn die Auffahrt heraufkommen. Er kam zu mir. Er setzte sich in den Sessel, den ich von meinem Vorgänger übernommen habe, einen braunen Ledersessel, abgewetzt und ausgebleicht, aber bequem. Lorenz war ohnehin zu klein für diesen wuchtigen Sessel, aber nun wirkte er wie jemand, der in einem großen Maul hockt und bald verschlungen wird, eine Elendsgestalt. Er hatte geweint, das sah ich wohl. Er hatte sich die Augen gewischt, um es sich nicht anmerken zu lassen. Kaum saß er in dem Sessel, begann sein Gesicht zu zucken, und wie gerne hätte ich ihm gesagt, dass er weinen soll, weinen kann, weinen muss. Aber es ging nicht. Ich tat so, als sehe ich nicht, was los mit ihm war, und so gab ich vor, dem Verlauf eines

Erdbebens zuzuschauen, obwohl die Erde ruhig blieb. Als sich Lorenz einigermaßen gefasst hatte, sagte er: «‹Ich nehm dich nicht mit›, hat er gesagt.» «Warum wollte er dich nicht mitnehmen?», habe ich meinen Freund gefragt. «Das hat er nicht gesagt», sagte Lorenz.

Wir haben eine Weile darüber gerätselt, was es gewesen sein könnte, das Konrad so verstimmt hat. Nach zwei Stunden kam er zurück, parkte den Unimog in der Maschinenhalle und ging mit einem großen Bündel unter dem Arm ins Haus. Das war der Moment, in dem Lorenz anfing zu weinen, und endlich konnte ich ihn in den Arm nehmen und trösten. Um halb neun schickte ich Lorenz nach drüben zu seinen Eltern, aber er wollte nicht gehen. Ich musste energisch werden, um ihn endlich zum Aufbruch zu bewegen. Ich wusste, welchen Ärger er bekommen würde, hätte er die Nacht im Blockhaus verbracht.

Bei der nächsten Tour nahm Konrad seinen Sohn wieder mit, danach aber eine Weile nicht mehr. Er hörte auf, von den Reisen zu erzählen. Gleichwohl hat Lorenz weiter gehofft, und als er zwölf wurde, hörte ich morgens den lauten Knall, mit dem er sein Sparschwein zertrümmerte, mit einem Hammer, obwohl es einen Verschluss unter dem Bauch gab. Ich fuhr mit ihm am Nachmittag nach Wiesbaden, wir kauften den Schlafsack und ein rotes Zelt, das sich für kälteste Nächte eignet.

Konrad und Lorenz haben nie eine abenteuerliche Reise zusammen gemacht. Als Familie sind sie nur ein einziges Mal verreist, nach Mallorca im Jahr 1975. Konrad wurde am Frankfurter Flughafen verhaftet, weil er eine Pistole unter dem Arm trug. Sie führten ihn ab und verhörten ihn stundenlang, während Charlotte und Lorenz in einem Flughafencafé warteten. Er behauptete, nicht gewusst zu haben, dass

Waffen im Flugzeug verboten seien. Wahrscheinlich stimmt das, weil die dunkle Zeit der vielen Entführungen erst noch bevorstand. Sie haben ihn laufen lassen, da er frei von Vorstrafen war und einen Jägerschein und Waffenbesitzkarten vorweisen konnte. Am nächsten Tag hat die Familie erneut einen Versuch gemacht, und diesmal gelang er. Sie verbrachten zwei Wochen auf Mallorca in der Sonne, für mich eine schrecklich einsame Zeit, weshalb ich froh war, dass es niemandem gut gefallen hat. Sie fuhren nie wieder.

«Warum hat er nie mit mir eine Abenteuerreise gemacht?», fragte Lorenz mehr sich selbst als mich, als er in späteren Jahren bei mir am Tintenschreiber saß. «Er hatte so wunderschöne Pläne gemacht, er hat so viel gelesen und wusste so viel über Survival, und wir hatten die perfekte Ausrüstung, was hat ihn davon abgehalten zu fahren? Ob er Angst hatte, Angst vor den Gefahren? Du weißt, dass Papa immer viel Angst gehabt hat, deshalb ja auch die Waffen, aber warum dann die Pläne, diese großen Vorhaben?» Er hielt einen Moment inne, sagte dann: «Und ich habe ihm das alles geglaubt.» «Als er es damals sagte, hat er es sicher auch vorgehabt», sagte ich zu Lorenz. Nicht immer hat mich meine Eifersucht davon abgehalten, ein gutes Wort für Konrad einzulegen. Es gab Stunden, ganze Tage sogar, da fühlte ich mich ihm verbunden als jemand, der dasselbe Kind liebt. Lorenz zuckte mit den Schultern. Dann fragte er mich, was es in letzter Zeit so an Erdbeben gegeben habe.

Es war immer so, dass er in den späteren Jahren die Gespräche über seinen Vater abgebrochen hat, bevor wir Antworten näher kamen. Als würde er diesen Antworten ausweichen, würde zurückzucken. Ich weiß nicht, was ihn dazu bewog, so vorsichtig zu sein. War er nur mir gegenüber so?

Das Zelt, in dem man auf dem Mount Everest hätte überleben können, kam schließlich nur auf dem Kleinen Feldberg zum Einsatz. Konrad baute es manchmal im Wald auf und schlief darin. Wir wussten nicht, warum. «Es ist so albern», sagte Lorenz, als sie Urlaub im Assistentenhaus machten und er zum ersten Mal von der Marotte seines Vaters erfuhr. «Lass ihn», sagte ich, «sag bitte nichts.»

Es war eine schöne Ferienzeit, obwohl mich störte, mit welcher Eile Lorenz den Briefträger abpasste. Kaum hatte er die Post abgeliefert, tauchte mein Freund bei mir auf, begann ein kleines Gespräch und suchte mit den Augen meinen Schreibtisch ab. Ich bin ja nicht ehrpusselig, aber ich fand, dass dies im Urlaub überflüssig war. Für den Eklat jedoch sorgte etwas anderes.

Obwohl sich Selma und Charlotte vordergründig gut verstanden haben, waren sie doch in einen unsichtbaren Kampf verwickelt. Zum Beispiel machte Charlotte jeden Morgen ein umfangreiches Frühstück für unsere drei Gäste auf dem Kleinen Feldberg. Sie machte es so, dass alles exakt und perfekt den Wünschen von Lorenz entsprach, gelbe Marmelade, nicht allzu braunes Toastbrot, ein Ei von sechs Minuten, ein frisch gepresster Orangensaft, der durch ein Sieb passiert werden musste, weil ihr Sohn die Fruchtstückchen nicht mochte. Schon immer hatte er alles, was in Suppen oder Saucen von fester Konsistenz war, widerlich gefunden. Ein solches Frühstück, wie sie es ihrem Mann in gleicher Perfektion nie gemacht hatte, fand Selma jeden Tag an der Tür vor. Sie sah darin weniger einen Grund zur Freude als eine Botschaft, hat sie mir gesagt, sogar eine versteckt sexuelle Botschaft. «Während wir im Bett liegen und miteinander schlafen, weil wir das am liebsten morgens tun, macht sie ihrem Sohn ein solches Frühstück. Verstehst du, Luis, da steckt doch Eros drin, das ist doch eine Form von Zärtlichkeit, die in Konkurrenz tritt zu meiner Zärtlichkeit.» Ich war überrascht von dieser Deutung und versuchte, vorsichtig darauf aufmerksam zu machen, dass es sich um eine Nettigkeit handeln könnte, zumal Charlotte ja auch für Selma und Horand ein schönes Frühstück machte. Davon indes wollte Selma nichts wissen und bestand darauf, dass es sich um eine versteckte sexuelle Herausforderung handle.

Am offensten traten die Spannungen zutage, wenn es um den kleinen Horand ging. Ich sah von meinem Beobachtungsposten aus, wie sie darum wetteiferten, wer den Jungen mehr verwöhnen und dafür mehr Liebesbeweise einheimsen kann. Zum anderen missbilligten sie jede Form von Strafe oder Tadel, die von der jeweils anderen ausgesprochen wurde.

Zur Explosion kam es kurz vor Mittag, als Charlotte das Essen vorbereitet hat und Selma in der Sonne lesen wollte. Sie hatte mit Lorenz darüber gestritten, wer sich morgens mit dem Jungen beschäftigen solle, so heftig, bis sich Lorenz abrupt zu einem Spaziergang in den Wald verabschiedete. Selma war nun mit ihrem Sohn zurückgelassen, wollte aber nicht auf das Lesen verzichten und las einfach. Das mag so klingen, als seien die beiden herzlose Eltern gewesen, aber das stimmt nicht. Es gibt, denke ich mir, immer solche Kämpfe zwischen Eltern, auch liebenden Eltern.

Während Selma lesen wollte, quälte Horand sie über Stunden mit seinen Wünschen nach Spiel und Gesellschaft. Mal ließ er sich überreden, für eine Viertelstunde ein Bilderbuch zu gucken, mal fand er von alleine Interesse an Blümchen, die er pflücken wollte. Stets kehrte er bald zu seiner Mutter zurück, deren Wut langsam anschwoll. Es war nicht nur die Wut gegen diesen kleinen Menschen, sondern auch die Wut gegen Lorenz, der sie im Stich gelassen hatte, die Wut gegen Charlotte, die sich mal wieder ewig in der Küche aufhielt, statt mit Lorenz zu spielen, die Wut vielleicht sogar gegen mich, weil ich nicht von meinem Seismographen wich. Es war eine große, gebündelte, geballte Wut, die Selma plötzlich die Beherrschung verlieren ließ. Sie schnellte hoch von ihrer Liege, packte und schüttelte den Jungen und schrie ihn fürchterlich an. Ich will das nicht näher beschreiben. Es war eine zu heftige Reaktion, ohne Frage, aber das wahre Unheil brach erst los, als Charlotte aus ihrer Küche geschossen kam, sich vor Selma aufbaute und sagte, sie wünsche nicht, dass ihr Enkel in dieser Weise behandelt werde, schon gar nicht bei ihr zu Hause auf dem Kleinen Feldberg. Selma hat nichts gesagt. Aber noch am Nachmittag war der Urlaub beendet, drei Tage vor der Zeit.

5 **DIE REHE SIND DA.** Ich sah sie heute morgen drüben beim Hausmeisterhaus, es waren drei. Sie standen am Küchenfenster, reglos, gelassen, als gehöre das alles ihnen. Es schneite wieder. Sie standen eine Weile dort, dann zogen sie weiter Richtung Tor. Die Stille, die seit Wochen in unserer kleinen Siedlung herrscht, macht ihnen Mut. Ich war seit Tagen nicht mehr draußen. Ich esse fast nur noch Kartoffeln mit Quark, dazu Corned Beef aus der Dose. Lorenz hat heute angerufen und gefragt, ob ich etwas brauche. «Nein», habe ich gesagt, «alles ist gut.» Ich will nicht, dass er sich bei dem Wetter heraufbemüht. Die Taunushöhenstraße hat ihre Tücken.

Ich habe ihm von den Rehen erzählt. «Na, dann wird's ja wohl bald ein Erdbeben geben», hat er gesagt. Wir mussten beide lachen. In meine Fröhlichkeit mischte sich Wehmut, ich hoffe, er hat es nicht gehört. Als er ein Junge war, erzählte ich ihm viel von Tieren und Erdbeben. Es soll da einen Zusammenhang geben. Ich habe nie daran geglaubt, ich dachte früher nur, dass ich Lorenz' Interesse für mein Fach stärken kann, wenn ich meine Erdbebengeschichten mit Tiergeschichten verknüpfe.

Seit Jahrtausenden wird überliefert, dass sich Tiere vor Erdbeben auffällig verhalten haben. So wissen wir von den alten Griechen, dass 373 vor Christus plötzlich Ratten, Schlangen, Wiesel und Tausendfüßler die Stadt Helike verließen. Wenig später bebte dort die Erde. Ich kenne Hunderte solcher Berichte. Ich habe sie Lorenz alle erzählt. Wenn seine Aufmerksamkeit nachließ, wenn sein Blick nach draußen wanderte, während ich ihm den Aufbau der Erde erklärte, dann musste ich nur sagen, dass im Juli 1917 in Daguan in China Tausende von Fischen an Land sprangen. Am 31. Juli bebte dort die Erde mit einer Magnitude von 6,5. Sofort war sein Blick wieder bei mir. So habe ich mir sein Interesse auch ein bisschen erkauft. Denn natürlich war das alles Unsinn, ein Irrglaube, der aus der Verzweiflung kam. Da wir Wissenschaftler den Menschen in den Erdbebengebieten nicht helfen konnten, suchten und suchen sie Hoffnung in Tiergeschichten.

Von Rehen wird behauptet, dass sie vor Erdbeben ihre Scheu verlieren, die Wälder verlassen und sich den Dörfern nähern. Lorenz war begeistert, als ich ihm davon erzählte. «Dann kann ich sie ja streicheln», hat er gesagt. Er war acht oder neun. Wir malten uns aus, wie schön das wäre. Vorsichtig habe ich unser Gespräch wieder auf die Struktur der Erdkruste gelenkt.

Einmal allerdings war ich versucht, Tiere als Medium der Erdbebenprognose ernst zu nehmen. Die Chinesen haben mich dazu gebracht. Sie hatten ja immer einen weiteren Wissenschaftsbegriff als wir Europäer oder Amerikaner, und deshalb schulten sie ihre Bevölkerung in den siebziger Jahren darin, Tiere zu beobachten. In Haicheng häuften sich Anfang 1975 Berichte, dass sich Schlangen, Ratten, Hühner, Hunde, Kühe, Katzen, Pferde, Rehe oder Tiger seltsam aufführten. Man soll ihnen Angst angemerkt haben, Panik. Mein Kollege Tributsch hat das später in einem Buch beschrieben: ‹Gänse flogen in die Bäume, Hunde bellten wie verrückt, Schweine bissen einander oder unterwühlten die Zäune ihrer Pferche, Hühner weigerten sich, in die Ställe zu gehen, Kühe zerrissen ihre Halfter und flüchteten, Ratten tauchten auf und benahmen sich wie trunken. Selbst drei wohltrainierte Polizeihunde waren nicht wiederzuerkennen. Sie versagten den Gehorsam, heulten und hielten immer wieder ihre Nase auf den Boden, als ob sie riechen würden.›

Am Morgen des 4. Februar 1975 gaben die Behörden Katastrophenalarm und die Bewohner der Region wurden evakuiert. Um 19.36 Uhr bebte die Erde mit einer Magnitude von 7,3 auf der Gutenberg-Richter-Skala. Rings um das Epizentrum bei Haicheng stürzte die Hälfte aller Gebäude zusammen. Es starben nur wenige, meist Leute, die der Warnung nicht geglaubt hatten. Normalerweise wären Zehntausende ums Leben gekommen.

Wir horchten auf. Sollte etwa ein Durchbruch gelungen sein, in einer Fachrichtung, die wir Wissenschaftler aus dem Westen belächelt hatten? «Tiergucker» nannten wir verächtlich die wenigen Kollegen, fast ausschließlich Chinesen, die sich dieser Forschungslinie verschrieben hatten. Man kann sich die Aufregung nicht vorstellen, die meine Branche erfasst hatte. Waren wir Statistiker, Spannungsmesser und Stromforscher blind gewesen? Ich war verstört, ich erzählte Lorenz von diesen Nachrichten aus China, ich wollte das mit ihm diskutieren, merkte aber bald, dass es ihn nicht interessierte. Er war sechzehn und mit Tiergeschichten nicht mehr für die Erde zu begeistern. Ohnehin war er längst auf einem anderen Weg. Es war eine schlimme Zeit für mich, die Zeit eines doppelten Schmerzes. Als Wissenschaftler schien ich widerlegt zu sein, an den Rand gedrängt, als väterlicher Freund auf dem mir wichtigsten Gebiet zurückgewiesen.

Im Juli 1976 bebte die Erde erneut in China, in Tangshan, und niemand hatte Alarm gegeben, weshalb 800 000 Menschen sterben mussten. Warum? Was war mit den Tieren los, den Hunden, Ratten, Mäusen, Fischen? Erst viel später erfuhren wir, dass vor dem Beben in Tangshan 2000 Hinweise aus der Bevölkerung eingegangen waren. Die Behörden lösten keinen Katastrophenalarm aus, weil es damals Machtkämpfe in der Kommunistischen Partei gab. Gleichwohl hat sich nach der Enttäuschung von Tangshan niemand mehr ernsthaft mit dem Verhalten der Tiere befasst. Ich war erleichtert, muss ich zugeben. Ich habe den Biologen diesen Triumph nicht gegönnt. Es ging um Millionen Menschenleben, ich weiß. Aber ich war froh, weiter dem großen Ruhm entgegenforschen zu können.

Der eine Schmerz war nach Tangshan gelöscht, der andere blieb. Es war schwierig mit Lorenz. Er wirkte so weit weg von mir, obwohl er immer noch auf dem Kleinen Feldberg lebte. Er kam nur noch selten in das Blockhaus. Die Vorhänge in seinem Zimmer waren oft zugezogen. Im Sommer, wenn die Fenster offen standen, war Rockmusik zu hören. Manchmal hörte ich ihn seine Eltern anschreien. Ich war eifersüchtig, auch wenn das seltsam klingt. Ich hätte gern mit ihm gestritten, immerhin wäre er dann bei mir gewesen. So konnte ich nur zuhören, unbeteiligt, ausgeschlossen.

Es ging bei den Streits auch um Fahrten nach unten in die Städte. Charlotte brachte ihn morgens zur Schule mit dem hellgrünen Opel Kadett, den sie gebraucht gekauft hatten, Konrad holte ihn mittags ab. Nachmittags waren sie meist unwillig, die Tour noch einmal zu machen, zumal der Verkehr im Taunus mit den Jahren immer dichter geworden war. Ich konnte nicht helfen, da ich es in meiner Jugend versäumt hatte, den Führerschein zu machen, und es später nicht nachgeholt habe.

Lorenz hatte Angst vor dem nächsten Winter, wie er mir gestand, als er mich nach Wochen mal wieder besuchte. Weil das Wetter gut war, machten wir einen Spaziergang. «Noch einen Winter hier oben halte ich nicht aus», sagte er, «nur rumsitzen und in den Nebel starren. Ich hau ab, ich hau ab oder ich bin tot.» Ich blieb stehen, hielt ihn an der Schulter zurück. «Warum sagst du das?», sagte ich. Er antwortete nicht, ging weiter. Ich folgte ihm eilig. Ich hätte gerne einen Arm um seine Schulter gelegt, aber das konnte ich nicht.

An einer Stelle, unserer Stelle, wie wir früher gesagt hatten, wo sich der Wald lichtet und der Blick frei wird auf Frankfurt, blieb er stehen und sagte: «Er wird mich erschießen, wenn es so weitergeht, du kennst ihn doch.» «Was sagst du da», sagte ich, «er ist dein Vater, er erschießt dich nicht.» «Natürlich tut er das», sagte er, «du weißt nicht, wie schlimm wir uns streiten.» «Wegen der Fahrerei?», fragte ich. «Klar», sagte er, «aber nicht nur. Er sagt nie was, ich streite immer nur mit Mama, und er sitzt daneben und sagt nichts, sagt nie etwas, er brütet, das ist das Schlimme, er brütet, bis er plötzlich aufsteht und hinausstürmt, und ich denke dann, gleich kommt er zurück mit einer Pistole oder einem Revolver und drückt ab.» Ich war sprachlos. «Manchmal», sagte Lorenz, «liege ich die halbe Nacht wach, weil ich denke, dass er mich jetzt fertig machen will, der spinnt doch, dem ist doch alles zuzutrauen.» «Konrad kann keiner Fliege etwas zuleide tun», sagte ich lahm, weil mir die Überzeugung fehlte. Konrad war noch nie gewalttätig geworden, soweit ich das wusste, aber er hatte mich im Seismographenbunker bedroht und er war ein Wutsammler. Er ließ nichts heraus. Ich hatte selbst schon darüber nachgedacht, dass er irgendwann explodieren würde, wenn er keinen Raum mehr fände für neu aufkommende Wut.

Einmal dachte ich, jetzt sei es so weit. Das war in Glashütten, als ich ihn wegen eines Einkaufs im Opel Kadett begleitet hatte. Auf dem Parkplatz des Supermarkts gab es noch eine Lücke, und die gehörte uns. Als Konrad rangierte, kam ein Polo mit breiten Reifen und verdunkelter Heckscheibe und schlüpfte hinein. Am Steuer saß ein junger Kerl. Konrad beobachtete durch den Rückspiegel, wie er ausstieg und die Tür abschloss. Ich sah sein Gesicht, er war blass, er begann leise zu summen. Ich wusste, dass er eine Waffe bei sich trug. Ich hörte, wie er den Rückwärtsgang, den er schon eingelegt hatte, wieder herausnahm, ein kurzes Zögern, dann rollten wir davon.

Auf der Rückfahrt den Berg hinauf schwiegen wir. Von da an war mir endgültig klar, dass Konrad Angst hatte. Er hatte so viel Angst vor Menschen, dass es nur zwei Möglichkeiten gab. Er musste fliehen oder seinen Gegner erschießen. Deshalb trug er Waffen bei sich, aus Angst, er könnte in eine Situation geraten, in der Flucht nicht mehr möglich ist. Es war Konrad vor dem Supermarkt nicht möglich auszusteigen und dem jungen Mann mit Worten deutlich zu machen, dass er gefälligst das Feld zu räumen habe. Dabei sah der Mann nicht gefährlich aus, nur breite Reifen, keine breiten Schultern. Wir hätten ihm die Ohren lang ziehen können, zumal Konrad, der oft Bäume fällte, ein starker Mann war.

Ich hatte Lorenz diese Geschichte nicht erzählt, weil ich nicht wollte, dass er seinen Vater für einen Feigling hielt. Jetzt, als wir zusammen auf Frankfurt schauten, sagte ich: «Konrad ist durchaus in der Lage, einen Menschen zu erschießen, damit müssen wir Feldberger leben. Aber er würde nicht dich erschießen, weil er keine Angst vor dir hat. Du bedrohst ihn nicht.» «Er bedroht mich», sagte Lorenz, «manchmal, ganz selten, rennt er nicht weg, wenn ich mit Mama streite, sondern springt plötzlich auf und schreit, ich solle endlich aufhören, sonst passiere was. Weißt du, dass ich nachts oft darüber nachdenke, was er damit meint? Er sagt ja nie, was passieren könnte, er lässt es offen.» «Er meint bestimmt nicht», sagte ich, «dass er dich erschießen wird.» «Woher weißt du das?», fragte Lorenz. «Er lässt es offen, das heißt doch, dass alles möglich ist.»

Plötzlich hasste ich Konrad. Wir waren nie Freunde, konnten es nicht sein, aber ich war immer bemüht, die guten Seiten an ihm zu sehen. Er hatte welche, keine Frage, er war fleißig, er war ein treuer, verlässlicher Ehemann, saß jeden Abend zu Hause bei seiner Charlotte. Wahrscheinlich war er damit der Richtige für sie, auch wenn es mir schwer fällt, das zu sagen. Ich hasste Konrad dafür, dass er die Strafe offen ließ, weil mir sofort einleuchtete, dass dies die schlimmste aller Drohungen ist. Lorenz tat mir Leid, ausgeliefert an Phantasien von einem Vater, der seine Pistole zieht. Ich tröstete meinen jungen Freund, so gut ich konnte, das heißt schlecht, mit den Floskeln, die einem bei solchen Gelegenheiten einfallen.

«Soll ich mit Charlotte reden», fragte ich, «ob sie doch an zwei Nachmittagen in der Woche einen Fahrdienst einrichten kann?» «Hat doch keinen Zweck», sagte er, «die kann doch gar nicht fahren, darf ja auch nicht.» Es stimmte. Charlotte hatte sich den Alkohol zum Freund gemacht. Sie war da langsam hineingerutscht. Die Dunkelheit unter den tiefen Wolken, die Düsternis im Nebel verleiten uns auf dem Feldberg dazu, den Abend zu fühlen, bevor er da ist. Zum Abend fällt einem Wein, Bier, Schnaps ein, das ist normal und ganz besonders nahe liegend hier oben, wo die Abwechslung fehlt. Charlotte trank süßen Sherry in wachsenden Mengen. Sie tat es nicht offen, aber ich sah sie oft in ihr Versteck greifen. Hinter den Flaschen mit Speiseöl und Essig stand der Sherry. Zwei, drei schnelle Schlucke, dann fuhr sie fort in ihrem Tagewerk. Eigentlich hätte sie wissen müssen, dass ich sie dabei beobachten konnte, aber entweder sie nahm mich nicht mehr als wichtigen Menschen wahr, oder sie wollte, dass ich es mitbekam, um mir Schuldgefühle zu machen. Beides war verletzend.

Natürlich merkten auch die beiden Männer drüben bald, dass Charlotte in den Alkohol glitt. Aber man redete nicht darüber. Charlotte ist ihren Pflichten immer nachgekommen, sie war eine gute Hausfrau und Mutter auch in ihren alkoholischen Jahren. Eine leichte Vergesslichkeit, manchmal eine verrutschende Stimme und die Fahruntüchtigkeit am Nachmittag, das waren die einzig merklichen Folgen. Diese Normalität war die Voraussetzung für das Schweigen. Das Geheime der Feldberger Geheimnisse liegt darin, dass geschwiegen wird. Das ist der Modus Vivendi, mit dem wir unsere kleine Gemeinschaft über all die Jahre erhalten haben, nicht gerade glanzvoll, aber immerhin.

Ich wurde wütend, wenn ich die Gerüchte über unser Leben hier oben gehört habe. Sex zu dritt an langen Nebeltagen, Alkoholorgien, blutige Kämpfe. Was für ein Unsinn. Natürlich war Charlotte eine Alkoholikerin, aber eine anständige. Und war es nicht fast unmöglich für sie, den Verlockungen der Flasche zu widerstehen, bei diesem Wetter, diesem Nebel, dieser Einsamkeit, diesem Mann unter Waffen, diesem Nachbarn? Ich konnte sie verstehen. Wir hatten alle unser Jahr, unsere Monate, in denen wir aus der Spur liefen, auch ich, auch der alte Luis.

Als Lorenz siebzehn war, verschwand Charlotte für vier Wochen, machte eine Kur, wie Konrad sagte. Natürlich war es ein Entzug, aber wir blieben uns treu in unserer speziellen Geheimnisverwaltung. Nach ihrer Rückkehr hat Charlotte nie mehr süßen Sherry getrunken.

Die schlimmen Streits hatten da schon aufgehört. Die Lösung war eine Kreidler Florett RS. Ich schenkte sie Lorenz, dreitausend Mark, ein Kleinkraftrad mit 6,25 PS und 85 Spitze, wie die Jungs sagten. Ein paar VW-Aktien umgewandelt in ein Motorrad, grün und chrom, ein kleines Motorrad gegen die Angst vor dem eigenen Vater.

Nun hielt eine neue Sorge Einzug auf dem Kleinen Feldberg. Niemand hier oben, weder im Hausmeisterhaus noch im Blockhaus, konnte schlafen, bevor nicht das höllische Kreischen der Kreidler zu hören war, 12 500 Umdrehungen in der Minute, dazu ein Auspuff, dem Lorenz alles, was den Schall dämpfen konnte, ausgebaut hatte. Bei Windstille wurden wir erlöst, noch bevor er in den Waldweg einbog. Einmal brach er sich nachts den Arm, als er die Kurve am ‹Roten Kreuz› zu schnell angefahren war. Die Blicke von Konrad und Charlotte teilten natürlich mir die Schuld an dem Unfall zu. Ich glaube eher, es hat mit der Tochter des Wirtes zu tun. Über Jahre hatte sie ihn nicht beachtet, obwohl sie in dieselbe Klasse gingen, aber als sich die Möglichkeit ergab, Lorenz' neue Mobilität für sich zu nutzen, stieg sie gerne auf den Sozius, auch sie ein Kind der Höhe und der Einsamkeit. Lorenz hätte die Kurvenakrobatik gar nicht gebraucht, um sie für sich zu gewinnen. Sie hat ihn später übrigens wirklich geliebt, nicht nur das Motorrad, das sie bis nach Paris getragen hat. Drei Jahre blieben die beiden zusammen, gar nicht schlecht für eine erste Liebe, denke ich.

Ich mochte dieses Mädchen mit den braunen Augen und den kräftigen Waden. Sie trug Latzhosen, wie das damals leider üblich war, und ich hatte sie oft bei mir zu Gast. Drüben durften sie nicht zusammen übernachten, und im ‹Roten Kreuz› ging es auch nicht. Deshalb kamen sie heimlich zu mir. Ich ließ ihnen das Zimmer, das früher das Schlafzimmer der Haushälterin meines Vorgängers hier war, einer schmalen

Frau, die einmal Verbrennungen dritten Grades davongetragen hatte, als mein Vorgänger den Blitz einschlagen ließ. Ihr Bett stand noch dort, ich bezog es frisch und ließ die beiden machen. Die ersten Nächte sollten in einem ordentlichen Bett stattfinden, auch wenn das nun wieder altmodisch klingen mag. Zudem war Lorenz in diesen hoffentlich glücklichen Stunden in meinem Haus, in meiner Nähe. Ich hatte wieder mehr von ihm.

★

Er setzte sich so, dass er die Berge sehen konnte. Sie waren weiß, nicht nur die Gipfel, auch die Bäume. Er hörte den Kellner nicht. Plötzlich stand er neben ihm und räusperte sich. Lorenz nahm noch einmal die Karte, überflog sie kurz, bestellte einen doppelten Espresso. Neun Franken. Er sah wieder hinaus. Es gab ein großes Fenster direkt vor ihm, dahinter St. Moritz, der See, die Berge. Er drehte sich um und schaute in den Saal, schwere, dunkle Holztäfelung. Er war im ‹Palace›, einem der teuersten Hotels in der Schweiz. Der Kellner brachte den Espresso, dazu eine doppelstöckige Schale mit winzigen Kuchen. Lorenz aß sie in kleinen Bissen, kleine Schlucke dazu, Holztäfelung, weiße Berge. Es ging ihm gut.

Sein Handy klingelte.

«Wo bist du», schnurrte Selma.

Er hörte, dass sie lange geschlafen hatte.

«Im Hotel», sagte er.

«Ist es schön da?»

«Ziemlich kleine Zimmer, ein bisschen abgerissen.»

Er meinte das ‹Aldana›, in dem er wohnte. Im ‹Palace› trank er nur Kaffee, Kaffee für neun Franken. Der Wechselkurs hatte sich in den letzten Jahren zuungunsten der Mark entwickelt, sie mussten den Frankenkredit aufgeben, und das kostete sie eine Menge Geld. Die Banken ließen sich so etwas bezahlen. Zudem zahlten sie höhere Zinsen als zuvor. Lorenz hatte dem Bankberater vorgeschlagen, den neuen Kredit in Yen abzuschließen, weil es der japanischen Wirtschaft nicht gut ging und der Yen fiel. Aber der Bankberater wollte darauf nicht eingehen. «Sie haben keine Reserven mehr», hatte er gesagt, «wir können kein Risiko eingehen.»

«Geht's dir gut?», fragte Selma.

«Es fängt gerade an zu schneien.»

«Gestern hat es hier auch geschneit.»

Sie schwiegen.

«Möchtest du wissen, was ich anhabe?», fragte sie.

Seit ihrem ersten Telefongespräch fragte sie das jedes Mal, wenn er unterwegs war. Es war wie eine Selbstvergewisserung, dass diese Seite noch lebte in ihrer Ehe, dass sie noch spielten.

«Sag es mir.»

«Ein weißes Nachthemd mit schwarzen Spitzen, sieht süß aus.»

Er fragte sich, ob er es schon einmal gesehen hatte. Es musste neu sein.

«Von Hennes & Mauritz. Es hat neunundzwanzig Mark gekostet.»

Er schwieg.

«Ist doch billig.»

«Ich habe nicht gesagt, dass es teuer ist.»

«Ich habe mir gestern Abend alle Kontoauszüge der letzten drei Jahre angeguckt», sagte sie. «Mir ist dabei etwas aufgefallen.»

Er schaute nach dem Kellner, sah ihn aber nicht.

«Du hebst jeden Monat vier-, fünfhundert Mark mehr ab, als dir zustehen. Selbst wenn du deinen Etat dreifach überziehst, wovon ich ausgehe, bleibt etwas übrig. Ich glaube nicht, dass du ihn sechsfach überziehst. Du hast mir immer gesagt, das seien Spesen, die du für die Bank machst. Ich habe dir das geglaubt, aber jetzt habe ich mir angeschaut, was die Bundesbank dir an Spesen erstattet. Es ist sehr wenig. Lorenz, was machst du mit dem Geld?»

Er sah aus dem Fenster, die Berge, die Seen. Es schneite heftiger.

«Hast du eine Geliebte?» Ihre Stimme flatterte.

«Wieso?»

«Brauchst du das Geld für ein Hotelzimmer?»

«Nein.»

«Wofür brauchst du das Geld?»

«Können wir darüber reden, wenn ich zurück bin?»

«Wir reden jetzt. Was machst du mit dem Geld?

«Ich unterstütze eine Familie in Albanien.»

Schweigen.

«Du spinnst.»

«Es stimmt, sie bekommen jeden Monat fünfhundert Mark von mir.»

«Was? Warum machst du das, hier ist deine Familie, wir brauchen jeden Pfennig.»

Er schwieg.

«Lorenz, weinst du?»

«Ich habe einen Jungen totgefahren.»

Er hörte das Rauschen der Straße durch das Telefon, gleichmäßig, beruhigend auf diese Distanz. Er lauschte und war ein bisschen erschrocken, als Selma nach einer Weile wieder sprach.

«Wirst du erpresst?»

Erpresst. Was für ein Wort. Er hatte es nie so gesehen, es immer weggeschoben, wenn es in seinem Kopf auftauchte. Er unterstützte eine Familie in Albanien mit fünfhundert Mark im Monat. Das war alles. Sie hatten ihren Jungen verloren, er machte ihnen das Leben ein bisschen leichter. Fünfhundert Mark waren viel in Albanien.

. «Lorenz?»

«Der Familie geht es sehr schlecht, der Vater kann nicht mehr arbeiten, seitdem das Unglück passiert ist. Sie brauchen das Geld dringend.»

«Sag mir, ob du erpresst wirst?»

Er schwieg. Er konnte dazu nichts sagen.

«Lorenz ...»

«Ich muss jetzt los. Die Straßen sind verschneit. Ich will den amerikanischen Außenminister nicht verpassen.»

Er schaltete das Handy aus und rief den Kellner. Er gab ihm zehn Franken. Es war merkwürdig, dieses Geld, das ihn fast ruiniert hätte, in der Hand zu halten. Ihm waren die Scheine immer zu bunt gewesen, zu grell. Aber die Schweizer hatten es geschafft, ihr albern aussehendes Geld richtig hart zu machen, nicht ganz unabhängig von der Bundesbank, aber doch mit einer gewissen Eigenständigkeit. Und der Franken würde leben. Er würde die Mark überdauern, wenn nicht noch etwas passierte, wenn nicht der Maastricht-Prozess aufgehalten würde. Er ging zur Tiefgarage, holte seinen Leihwagen und fuhr nach Davos.

Es war Ende Januar. Sein Chef hatte spät entschieden, dass er Lorenz zum World Economic Forum schicken würde, um an einem Symposium über Konjunkturprognosen teilzunehmen. Davos war ausgebucht gewesen. Deshalb wohnte er in St. Moritz. Er hatte einen Peugeot und hängte sich hinter ein Schneeräumfahrzeug. Er fuhr über den Flüela-Pass mit Lust an den Kurven, rechts eine glatt gefräste Schneewand, links eine glatt gefräste Schneewand, bald oberhalb der Baumgrenze, dann wieder darunter. Kurz vor Davos gab es eine Straßensperre. Er musste den Kofferraum öffnen, obwohl er dem Polizisten gesagt hatte, dass er Mitarbeiter der Bundesbank sei. Es schneite. Er fuhr nach Davos hinein, ein Hubschrauber rumorte über ihm. Viele schwarze Limousinen im weißen Schnee.

Bald saß er im Kongresszentrum und hörte einen Vortrag des amerikanischen Außenministers. Er langweilte sich schnell und stellte sein Handy ein, drückte sofort die Stummtaste. Nach wenigen Sekunden bekam er eine SMS mit der Nachricht, dass ein Anruf auf seiner Mobilbox sei. Er hörte sie ab, während der amerikanische Außenminister von der transatlantischen Partnerschaft sprach. Es war Selma, die ihn beschwor, zurückzurufen.

In der Pause sah er einen Kollegen von der französischen Nationalbank, Gérard Schlutz, den er auf einigen Symposien getroffen hatte. Schlutz war auch schon bei ihm in Frankfurt gewesen. Er stammte aus Straßburg, ein Besserwisser, der nur zu ertragen war, weil die französische Nationalbank jeden Zinsschritt der Bundesbank nachvollziehen musste. Das erdete Schlutz ein wenig. Wenn Lorenz etwas mit ihm zu besprechen hatte, rief er am Tag nach den Sitzungen des Zentralbankrats an. Schlutz war dann oft ein wenig aggressiv, aber das war besser zu ertragen als seine Hochnäsigkeit.

«Meinen Sie nicht auch, Écu wäre ein guter Name für die europäische Währung, die uns demnächst verbinden wird?», sagte Schlutz, nachdem sie sich begrüßt hatten. «Sie müssen wissen, dass Écu der Name einer alten französischen Münze ist.»

Lorenz wusste es, jeder wusste das. Schlutz lächelte sanft.

Dann klopfte er Lorenz auf die Schulter. Das hatte er noch nie gemacht.

«Was werden Sie eigentlich tun, wenn die Bundesbank, nun, sagen wir, entmachtet ist, sobald die europäische Geldpolitik von der Europäischen Zentralbank verantwortet wird? Eine machtlose Institution dürfte Sie doch wohl kaum interessieren.»

«Ich bin noch nicht so sicher, dass die Bundesbank demnächst entmachtet sein wird, wie Sie sagen. Warten Sie es ab.»

«Da vorne ist Duisenberg.»

Schlutz nickte mit dem Kopf in Richtung eines groß gewachsenen Mannes, der leicht gebeugt ging. Sein Haar war schneeweiß und saß dicht und ausladend wie ein großes Vogelnest auf seinem Kopf.

«Man hört, dass er der erste Präsident der Europäischen Zentralbank werden könnte, für eine kurze Zeit vielleicht. Danach müsste natürlich ein Franzose diese Position bekleiden. Finden Sie nicht auch?»

Lorenz sagte nichts. Er war froh, als das Symposium fortgesetzt wurde.

Um fünf war er am Bahnhof. Züge kamen, und Leute mit Skiern stiegen aus. Es war dunkel, Schnee fiel. Laura hatte geschrieben, dass sie um halb sechs eintreffen würde. Er verließ den Bahnsteig, setzte sich in sein Auto, startete den Motor. Er konnte nicht in Davos auf ein albanisches Mädchen warten. Er konnte vor allem nicht *so* auf ein albanisches Mädchen warten. Als er auf dem Bahnsteig gestanden hatte, dachte er daran, was wäre, wenn sie nicht käme. Seine eigene Verzweiflung bei diesem Gedanken überraschte ihn. Sein Herz hatte wild geschlagen, ihm war übel geworden. Alle Vorstellungen vom Leben morgen und übermorgen waren ausgelöscht, keine Zukunft mehr in seinem Kopf, ein Loch, schwarz, leer.

Er musste sich setzen. Ein altes Ehepaar schaute ihn an, er versuchte ein Lächeln. Was war das? Liebte er sie so? Und warum? Er hatte sie vor vier Jahren zuletzt gesehen. Vier Jahre lang Briefe. Sie hatte zuletzt immer seltener geschrieben und kaum noch über sich. Lange Berichte über ein Land in Auflösung. Das steht auch in der Zeitung, hatte er ihr schreiben wollen, tat es aber nicht. Er schrieb über Sehnsucht, seitenlang.

Er stand auf dem Bahnsteig, als der Zug einfuhr. Seine Hände steckten in den Manteltaschen. Leute mit Skiern, Leute mit Tüten. Laura stieg aus und half einem älteren Mann auf den Bahnsteig. Sie trug zwei Taschen. Lorenz stand an einer Säule und sah sie an. Ihr Haar war länger als damals und zu einem Pferdeschwanz gebunden. Sie hatte ein bisschen zugenommen. Er löste sich von der Säule und ging auf sie zu. Sie erkannte ihn erst nicht, dann blieb sie stehen, stellte die Koffer ab. Sie lächelte freundlich, er schämte sich. Sie gaben sich die Hand, steif, distanziert. Wie geht es dir, wollte er fragen, aber sie ging gleich weiter zu dem älteren Mann, stellte ihn vor. Ein Name, Finanzminister. Lorenz schüttelte seine Hand.

Er brachte sie zum Hotel, sah sie später auf einem Empfang, immer an der Seite ihres Finanzministers. Sie trug einen Rock aus Wolle, dazu einen ärmellosen Pulli. Sie hatte einen glitzernden Reif im Haar, auf den Lippen trug sie ein dunkles Rot. Es gab keine Gelegenheit zu reden. Er schlich um Laura herum, beobachtete sie. Er war eifersüchtig auf den alten Sack, den Finanzminister.

Schlutz sprach ihn an. «Wie ich höre, ist das letzte Wort über Frankfurt noch nicht gesprochen. In Paris, das werden Sie nicht leugnen, lässt es sich besser leben. Die Mitarbeiter der Europäischen Zentralbank würden es uns danken. Und die

Inflation in Frankreich ist niedriger als in Deutschland. Französische Stabilitätskultur würde der Zentralbank gut tun.»

Lorenz war zu schwach sich zu wehren. Während Schlutz sprach, hatte er nur Augen für Laura. Sie wich dem Finanzminister nicht von der Seite. Sie standen nebeneinander in wechselnden Gruppen, und Laura redete, lachte. Nur einmal sah sie sich nach Lorenz um.

★

Es war ein später Nachmittag im Januar 1995, ein Tag heftigen Schneefalls, als mich Selma auf dem Kleinen Feldberg besuchte. Sie rief mich an und sagte, dass sie auf dem Waldweg im Schnee stecken geblieben sei. Sie brauchte rasch Hilfe, denn das Thermometer zeigte minus elf Grad, und Selma hatte einen alten Ford Granada, dessen Heizung wenig leistete. Horand war bei ihr. Ich warf eine Jacke über und trat hinaus in den Schnee, die Kälte, machte die paar Schritte zum Haus, klopfte und bat Charlotte um einen kleinen Freundschaftsdienst ihres Mannes. Sie ließ mich in der Kälte stehen, im Schnee, und es dauerte eine Weile, bis Konrad herauskam und wortlos zur Maschinenhalle stapfte, ich hinterher. Wir saßen nebeneinander im Unimog, fuhren den Waldweg hinunter. Der Ford stand auf halber Strecke, grauer Rauch stieg aus dem Auspuff. Ich weiß nicht, warum ich dachte, Selma und Horand könnten tot sein, vergiftet von Abgasen, die einen Weg in den Innenraum gefunden hatten. Vielleicht lag es daran, dass das Auto in seiner Schneehülle so aussah wie ein weißer Sarg. Vielleicht lag es an der merkwürdigen Geschichte, die mir Lorenz kurz vor seiner Abreise erzählt hatte.

Es war ein ungewöhnlich kalter Tag, selbst für unsere Verhältnisse. Eisblumen zierten die Fenster vom Blockhaus, ich konnte kaum nach draußen sehen. Die Heizung kam nicht an gegen den Frost, ich saß im Skianzug am Seismograph, Pudelmütze auf dem Kopf, Schal um den Hals gewickelt, Fellschuhe an den Füßen. Meine Finger waren klamm. Ich notierte leichte Erdbeben in Japan. Horand war im Hausmeisterhaus, Lorenz stand bei mir am Fenster. «Weißt du», sagte er, «dass ich mir von keinem anderen Menschen den Tod so oft vorstelle wie von ihnen?» Ich sah überrascht vom Endlospapier auf, wo gerade ein Beben der Magnitude vier seine maßvollen Zackenlinien hinterließ. «Von Horand und Selma», sagte er. «Ich habe sie so oft sterben sehen, im Auto, meistens im Auto, aber auch nach einem Einbruch in unser Haus oder auf dem Weg zum Kindergarten. Sie sterben jede Woche einmal für mich, mindestens einmal, manchmal zweimal, dreimal. Ihre toten Gesichter sind mir sehr vertraut.» Ich schwieg zunächst, sagte dann aber, dass ich das gut verstehe, wenn man jemanden liebe, habe man auch viel Angst um ihn. «Es ist nicht nur Angst», sagte er zu meiner Bestürzung, «es ist auch Hoffnung.» «Hoffnung?», wiederholte ich ungläubig das Wort, das mir so unpassend schien in diesem Zusammenhang.

«Ja», sagte er, «Angst und Hoffnung. Wenn sie stürben, wäre das ein Abschluss. Danach begänne das Leben neu. Versteh mich nicht falsch, ich will nicht, dass sie sterben, auf keinen Fall. Ich will auch keinen Abschluss, kein anderes Leben, aber manchmal brauche ich einen Ausweg, nur in Gedanken, die Flucht in etwas anderes, einen Neubeginn. Weißt du, wie man sich manchmal ausmalt, dass man sich an einem gewissen Punkt anders entschieden hätte und in einem anderen Leben gelandet wäre, das meine ich. Ich brauche eine Katastrophe, um mir ein anderes Leben vorstellen zu können.»

Lorenz wischte an den Eisblumen, schnell, hektisch. Er wischte und kratzte, Eis rieselte auf die Fensterbank. Oben beschlug die Scheibe von seinem Atem. Als er ein Guckloch in die Eisblumen gekratzt hatte, sagte er: «Horand spielt *Mensch ärgere dich nicht* mit seiner Oma. Kürzlich hat er mir erzählt, dass der Mond ein Hase ist. Und warum? Weil einmal, vor langer Zeit, ein Hase gerannt ist und gerannt und immer schneller und schneller, bis er stolperte und fiel und sich kugelte und kugelte, sich so schnell kugelte, dass er von der Erde schoss, in den Himmel hinein und der Mond wurde. Das hast du nicht gewusst, oder?»

Er hörte auf zu wischen. Er beugte seinen Kopf vor, presste die Stirn gegen die eiskalte Scheibe. So verharrte er eine Weile. Ich wusste nicht, wie er das aushalten konnte. «Lorenz», sagte ich, «bitte, du kannst dort festfrieren.» Er rührte sich nicht. Ich trat zu ihm hin, berührte seinen Arm. «Bitte», flehte ich, «du holst dir Erfrierungen.» Er löste seine Stirn von der Scheibe. Die Haut war rot, ein rotes Oval mitten auf der Stirn.

Ich verstand ihn nicht. Was war mit diesem Jungen los? Vielleicht habe ich deshalb gedacht, Selma und der Kleine seien tot. Weil ich sie nach jenem Gespräch auch tot gesehen habe, in meiner Vorstellung von Lorenz' Vorstellung.

Ich sprang aus dem Unimog und rannte zum Ford, wischte Schnee von der Windschutzscheibe, sah nur grauen Nebel, weil das Glas von innen beschlagen war und riss endlich die Tür auf. Selma sang ein Lied für Horand.

Konrad verband die beiden Fahrzeuge mit einem Seil. Er war ein geschickter Handwerker. Wenn er mit den Händen arbeitete, hatte er einen Schwung, eine Kraft, die ihm sonst fehlte. Er sah immer nur erschöpft aus, wenn er nicht arbeitete. Während der Unimog den Ford den Berg hinaufschleppte, sang ich ein Lied für Horand. Als Konrad, vor meinem Haus, das Seil löste, ging Selma zu ihm und sagte: «Danke, Konrad.» Er arbeitete wortlos weiter. Charlotte stand am Fenster. Warum haben es Familien so schwer miteinander? Das Schöne an der Idee von der Familie ist doch, dass man miteinander auskommen will, obwohl man einander nicht ausgesucht hat. Man hält zusammen und ist leidlich nett, obwohl man einander nicht leiden mag. Aber wir hier auf dem Kleinen Feldberg, wir haben das nicht geschafft. Der Sprung von der Gemeinschaft zur Familie ist uns nicht gelungen.

«Ich muss mit dir reden», sagte Selma, «in Ruhe reden.»

Ich brachte Horand nach drüben, obwohl mir lieber gewesen wäre, Selma hätte es getan. Sie haben das nie bedacht, aber sie nahmen mir eine Familie mit ihrer Unversöhnlichkeit. Ich war es, der allein blieb, wenn sie sich alle eingebunkert hatten.

Als ich zurück war, saß sie auf dem Stuhl, der dort für Lorenz stand, und hatte ihr Handy auf das Gehäuse des Seismographen gelegt. «Lorenz ist in Davos», sagte sie, «beim World Economic Forum.» Ich nickte, er hatte es mir erzählt. Sie machte eine Pause, ihr Blick klebte am Handy. «Ich glaube, dass er erpresst wird», sagte sie, sagte klar und deutlich nur die ersten beiden Wörter, dann verschluchzte sie die Silben, aber ich konnte mir zusammenreimen, was sie meinte. Ich musste mich setzen. «Er sagt, dass er in Albanien einen Jungen totgefahren hat», sagte Selma. Ich nickte langsam. «Er zahlt Geld an die Familie», sagte Selma, «fünfhundert Mark jeden Monat.» Ich nickte weiter. Ich blickte auf den Seismographen, ohne etwas zu sehen.

«Ich geh rüber zu Konrad», sagte Selma, «und sage ihm, dass er sie alle erschießen soll, das ist er seinem Sohn schuldig. Was hat denn Lorenz von ihm gehabt? Nichts. Weißt du, wie er unter diesem Vater gelitten hat? Missachtung, immer nur Missachtung. Jetzt hat er die Chance zu zeigen, dass er doch ein Vater ist, dass er seinem Sohn etwas geben kann. Er soll eine von seinen verdammten Knarren nehmen oder besser gleich zwei und das ganze albanische Pack erschießen und dann soll er in den Knast gehen und wir kommen ihn jede Woche zweimal besuchen. Wozu hat er denn das ganze Zeug?»

Es hatte aufgehört zu schneien. Ich sah Konrad drüben am Küchentisch hocken. Sein Enkel saß auf dem Tisch und schaute gebannt Charlotte an, die ihm etwas erzählte.

«Warum hat er mir nie etwas gesagt?», fragte Selma. «Dir?» Ich schüttelte den Kopf. «Erst dachte ich, er habe eine Geliebte», sagte sie, «und das Geld ist für sie draufgegangen, aber er sagt, dass er keine Geliebte hat.» Sie sah mich an. Ich dachte an die Briefe, die aus Albanien kamen, die saubere, runde Schrift einer Frau. Jede zweite Woche kam ein Brief, seit vier Jahren. Gestern war wieder einer eingetroffen. «Wenn er mir den Jungen verschwiegen hat, verschweigt er mir auch eine Geliebte», sagte Selma. Sie weinte.

«Einmal», sagte sie, «war ein junger Mann bei uns, der sah südländisch aus. Es klingelte, und ich ging zur Tür, und da stand er, schwarze Haare, ein großer Typ in schlechter Kleidung. Ich habe mich ein bisschen erschrocken. Er hatte einen Hund dabei und wollte Lorenz sprechen. Sein Deutsch war nicht schlecht. Ich schloss die Tür, bevor ich nach hinten ging und Lorenz holte. Das weiß ich noch, dass ich ihn vor der verschlossenen Tür stehen ließ. ‹Da ist ein Ausländer für dich›, habe ich zu Lorenz gesagt. Er spielte mit Horand. Er war ganz ruhig. Er stand auf und ging zur Tür, und dann sagte er, dass er mal kurz weg müsse. Er war lange weg. Als er

171

zurückkam, fragte ich ihn, ob er wieder in der Bar des Schloss-hotels gewesen war. Da geht er gerne hin. Das hat er zuge-geben. Es gibt keine teurere Bar weit und breit. Ich habe ihm eine Szene gemacht. Warum muss er immer so viel Geld ausgeben? Nach dem Mann habe ich gar nicht gefragt.» Sie machte eine Pause. «Ich bin manchmal so furchtbar», sagte sie.

«Das bist du nicht», sagte ich. Sie nahm meine Hand. Ob sich Lorenz verändert habe in letzter Zeit, fragte ich Selma. Sie überlegte, aber nicht wie jemand, der nach einer Erinne-rung sucht, sondern wie jemand, der nach Worten sucht für eine Erinnerung. «Weißt du, warum ich ihn geheiratet habe?», fragte sie mich. «Er war mein Retter, er hat mich ge-rettet, als ich Todesangst hatte. Meine Liebe kam aus der Dankbarkeit und der Bewunderung, mehr noch aus der Be-wunderung. Ich habe ihn immer bewundert, er konnte ein Erdbeben besiegen. Ich bewundere ihn immer noch, aber nicht mehr für seine Siege, sondern für die Art, wie er sich gegen die Niederlagen stemmt.»

Ich musste schlucken. Es war das erste Mal, dass dieses Wort im Zusammenhang mit Lorenz fiel.

«Lorenz ist ein Verlierer», sagte Selma. Ich wollte protestie-ren, aber ihre Stimme war so fest, so bestimmt, dass ich es nicht wagte. «Er ist der Letzte, der noch daran glaubt, dass es mit der Mark weitergeht», sagte sie. «Er kämpft einen verlo-renen Kampf, er schafft es obendrein nicht, sich so einzu-schränken, dass wir das Haus bezahlen können, und erpresst wird er auch. Jetzt hast du die ganze Wahrheit.»

Sie schwieg eine Weile und sah vor sich hin.

«Weißt du, was Liebe in einer Ehe bedeutet? Eine Ehe ist jeden Morgen der Versuch, den anderen zu lieben. Es kann gelingen, es kann scheitern. Versteh mich nicht falsch, ich liebe Lorenz, die Frage ist nur, ob ich es fühlen kann. Kann ich es fühlen, wenn er morgens schlecht riecht? Kann ich es fühlen, wenn er nach dem Frühstück seinen Teller nicht in die Spülmaschine stellt? Kann ich es fühlen, wenn er seinen Etat wieder überschritten hat? Ich kann es nicht. Ich kann immer sagen, dass ich ihn liebe, und nie ist es falsch, aber ich kann es nicht immer fühlen. Ich kann es nur sagen, und das ist ein Unterschied. Verstehst du mich? Manchmal fühle ich es tagelang nicht. Ich wache morgens auf und ich suche nach diesem Gefühl. Wenn es nicht da ist, bin ich unruhig. Ich bin unruhig, Luis, er sollte mich wirklich anrufen.»

«Er wird dich anrufen», sagte ich.

★

Er saß im Hauptsaal und hörte Vorträge. Laura war nicht da. Am Abend zuvor war sie gegen Mitternacht mit dem Finanzminister verschwunden, zum Abschied ein Nicken, mehr nicht. Er war betrunken nach St. Moritz gefahren, hatte auf der Passhöhe gehalten, mutlos in den Schnee gepinkelt. Im Auto klingelte sein Handy. Er ging hin, es war Luis.

«Ich habe gerade in den Schnee gepinkelt», sagte er.

«Du musst Selma ...»

Er legte auf und schaltete das Handy ab. Im Hotel trank er an der Bar noch ein paar Bier.

Vorne ging es um den Euro, Maastricht. Ein Belgier sprach. Lorenz suchte ständig mit den Augen nach Laura. Dann kam sie herein, mit dem Finanzminister. Sie setzten sich in eine der vorderen Reihen. Er sah ihre Ohrringe, sie hatte ein Tuch im Haar. In der Pause ging er zu ihr hin. Sie lächelte, es war nur Freundlichkeit.

«Ich werde bald heiraten», sagte sie.

Er wusste nicht, was man dazu sagen konnte. Er sah, dass sie jetzt verlegen war, eindeutig verlegen.

«Die Briefe waren sehr schön», sagte sie, «aber jetzt ... wir sollten ...»

Der Finanzminister kam hinzu, sagte etwas auf Albanisch zu Laura. Sie ging mit ihm fort.

Lorenz setzte sich in den Saal, sah den Franzosen Schlutz am Rednerpult. Er sprach von der Notwendigkeit, einen gemeinsamen Währungsraum in Europa zu schaffen. Wie durch Nebel hörte Lorenz «geringere Transaktionskosten», «Vergleichbarkeit der Preise», «Spekulanten ausschalten», «Konkurrenzfähigkeit zu Dollar und Yen». Er hatte das so oft gehört. Er stand auf und sagte: «Die Stabilität geht verloren, die Inflation kommt wieder. Wir können das unmöglich zulassen.» Er setzte sich, überrascht von sich selbst und darüber, dass ihn alle verblüfft ansahen.

Am Nachmittag steckte ihm Fliegel vom Finanzministerium einen Zettel zu, er solle um zwanzig Uhr ins ‹Waldhotel› kommen. ‹Wichtig›, stand auf dem Zettel. Er war um zehn vor acht dort. Das Restaurant war leer. Er ging zurück in die Lobby und wartete. Nach zwanzig Minuten kam Vonnighofen, einer der Staatssekretäre aus dem Finanzministerium. Er war ihm zwei-, dreimal flüchtig begegnet. Vonnighofen begrüßte ihn knapp. Sie gingen ins Restaurant. Vonnighofen war groß und hager. Seine Stimme klirrte etwas.

«Kennen Sie dieses Hotel?», fragte er.

«Nein. Ich wohne in St. Moritz, zu spät gebucht.»

«Es ist der Zauberberg. Die Frau von Thomas Mann hat hier gekurt und ihrem Mann von den Ärzten und Gästen geschrieben.»

Lorenz sah sich um. Das Hotel war renoviert. Sie saßen in einem schmalen gläsernen Vorbau, in dem wahrscheinlich früher die Kurgäste gelegen hatten, eingewickelt in dicke Decken. Der Kellner kam, und sie suchten beide die teuersten Vorspeisen und Hauptspeisen aus. Vonnighofen bestellte einen Rotwein für hundertvierzig Franken. Bis zur Vorspeise plauderten sie über den Vortrag des amerikanischen Außenministers.

«Ich will Ihnen nicht länger verschweigen, warum ich sie hergebeten habe», begann Vonnighofen, als die Vorspeisenteller vor ihnen standen. Wachteln mit einer karamelisierten Schokoladensauce. Er räusperte sich, sah Lorenz an. «Es geht um ihren Beitrag von heute Morgen.»

Lorenz legte Messer und Gabel zurück auf den Tisch.

«Nein, nein, essen Sie weiter, bitte. Hervorragend, diese Wachtel.»

Lorenz nahm das Besteck wieder auf, schnitt in den kleinen Vogel hinein. Vonnighofen schaute ihm zu.

«Das war nicht hilfreich, was Sie da gesagt haben.»

«Es tut mir Leid, ich hatte nicht die Absicht ...»

«Nun machen Sie sich mal nicht so klein.»

Lorenz aß schweigend seine Wachtel. Der Kellner schenkte Wein nach, nahm die leeren Teller mit. Der Hauptgang kam, Rinderfilet auf einem Gemüsebeet mit Trüffelpüree.

«Wer will schon, dass die Mark verschwindet?», sagte Vonnighofen. «Wer will schon die Bundesbank aufgeben? Aber wir können nicht anders. Meinen Sie, die Franzosen hätten uns die Einheit machen lassen, wenn wir dafür nicht einen Preis zahlen würden?» Er legte sein Besteck weg, hob die Hände. «Bitte, es gibt keine Wahl. Wir müssen den Euro wollen.»

«Aber es ist ein Fehler, der Euro wird schwach sein, wir werden ...»

«Ich weiß, ich weiß. Wem sagen Sie das. Aber ich kann

nichts machen. Entweder die Einheit oder die Mark, jetzt können wir nicht mehr zurück.»

Er hob sein Glas, schaute Lorenz an, kippte ihm das Glas leicht entgegen. Lorenz verstand, dass er auch trinken sollte. Sie prosteten sich zu.

«Auf Deutschland.»

Lorenz schwieg.

«Ich mag Sie. Sie haben Courage, das gefällt mir. Aber wir können jetzt keine Irritationen gebrauchen. Sie wissen, wie empfindlich diese Sache ist. Wir kämpfen noch um den Stabilitäts- und Wachstumspakt. Wenn der Euro kommt, muss er so sein wie die Mark. Die Europäische Zentralbank darf sich von der Bundesbank durch nichts unterscheiden. Andere Namen, das ist alles. Sollen die Franzosen doch denken, sie hätten die Mark abgeschafft. Wir werden ihnen die Mark in einem neuen Kleid bringen.»

«Der Euro wird weich sein wie Butter.»

«Warten Sie ab. Ich würde vorschlagen, dass Sie gleich am Morgen abreisen.»

Er trank sein Glas leer und stand auf. «Ich muss gehen. Es war ein angenehmer Abend.»

Lorenz stand auch auf, sie gaben sich die Hand. Der Staatssekretär ging hinaus. Lorenz sah ihm nach. Er hörte einen Motor starten. Als das Auto verschwunden war, setzte er sich wieder.

Die Rechnung belief sich auf dreihundertzehn Franken. Er gab dreißig Franken Trinkgeld. Dann ging er. Die Nacht war klar und kalt.

6 *WANN HAT SICH EIN LEBEN GELOHNT?* Diese Frage werde ich nicht los. Wir Alten suchen nach der Rechtfertigung für das, was wir getan haben. Wir suchen einen Maßstab für das Gelingen. Wir kennen den Preis, den wir für unser Leben bezahlt haben. Bei mir ist es die Einsamkeit. Ich habe Lorenz, aber ich habe keine Familie. Oder ist Lorenz meine Familie? Eine schwierige Frage. Ich weiß nicht genau, wie ich sie beantworten soll.

Den Preis, den ich bezahlt habe, kenne ich also. Was habe ich bekommen dafür? Viel, könnte ich sagen. Allein das Glück, hier sitzen zu dürfen, einsam, aber doch, in einem tieferen Sinne, in Gesellschaft. Manchmal denke ich, dass die Erde und ich hier sitzen wie ein altes Ehepaar in seinem Wohnzimmer. Oft herrscht Stille zwischen uns, aber dann beginnt einer zu erzählen und der andere lauscht. Die Erde ist, so gesehen, recht geschwätzig. Hundertfünfzigmal am Tag meldet sie sich zu Wort, so viel wird in anderen Wohnzimmern nicht gesprochen. Ich bin auch nicht gerade ein verschwiegener Mensch, rede vor mich hin.

Meine Arbeit hat mir viel gegeben, aber reicht das für ein erfülltes Leben? Wir Wissenschaftler können unsterblich werden, also wollen wir es auch. Giuseppe Mercalli hat es geschafft, jedenfalls in Fachkreisen. Wir klassifizieren die Auswirkungen, die Erdbeben auf den Menschen, Bauwerke und Landschaften haben, nach der MM-Skala, der Modified Mercalli Scale. Auch Harry Fielding Reid werden wir nicht vergessen. Mit der Reid'schen Scherbruchhypothese erklären wir die Mechanik von Erdbebenbrüchen. Von Andrija Mohorovicic bleiben die ersten beiden Silben seines Nachnamens, immerhin. Die Moho-Diskontinuität trennt das leichte Gestein der Erdkruste vom schwereren Gestein des Erdmantels. Richtig prominent ist jedoch allein Charles Richter. Jeder kennt die Richter-Magnitude, mit der wir die Intensität von Erdbeben bezeichnen. Wobei wir hier vom Institut für Meteorologie und Geophysik in Frankfurt am Main nur von der Gutenberg-Richter-Magnitude reden. Es ist der exaktere Begriff, leider setzt er sich nicht durch.

Ich habe Beno Gutenberg noch kennen gelernt. Zu Beginn der fünfziger Jahre war ich in Pasadena, wo er Professor für Geophysik und Meteorologie am California Institute of Technology war und zugleich Direktor des Seismological Labatory. Es macht mich unendlich stolz, auf einem Stuhl zu sitzen, der schon Gutenbergs Hosenboden berührte. Er war ein Gigant. Die Magnitude hat er in Pasadena gemeinsam mit Richter entwickelt, und, das darf ich wohl sagen, Gutenberg war der größere Wissenschaftler von beiden. Es versetzt mir jedes Mal einen Stich, wenn ich in den Nachrichten höre, dass ein Erdbeben eine bestimmte Stärke auf der Richter-Skala erreicht hat. «Gutenberg-Richter-Skala!», rufe ich dann, aber niemand hört es. Gutenberg starb im Januar 1960, verbittert, unglücklich, weil er bereits wusste, dass Richter den Lohn der Unsterblichkeit davontragen wird. Gutenbergs Sohn hat mich seinen Briefwechsel mit Charles Richter lesen lassen, weshalb ich weiß, dass Richter nie gewollt hat, dass ihm die Magnitude zugeschrieben wird. ‹Gutenberg war mein Vorbild›, hat er geschrieben. Wen interessiert das? Richter, immer nur Richter, nie Gutenberg.

Was ist schlimmer, frage ich mich, die Voraussetzungen

zur Unsterblichkeit erfüllt zu haben und gleichwohl in Vergessenheit zu geraten oder erst gar nicht so weit zu kommen? Genau wie alle anderen Seismologen war ich bei jedem Erdbeben der ‹after event wise man›, einer, der hinterher alles erklären kann. Niemand hat so viele Daten gesammelt und ausgewertet wie ich, aber es gibt nicht den geringsten Fortschritt auf dem Gebiet der Vorhersage. Vielleicht wird es nie einen geben. Ich ahne das seit den achtziger Jahren, als die Chaosforschung große Fortschritte gemacht hat. Sie brachte uns neue Erkenntnisse über die Beherrschbarkeit und Prognosefähigkeit komplexer Vorgänge. Sie hat uns gelehrt, dass der Zufall dabei eine größere Rolle spielt, als wir dachten. Als ich darüber las, brach mir der Schweiß aus. Ich besorgte mir Literatur und suchte nach den Denkfehlern der Chaosforscher. Ich fand keine. Ein Erdbeben ist ein sehr komplexer Vorgang, prädestiniert für das Chaos, für den Zufall. Kommt es heute nicht, kommt es morgen. Auf diesen Satz lässt sich der Erkenntniswert meiner Forschung reduzieren. So sieht es in Wahrheit aus.

Vielleicht war es klug von Lorenz, dass er mir widerstanden hat, dass er nicht Seismologe geworden ist. Ich weiß nicht, warum ihn das Geld so interessiert hat, ich meine nicht den Reichtum, er war damals nicht sehr hinter dem Geld her, meines Wissens. Er sah bei seinen Freunden, dass sie sich zwar viel leisten konnten, aber nur um den Preis, dass sie sich ihren Eltern fügten. «Weißt du», sagte Lorenz kurz vor seinem Abitur, «es ist jetzt ein Vorteil, einen Vater zu haben wie meinen.» Er schaute nach draußen, es war ein schöner Frühlingstag, und wir sahen, wie Konrad einen Ersatzreifen, den er hatte reparieren lassen, von der Ladefläche des Unimogs wuchtete. «Ein Hausmeister», sagte Lorenz, «ein Mann, der Reifen über den Kleinen Feldberg rollt. Er lässt mir die Wahl. Der Sohn des Hausmeisters weiß über den Beruf des Hausmeisters, dass er beschissen ist. Und zu einem beschissenen Beruf gehört ein beschissenes Leben, das man nur ertragen kann, wenn man einen beschissenen Charakter hat.» Konrad kam aus der Werkstatthalle, eine Bohrmaschine in der Hand. Nebel zog auf, plötzlich, wie immer. Konrad blieb stehen, blickte zum Himmel. Lorenz drehte sich zu mir. «Ich will Volkswirtschaft studieren», sagte er. Er hatte das schon häufiger erwogen, aber es nie so bestimmt ausgesprochen. Es war deshalb ein kleiner Schock für mich.

Er ging ein halbes Jahr auf Reisen, Indien, Nepal, Thailand, Indonesien. Ich habe die Karten, die er mir schrieb, alle aufbewahrt. Er hatte das rote Zelt dabei. In Nepal schlief er darin auf sechstausend Metern Höhe. Es soll sich bewährt haben. Mir fiel wieder ein, dass ich damals, als Lorenz für dieses Zelt gespart hat, einen kleinen Streit mit seinem Vater hatte. Es war eine recht unglückliche Geschichte, ich habe sie immer gerne verdrängt. Ich habe schon erwähnt, dass sich Lorenz damals sehr auf die Abenteuerreisen mit Konrad gefreut hat. Er hat sie sich bei mir am Seismographen ausgemalt und von seinem Vater geschwärmt. Ich konnte da nicht gut zuhören. Es tat mir weh. Aber ich habe es ertragen, weil es trotz allem schön war, den Jungen so glücklich zu sehen. Eines Tages aber musste ich mit Konrad nach Frankfurt ins Institut fahren, weil dort neue Geräte für mich eingetroffen waren. Wir nahmen den Unimog, und die ganze Zeit hat er mir von diesen bevorstehenden Reisen erzählt, mir die Ausrüstung und Routen beschrieben. Er war heiter, beschwingt. Ich kannte ihn so nicht. Er sagte nicht «Lorenz», er sagte ständig «mein Sohn», die ganze Fahrt bis Frankfurt «mein Sohn». Ich schwieg, ich litt. Aber kurz vor der Universität habe ich mich zu einem schlimmen Satz hinreißen lassen, einen Satz, den ich sofort und dann mein ganzes Leben lang bereut habe. Er kam mir sehr leise über die Lippen, war mehr geflüstert als gesagt, und der Unimog ist ziemlich laut. Ich war mir nicht sicher, ob Konrad ihn gehört hat. Im nächsten Moment fuhren wir beim Institut vor und luden die Geräte ein. Auf der Rückfahrt haben wir beide geschwiegen. «Hoffentlich ist es wirklich dein Sohn», lautete jener Satz, der mich so sehr beschämt. Am nächsten Tag ist Konrad ohne Lorenz nach Wiesbaden gefahren.

Für das Sommersemester 1981 schrieb Lorenz sich im Fach Volkswirtschaft an der Universität Frankfurt ein. Bald darauf verließ er unseren Berg und zog in ein Studentenwohnheim. Ich sah ihn nicht mehr so oft. Er hatte kein Auto, und der Weg zu uns herauf ist mühsam. Ich verstand ihn, obwohl ich ihn vermisste, nicht nur seine Besuche bei mir im Blockhaus. Es war auch schön, ihn drüben am Schreibtisch sehen zu können oder nachts das Licht in seinem Zimmer, wenn er auf dem Bett lag und las. Ein beleuchtetes Fenster weniger am Abend, das macht viel aus auf dem Kleinen Feldberg, das ist ein großer Sieg für die Dunkelheit und damit für die Schwermut. Da Konrad und Charlotte früh zu Bett gingen, sah ich nach zehn Uhr keinen Lichtschein mehr auf unserem Berg. Die tiefe Nacht wurde länger, die Einsamkeit größer. Es war ein schwerer Schlag. Aber Lorenz schrieb mir Briefe. Er konnte schöne Briefe schreiben.

★

Bei der Bank mieden sie ihn. Es wurde behauptet, dass er in Davos einen Anlauf unternommen habe, die Mark zu bewahren. Als Gerücht wurde die Sache groß. Man vermutete eine größere Verschwörung, mit stillem Einvernehmen von ganz oben. Er spürte Ehrfurcht, Respekt, aber auch Mitleid. «Du bist der letzte Held der Mark», sagte Ernesti im ‹Bär und Bulle› und lachte. Lorenz war ein Held von gestern. Das Ende der Mark war beschlossen, unwiderruflich. Es standen immer häufiger Umzugskartons in den langen Gängen. Die ersten Kollegen wechselten zum Europäischen Währungsinstitut, das ein paar Bahnstationen entfernt wuchs und wuchs. Es würde demnächst die Europäische Zentralbank sein, die neue Macht über das Geld.

Er schrieb den nächsten Brief an Laura, als sein Abteilungsleiter mit einer Bitte hereinkam. Ob Lorenz die druckfrische Konjunkturprognose dem Präsidenten am Abend nach Hause bringen könne. Er wohne doch dort in der Nähe. Lorenz nickte, nahm den Umschlag mit den Papieren in Empfang. Bescheidenes Wachstum, weniger als erhofft, als erwartet. Das Land war mutlos. Als der Abteilungsleiter raus war, schrieb Lorenz seinen Brief zu Ende. Er zog die unterste Schublade auf, legte den Brief zu den anderen. Er schloss ab, nahm den Umschlag und verließ die Bank. Alle grüßten mit einem Nicken, als er den Flur zum Aufzug entlangging, niemand blieb stehen. Jeder kannte ihn. Er hatte nichts getan, um die Gerüchte zu widerlegen, er hatte nie erzählt, wie wenig wirklich in Davos passiert war, nicht einmal Ernesti. Es gefiel ihm so. Seine Karriere war zerstört, er war der Verlierer in einer großen Schlacht. Da die Mark nicht zu retten war, musste er mit ihr untergehen. Noch zwanzig Jahre als Beamter bei einer machtlosen Bundesbank, zwanzig Jahre in diesem Büro, Prognosen erstellen, Briefe schreiben. Er glaubte, das ertragen zu können.

Er fuhr mit der Bahn nach Königstein, ging zum Haus des Präsidenten, Geld für ein Taxi hatte er nicht. Sie hatten einen Kredit über 20 000 Mark aufgenommen, um das Konto auszugleichen und kurzfristige Schulden zu bezahlen. Die Zinsen waren hoch. Es war keine große Bank, die ihnen das Geld gab, eigentlich war es überhaupt keine Bank. Es waren freundliche Leute, die freundlich Wucherzinsen verlangten.

Der Präsident der Bundesbank hatte ein Haus mit Blick auf den Wald. Eine Frau öffnete Lorenz, führte ihn ins Wohnzimmer, der Präsident komme gleich. Die Möbel waren Biedermeier, an der Decke hing ein Kristalllüster. Eine Schiebetür teilte das Wohnzimmer, Lorenz ging vor, um in den anderen Raum zu sehen. In einem Ohrensessel saß jemand und schaute durch die Fensterfront zum Wald. Lorenz sah nur den Schopf, schwarze Haare. Er trat näher, räusperte sich.

«Der deutsche Wald ist wunderschön», sagte der Mann.

Lorenz kannte die Stimme, er kannte den Akzent. Der Mann stand auf. Es war Dhimitraq. Er war breiter geworden, er hatte eine Menge Muskeln. Er kam auf Lorenz zu, lächelte, gab ihm die Hand.

«Schön, Sie mal wieder zu sehen.»

Lorenz nickte. Er hatte Dhimitraq gestern einen Brief mit fünfhundert Mark geschickt. So machte er das jetzt seit sechs Jahren, jeden Monat fünfhundert Mark für den Jungen, der aus dem kleinen Bunker kroch und so ausgezeichnet Fußball spielte. Er hatte das Gefühl, dass die fünfhundert Mark gut angelegt waren, er fühlte sich nicht erpresst. Aber vielleicht könnte er weniger zahlen, nach all der Zeit. Er hatte schon lange daran gedacht, mit Dhimitraq darüber zu reden.

«Sie wundern sich, dass ich hier bin? Wissen Sie was, ich trainiere den Präsidenten. Aber bitte, setzen Sie sich doch.»

Er bot Lorenz einen Platz auf dem dunkelrot bezogenen Sofa an. Dhimitraq ließ sich in einen Sessel fallen.

«Ich bin Personal Trainer geworden, das wussten Sie nicht, oder?»

Lorenz schüttelte den Kopf.

«So ist das. Ich habe mich gefragt, wie ich das Geld, das ich dank Ihrer Hilfe bei der Bundesbank verdient habe, am besten anlege. Es gab viele Möglichkeiten, aber ich dachte, dass ich es am besten in meinen Körper investiere. Ich bin in ein Fitnessstudio gegangen.»

Er sah auf seine Arme. Sie waren dick wie Abflussrohre.

«Ich habe gut trainiert. Ich kam dort mit einer Frau ins Gespräch. Sie war hübsch, Anfang dreißig und mit einem älteren Mann verheiratet, viel Geld. Sie hat geklagt, dass ihr Mann immer dicker würde. Sie mochte das nicht. Dann hat sie mir ein Angebot gemacht, tausend Mark für zehn Kilo. Ich hab angenommen.» Er grinste. «Es war nicht schwer. Jeden Tag neunzig Minuten im Schwimmbad. Dicke gehen gerne ins Wasser, da spüren sie ihre Knie nicht so. Die Dicken haben alle Probleme mit den Knien. Ich bin mit ihm geschwommen, ich habe ein Buch über Diät gelesen und ihm einen Diätplan gemacht. Er hat mir viel von seiner Firma erzählt. Nach fünf Wochen wog er zehn Kilo weniger. Ich bekam die tausend Mark. Die Frau war sehr glücklich. Das war der Anfang. Die Deutschen sind dick. Es geht ihnen gut, sie essen viel. Dann sind sie unglücklich. Ich dachte, dass da meine Zukunft liegt. Ich kümmere mich um die Dicken. Ich mache Männer und Frauen. Wissen Sie, was der Unterschied ist? Die Männer wollen gequält werden. Es muss ein bisschen Survival sein, ein bisschen Lager für Schwerkriminelle, ein bisschen Trainingscamp für Marines. Ich geh mit ihnen in den Wald und lade ihnen Baumstämme auf den Rücken. Dann sind sie glücklich. Sie brauchen Aufgaben, die sie lösen können. Die Frauen sind anders. Sie brauchen Animation, Unterhaltung. Ein Video, auf dem Cindy Crawford turnt, dann turnen sie mit. Man muss charmant sein, ihnen das Gefühl geben, noch begehrenswerter zu sein, sobald sie abgenommen haben. Dann nehmen sie ab. Man muss ihnen das Gefühl geben, dass man sie ficken will. Manchmal muss man sie auch ficken. Ich habe eine Ausbildung zum Physiotherapeuten gemacht, ich habe einen Schein als Fitnesstrainer. Der Präsident ist einer meiner Kunden. Wir waren neunzig Minuten im Wald, Laufen, Gymnastik, hundert Mark pro Stunde, das ist der Kurs, plus Spesen. Er wird nicht nur sein Gewicht los, auch seine Sorgen. Ich höre zu, ich nicke. Die Leute fühlen sich wohl mit mir. Es steht nicht gut um die Mark, oder?»

«Wie geht es Ihrer Schwester?»

«Ich weiß es nicht, ich war lange nicht mehr in Albanien. Es gibt kaum Dicke dort. Meine Zukunft liegt hier. Ich spare für ein eigenes Fitnessstudio, es fehlt nicht mehr viel.»

«Das Geld, das Sie von mir kriegen, schicken Sie das wirklich nach Albanien, die ganze Summe?»

«Glauben Sie, ich würde es für mich behalten?»

«Ich wollte nur sagen, dass es sehr viel ist für mich, und ich dachte, vielleicht würde etwas weniger auch reichen.»

«Was würde reichen?» Der Präsident kam herein, er trug eine Cordhose, ein Polohemd. Seine Haare glänzten nass.

«Wir sprachen darüber, wie viel Geld man für ein Fitnessstudio braucht», sagte Dhimitraq.

Der Präsident setzte sich in einen der Sessel.

«Könnten Sie mir den Nacken massieren, ich bin verspannt.»

Dhimitraq stand auf, stellte sich hinter den Präsidenten, knetete seinen Nacken und die Schultern.

«Was ich an Ihnen mag, lieber Dhimitraq, ist, dass Sie die Marktwirtschaft so schnell verstanden haben», sagte der Präsident. «Die besten Kapitalisten kommen jetzt aus dem

Osten, das ist das Traurige.» Er schaute Lorenz an. «Und Sie haben mir etwas mitgebracht?»

Lorenz reichte ihm den Umschlag mit der Prognose. Der Präsident zog eine Brille aus der Brusttasche seines Polohemds und setzte sie auf. Er holte das Papier aus dem Umschlag und las. Er war nicht dick, ein bisschen untersetzt nur, wenig Haare, weiß. Er las rasch, sein Kopf folgte dem Blick, drehte rechts, links, rechts. Als er fertig war, legte er das Papier auf den Tisch, nahm die Brille ab.

«Es reicht nicht, mein lieber Dhimitraq. Wir wachsen nicht genug, die Arbeitslosigkeit wird steigen, immer weiter. Wir brauchen andere Strukturen, scharfe Schnitte, die Sozialbeiträge weg von den Löhnen, wir brauchen Kapitaldeckung bei der Rente, einen flexiblen Arbeitsmarkt, niedrigere Löhne im unteren Bereich. Wir müssen abspecken, dieses Land rundum erneuern. Aber niemand hat den Mumm dazu. Die Politiker sind feige. Deutschland wird untergehen, glauben Sie mir, lieber Dhimitraq. Alle denken, es wird so schlimm nicht kommen, aber es kommt schlimm. Da rechts bitte noch mal, etwas weiter oben, genau da, ah, ja.» Er schloss die Augen. «Das tut gut ... Es dauert nicht mehr lange, dann überholt uns Albanien. Danke, das reicht.»

Dhimitraq nahm seine Hände von der Schulter des Präsidenten.

«Wie war ich heute?», fragte der Präsident.

«Besser, viel besser. Es geht aufwärts. Am Berg war schon richtig Zug drin.»

Lorenz erhob sich.

«Lieber Dhimitraq, wissen Sie, dass wir es hier mit einem Helden zu tun haben?» Er legte eine Hand auf Dhimitraqs Schulter. «Jawohl, dieser Mensch hier wollte die Mark retten.

Behalten Sie's für sich, aber er hat es wirklich versucht. Rührend, nicht wahr?»

Lorenz wurde rot.

«Eigentlich schade, dass Sie es nicht geschafft haben», sagte der Präsident. Dann lachte er, laut, hemmungslos, fast ein Brüllen.

Lorenz stand auf und verabschiedete sich verlegen.

Er fuhr mit dem Bus nach Hause. Er kam ungern so früh, weil dann Berufsverkehr war und die Straße dröhnte. Trotzdem ging er mit Horand in den Garten und spielte Fußball. Sie markierten Torpfosten mit Schuhen, Lorenz ließ die Bälle, die halbwegs platziert waren, durch und verlor. Als das Kind im Bett war, sah er fern. Selma las im Schlafzimmer.

Seit Davos sprachen sie wenig miteinander. Selma erwartete, dass er die Zahlungen an die Familie einstellte. So verharrten sie in einem Lauern auf das Nachgeben des andern.

Um elf ging Lorenz ins Bett. Selma stand auf und ging ins Badezimmer. Er lag auf der Seite, Gesicht zum Fenster. Er schloss die Augen. Als Selma kam, hörte er, dass sie sich auf den Stuhl setzte. Sie raschelte mit Papier.

«Liebe Laura ...»

Sie machte eine Pause, schluckte, las weiter.

«... wir sind am Meer, du und ich, wir schwimmen hinaus, wir schwimmen zurück. Ich stehe im Wasser, du kommst zu mir, schlingst deine Arme um meinen Hals, deine Beine um meine Hüften. Ich küsse die Tropfen von deinem Hals, sie schmecken salzig, die Sonne glitzert auf ihnen.»

Selma räusperte sich, hustete. «Meine Hand schiebt sich unter deinen Bikini, streicht über deine Brust ...» Ihre Stimme flatterte. «... über deine Brust, deine Haut ist so wundersam zart. Weit draußen glänzt ein Segel weiß in der Sonne. Du ...»

Sie weinte. Er öffnete die Augen. Er lag reglos da und hörte seine Frau weinen.

«Wer ist Laura?»

«Woher hast du den Brief?»

«Ich wollte dich zum Mittagessen abholen. Ich habe gewartet und mich umgesehen. Wer ist Laura?»

«Sie lebt in Albanien», sagte er.

«Sie ist also seit sechs Jahren deine Geliebte.»

«Sie ist nicht meine Geliebte.»

Er lag immer noch mit dem Rücken zu Selma.

«Sieh mich an», sagte sie.

Er drehte sich um. Sie trug ein schwarzes Nachthemd, knielang. Ihr Haar war offen. Er wusste nicht, dass sie so aussehen konnte, wie sie jetzt aussah. Er sah, zum ersten Mal, ihre Mutter in ihr, sechzig Jahre missglücktes Leben.

«Wie sieht sie aus?»

Er zögerte.

«Los, sag es mir. Schwarze Haare?»

«Schwarze Haare, nicht so groß wie du, dunkle Augen.»

«Große Titten?»

Er schüttelte den Kopf. Sie weinte. Er wollte aufstehen, sie in den Arm nehmen, aber er war nur ein Stein.

«Beschreib mir ihr Gesicht.»

«Selma, hör auf, bitte.»

«Beschreib mir ihr Gesicht.» Sie schrie.

«Es ist ... es ist rund, die Augen liegen tief. Ich weiß nicht, was ich ...»

«Was weißt du nicht?»

«Sie hat einen Leberfleck auf der Nase, rechts.»

«Ein Detail ihres Körpers, das du besonders liebst?»

«Selma ...»

«Du kannst jetzt gehen.»

188

Er stand auf, zog sich an. Sie saß auf dem Stuhl, sah ihm zu.

«Liebst du sie?»

Er streifte die Hose über, sagte nichts. Hemd, Socken, Schuhe. Er sah dabei auf das Bild, das an der Wand gegenüber vom Bett hing, ein Reh, dahinter eine Menschengruppe, das Reh betrachtend, Öl. Er musste an Selma vorbei, um das Schlafzimmer verlassen zu können. Er blieb vor ihr stehen, sah sie an. Sie machte eine schnelle Bewegung mit dem Kopf, nickte zur Tür hin. Er ging.

«Lorenz.»

Er blieb stehen, drehte sich um.

«Warum hast du mir nie einen solchen Brief geschrieben?»

Weil du mir zu nahe bist, hätte er sagen können, weil ich Angst davor hatte, dir nach einem solchen Brief gegenüberzutreten. Laura ist weit weg, in Albanien. Es war leicht, ihr diese Briefe zu schreiben, weil sie so weit weg war, und die letzten habe ich nicht einmal abgeschickt. Ich konnte ihr alles sagen, alles schreiben, weil es keinen Alltag gab, keinen Streit, keinen Konflikt, bei dem ich etwas hätte bereuen müssen. Sie durfte alles von mir wissen, weil es keine Rolle spielte. Ich musste mich nie gegen sie behaupten. Das macht einen großen Unterschied. Es waren Briefe in die Leere, beinahe. Ich habe manchmal an dich gedacht, als ich ihr geschrieben habe.

Er sagte nichts. Er drehte sich um und verließ das Haus.

★

Ich hielt ihn erst für eine jener Gestalten, die manchmal nachts bei uns herumschleichen. Sie lugen in die Fenster, halten Ausschau nach Diebesgut oder wollen Liebe beobachten.

Ich habe manche Kerle dieser Art entdeckt, wenn ich nachts bei kleinem Licht am Seismographen saß. Ich schaltete das große Licht an und sie verschwanden. Er kam den Weg herauf, die Hände in die Taschen seiner Jacke versenkt, den Blick auf den Boden gerichtet. Verloren, verwirrt sah er aus in der Dunkelheit. Ich wollte das große Licht anmachen, da erkannte ich Lorenz, nicht am Gesicht, sondern am Gang. Er hat so eine seltsam träge Art zu gehen. Er ging zum Hausmeisterhaus, schloss auf und verschwand hinter der Tür. Dann sah ich Licht in seinem Zimmer. Es wurde nach wenigen Minuten gelöscht. Ich stand am Fenster, starrte nach drüben.

Am nächsten Morgen sah ich ihn früh am Küchentisch sitzen. Charlotte war bei ihm, schenkte Kaffee ein. Konrad holte den Unimog aus der Werkstatt. Um acht fuhren sie davon.

Ich ging hinüber. Die Tür war nicht verschlossen, am Tag ist sie das nie. Charlotte stand an der Spüle, drehte sich kurz zu mir, machte weiter mit dem Abwasch. «Sie haben sich getrennt», sagte sie. Ich setzte mich an den Tisch. Charlotte stellte mir eine Tasse hin, füllte sie mit Kaffee. Seit vierzig Jahren waren wir beide nicht mehr allein in ihrem Haus gewesen. Ich kippte Milch in meinen Kaffee, nahm einen Löffel Zucker.

Am 28. September 1959 hatte es im Rheinland ein Erdbeben gegeben, nichts Schlimmes, wie meistens dort. Ein verstauchter Fuß, Risse in einigen Wänden – erträglich, finde ich. Damals war ich Ende dreißig, schlank, ehrgeizig, ein Mann mit großen Hoffnungen. Ich hatte einige Aufsätze geschrieben, die in den Reihen der Seismologen für Aufsehen sorgten. Ich forschte über die Anreicherung von Spannungen in der Erdkruste. Ich hoffte, so Aufschlüsse darüber zu bekommen, wann ein Erdbeben ausbricht. Es war meine beste Zeit.

Am Abend des 28. September sah ich die Primärwellen auf meinem Seismographen, wartete auf die Sekundärwellen und errechnete anschließend eine Distanz von zweihundertfünfzig Kilometern, Aachener Raum, eine Vier. Drüben klingelte das Telefon.

Konrad war nicht da. Er war in Norddeutschland unterwegs, weil wir neue Zisternen brauchten. In den Zisternen, die wir hatten, gefror in den kalten Nächten das Wasser. Wir standen morgens auf, drehten an den Wasserhähnen, und nichts passierte. Tage, die so beginnen, sind verlorene Tage. Wir schmolzen Schnee, wenn es welchen gab. Andernfalls hackte Konrad mit einem Beil Eiszapfen von den Dachrinnen. In großen Kochtöpfen tauten wir sie auf. Manchmal schnitt sich Konrad am scharfen Eis. Das Wasser war dann trübe, hatte einen rosa Stich.

Charlotte kam rüber ins Blockhaus, um zu fragen, ob ich ihr helfen könne. Sie wusste nicht, was sie all den Leuten sagen sollte, die Fragen zum Erdbeben hatten oder ihr Leid klagen wollten. Charlotte war noch nicht lange bei uns. Konrad hatte sie vor anderthalb Jahren geheiratet, nachdem sie sich auf einem Stadtfest in Oberursel kennen gelernt hatten. Sie war Näherin gewesen, gab ihre Arbeit aber auf, als sie auf den Kleinen Feldberg zog und von ihren Kundinnen abgeschnitten war.

Ich mochte Charlotte von Anfang an. Sie hatte Anmut. In diesen Jahren sahen wir nicht oft Frauen auf unserem Berg, die Seismologie war damals ein Gebiet, mit dem sich fast nur Männer befassten, weshalb wir zwar oft Assistenten zu Besuch hatten, aber nie Assistentinnen, die kamen erst später. Ich ging nicht aus, ich fuhr nur nach Frankfurt, um meine

Vorlesungen zu halten, hatte also nicht viele Gelegenheiten, auf Frauen zu treffen. Wenn ich mich recht erinnere, habe ich nichts vermisst. Die Erde gab mir nicht alles, aber doch sehr viel, und über Christines Tod war ich nicht hinweggekommen. Ich suchte nicht nach Frauen. Trotzdem gab es natürlich Sehnsüchte, Verlangen. Mir setzte das wenig zu, solange nicht die Nähe einer Frau mein Begehren entfachte. Erst seit Charlotte auf dem Kleinen Feldberg lebte, hatte ich Schwierigkeiten. Im Winter war es noch nicht schlimm, da ich sie so oft nicht sah. Der Frühling, ohnehin die Zeit der Unruhe, bescherte mir Träume, für die Konrad mich erschossen hätte. Ich sah Charlotte, wenn sie die Wäsche aufhängte, sah sie bei der Pflege ihres kleinen Gemüsegartens. Ich begann, ihre Nähe zu suchen. Mein Beobachtungsposten machte es mir leicht, scheinbare Zufälle zu inszenieren. Nie entging mir, wenn sie das Haus verließ, und bald darauf war ich auf ihrer Spur, traf sie im Assistentenhaus, in das sie eine Suppe für die Meteorologen getragen hatte, traf sie in den Blaubeeren, wenn sie pflückte und ich auf einem Spaziergang vorbeikam. Ich hatte vorher nie Spaziergänge gemacht. Ich erzählte ihr von meiner Arbeit, und sie hörte mir gern zu, das merkte ich wohl. Aber Konrad und ich hatten damals ein gutes Verhältnis zueinander, weshalb ich, trotz großer Anfechtungen, einen Entschluss gefasst hatte: Ich würde Charlotte nicht verführen, nur ihre Nähe genießen. Mehr hatte ich nicht im Sinn, das kann ich beschwören.

Als die Erde im Raum Aachen gebebt hatte, ging ich mit ihr nach drüben, half ihr selbstverständlich und beruhigte eine halbe Nacht lang aufgeregte Anrufer. Charlotte ging bald ins Bett, hatte Schnittchen gemacht und Bier in den Kühlschrank gestellt. Ich saß am Küchentisch, den Hörer fast unterbrochen in der Hand. In den kurzen Pausen, wenn ich auf den nächsten Anruf wartete, dachte ich an Charlotte, die oben im Bett lag und schlief. Ich malte mir ihre Haut aus, das Gefühl, sie zu berühren, ich schauderte. Nach zwei Uhr morgens kamen keine Anrufe mehr. Ich stand auf, stellte den Teller in die Spüle, die leere Bierflasche in den Kasten. Als ich mich umdrehte, stand Charlotte in der Tür. Sie trug ein weißes Nachthemd, ihr Haar, das ich nur hochgebunden kannte, war offen. Mein Gott, war sie schön.

Ich ging zu ihr und küsste sie. Es war nicht richtig, aber es ergab sich so. Das Erdbeben hatte das für mich entschieden. Ich trug Charlotte durch den Regen hinüber in mein Blockhaus. Ich legte sie auf mein Bett und zog mich aus. Es war eine wunderschöne Nacht, ich war so gierig, und sie war es auch.

Es war eine Nacht der Vergessenheit. Als sie vorüber war, trug ich Charlotte zurück. Es regnete immer noch. Ich legte sie in ihr Bett, ein letzter Kuss, und ich ging. Ich sah nach, was die Erde in der Zwischenzeit getrieben hatte, ein paar Nachbeben, eine Magnitude drei in Italien. Um fünf Uhr morgens legte ich mich schlafen.

Also, das ist die ganze Wahrheit: Wir Feldberger haben nicht einmal erlebt, dass aus einer Erdbebennacht eine Liebesnacht wurde, sondern zweimal. Es ist eine Wahrheit, die ich oft verdrängt habe in meinem Leben, verdrängen musste.

Am folgenden Tag sah ich Charlotte nicht. Konrad kam am frühen Abend mit zwei neuen Zisternen und schlug vor, sie gleich am richtigen Ort aufzustellen. Wir wuchteten sie vom Unimog, wir zogen, zerrten Seite an Seite. Wir schleppten sie in den Keller des Blockhauses, wo damals noch die Zisternen standen. Es waren schwere Dinger, gut isoliert gegen den Frost, wir hatten unsere liebe Mühe mit ihnen. Ich roch Konrads Schweiß, er meinen. Manchmal berührten sich unsere Arme, unsere Schultern klebten aneinander, als wir die Zisternen in den hinteren Kellerraum zogen. Ich reichte Konrad das Werkzeug, als er die Anschlüsse montierte. Wir sprachen wenig, kurze Verständigung über die nächsten Arbeitsschritte. Ich holte Sprudel aus dem Kühlschrank. Wir tranken aus derselben Flasche. Er sagte Danke, als wir fertig waren und er wieder nach drüben ging. Ich hatte ihm geholfen. Er war der Hausmeister, ich der Professor.

Danach sah ich sie drüben am Küchentisch sitzen und Abendbrot essen. Konrad erzählte, Charlotte schenkte ihm Bier nach. Einmal sah sie kurz herüber, unsere Blicke trafen sich. Sie wandte sich schnell ab.

Wir fanden zwei Tage lang keine Gelegenheit, miteinander zu reden, weil Konrad immer da war. Als er am dritten Tag nach Glashütten fuhr, um Wasser zu holen, ging ich hinüber. Ich hatte einen Entschluss gefasst. Charlotte erschrak, als sie mir die Tür öffnete, ließ mich aber hinein. Ich sagte ihr, dass ich sie liebe, dass ich mit ihr leben wolle. Ich hatte zwei Tage nur an sie gedacht, an ihre Haut und ihre Küsse. Ich wollte, dass sie zu mir ins Blockhaus zog und immer da war für mich. Was mit Konrad sein sollte, wusste ich nicht. Es war mir egal.

Charlotte hörte mich an, dann sagte sie: «Es ist unmöglich.» Das war der einzige Satz, den ich von ihr dazu gehört habe. Es ist unmöglich. Sie ging zur Tür, öffnete und wies mich hinaus. Ich ging nicht ins Blockhaus, sondern in den Wald, wanderte lange, umrundete den Kleinen Feldberg, den Großen Feldberg. Am Abend legte ich mich mit Fieber ins Bett. Vier Monate später merkte ich, dass Charlotte dicker geworden war. Ich dachte mir nichts dabei, aber nach fünf Monaten wusste ich, dass sie schwanger war. «Ich hoffe, es wird ein Junge», sagte Konrad zu mir.

Es waren furchtbare Tage für mich. Ich sah Charlottes Bauch wachsen und fragte mich unablässig: Wächst er deinetwegen? Wirst du Vater? Es fehlten die Gelegenheiten, Charlotte zu fragen. Konrad wich kaum von ihrer Seite. Sollte ich mir wünschen, dass ich Vater würde, dass in Charlottes Bauch ein Kind von mir heranwächst? Es war ein so seltsam süßes Gefühl, daran zu denken, darauf zu hoffen. Den Stolz, den ich bei Konrad sah, fühlte ich ebenso. Auch ich wollte Charlotte umsorgen. Ich wollte diesen prallen Leib liebkosen, meinen Kopf auf ihren Bauch legen, nach den Regungen des Kindes lauschen. War nicht das der Gipfel der Seismologie? Das Beben eines Mutterbauchs, wenn ein Kind darin turnt? Ich saß neben meinem Seismographen, starrte durch den nächtlichen Nebel nach drüben. Im Schlafzimmer sah ich Licht, und ich konnte mir ausmalen, das alles, was ich mir wünschte, dort passierte, ohne mich.

Manchmal hielt ich es nicht aus, stapfte nachts durch den Wald, in Düsternis versunken. Ich dachte an Unfälle, die Konrad passieren könnten, ein Baum, der auf ihn stürzt, ein Blitz, der ihn trifft, wenn er über das Gipfelplateau geht. Dann überkam mich Wut auf Charlotte. Wie konnte sie Konrad, ihren schlichten Hausmeister, im Unklaren lassen? Wieso blieb sie bei ihm? Ich plante neue Anläufe, sie auf meine Seite zu ziehen, ich war bereit, den Nebel des Feldbergs zu verlassen und ein Haus in Kronberg oder Königstein zu kaufen. Damals ging das noch.

An einem Abend verließ ich meinen Beobachtungsposten, trat in die Dunkelheit und schlich auf die andere Seite des Hausmeisterhauses, wo Konrad ein kleines Büro hatte. Ich wollte sie stören, einen Eindringling mimen, mich bemerkbar machen und dann zwischen den Bäumen verschwinden. Aber im Büro saß nur Konrad an seinem Schreibtisch, Charlotte war nicht dort. Ich schlich davon, beschämt, peinlich berührt von mir selbst. Ein Zweig knackte unter meinen Füßen. Sofort ging bei Konrad das Licht aus. Ich hastete hinter die Bäume, versteckte mich. Im Haus wurde ein Fenster geöffnet, Konrad stand dort mit einem Gewehr, starrte in die Dunkelheit. Ich presste mich gegen die Erde. Erbebe irgendwo in Deutschland, flehte ich im Stillen, damit das Telefon klingelt. Ich kannte Konrads Treffsicherheit, hatte ihn häufiger bei Schießübungen beobachtet. Er fehlte nie. «Konrad», hörte ich Charlotte rufen, «ist was?»

Welche Elendsgestalt ich war in jenen Minuten. Ein Professor der Geophysik, der im Dreck liegt und bibbert vor Angst. Welche Erniedrigung. Konrad schloss nach einigen Minuten das Fenster, machte Licht und setzte seine Büroarbeit fort, ein wehrhafter, zufriedener Mann, der sein Kind erwartet. Aber es war mein Kind. Warum war Charlotte denn so ungemein scheu mir gegenüber, so zitternd aufgeregt, wenn wir uns begegneten, so sprachlos und schnell errötet? Wegen einer folgenlosen Nacht? Nein, ich triumphierte, wenn ich sie so erlebte. Ich werde Vater. Dieser Satz brannte sich stolz in mein Hirn.

Es gab auch andere Stunden, Stunden der Vernunft. Dann hoffte ich das Gegenteil. Wie sollten wir hier miteinander leben können in unserer kleinen Siedlung, wo wir uns täglich begegneten, wo Konrad und ich manchmal zusammenarbeiteten? Was für eine Qual. Eine Nacht der Liebe verblasst in der Erinnerung, so dass der Frieden gewahrt werden kann. Ein Kind erst macht aus einer Nacht ein Leben. Ich konnte mir nicht vorstellen, hier oben mit einem Kind zu leben, wenn sich Vaterschaft und Vaterfreuden auf zwei Männer verteilen. Also hoffte ich manchmal, dass Konrad für Charlottes munter wachsenden Bauch verantwortlich war.

Ich war zermürbt vom Widerstreit meiner Gefühle und Gedanken. Ich vernachlässigte die Erde, fiel zurück mit meinen Forschungen, machte Fehler, die aufmerksame Assistenten korrigierten. Es konnte so nicht weitergehen. Als Konrad eines Tages Wasser holen fuhr, ging ich nach drüben und klingelte. Charlotte machte auf, ließ mich aber nicht hinein. Es war ein heißer Tag, wie wir hier nur selten welche erleben. Charlotte war dick, nicht nur ihr Bauch, sie hatte ein volles Gesicht, schwere Arme und Beine. Sie trug ein leichtes Kleid. «Von wem ist das Kind?», fragte ich. «Bitte, ich muss das wissen, ich verspreche dir, dass ich nichts unternehmen werde, ich akzeptiere jede Antwort. Ich lasse Konrad nie etwas merken, wenn es von mir ist. Ich muss es aber wissen. Bitte. Von wem ist das Kind?» Sie hat mich weggeschickt, ohne mir eine Antwort zu geben. Sie sagte nichts und schloss die Tür. Die Qual ging weiter.

Das Kind wurde geboren, ein Junge. Drüben erblühte das Familienleben, die Aufregungen der ersten Tage und Wochen. Ich war viel in Frankfurt, hielt Vorlesungen, ging auf Reisen, Messungen in der Türkei, in Japan, in Persien. Ich mied die Familie, die Familie mied mich. Ich sah das Kind nur aus größerer Entfernung. Als ich, einige Monate nach Lorenz' Geburt, in den Bunker ging, um nach dem Seismometer zu sehen, sah ich, dass die Position der Schutzhaube verändert war. Jemand musste sie abgenommen haben. Das war höchst ungewöhnlich, denn zu unseren Regeln hier oben gehört, dass der Hausmeister sich um alle Gebäude und Geräte kümmert, nicht aber um das Seismometer. Dieses empfindliche Gerät, das ich selbst entwickelt habe, wird allein von mir gewartet. Nicht einmal die Assistenten sind befugt, sich im Bunker aufzuhalten, wenn ich nicht dabei bin. In denkbar schlechter Stimmung nahm ich die Schutzhaube ab, in Gedanken schon bei Konrad, den ich als Ersten zu befragen gedachte. Was hatte er im Bunker verloren? Dann sah ich, dass neben dem Seismometer ein Blatt lag, abgerissen von einem Ringblock, oben ausgefranst. Das Blatt war beschriftet. Ich nahm es und las: ‹Von dir.› Die Handschrift war mir bekannt. Ich ließ die Schutzhaube fallen.

Der Moment ist gut dokumentiert, mit Datum, Uhrzeit, auf die Sekunde genau. Es gab einen kleinen Ausschlag auf unserem Seismographen, ein leichtes Beben auf dem Kleinen Feldberg. Ich machte eine Notiz in unser Seismometer-Tagebuch: ‹Schutzhaube herabgefallen›. Damit die Kollegen wussten, woher der Ausschlag kam. Für mich ist es der Moment, in dem ich Vater geworden bin.

Lorenz hat es uns erspart, mir äußerlich ähnlich zu werden. Man muss schon genau hinschauen, muss Ähnlichkeiten suchen, um welche zu entdecken. Die Nasenlinie vielleicht, der wache Blick aus blauen Augen. Ansonsten kommt Lorenz sehr nach seiner Mutter. Die Natur hat das klug geregelt, wie ich, der Naturwissenschaftler, mit besonderer Freude vermerke.

Ich weiß nicht, woran Charlotte dachte, als ich vierzig Jahre später bei ihr in der Küche saß. Wir haben wenig gesprochen. Als sie mit dem Abwasch fertig war, setzte sie sich zu mir an den Tisch, trank ebenfalls einen Kaffee. Wir saßen dort wie ein altes Ehepaar, wie Eltern, die in Sorge sind um ihren gemeinsamen Sohn. Es war eine merkwürdig innige Viertelstunde. Dann sagte sie, Konrad komme gleich zurück. Ich ging wieder in mein Blockhaus.

Lorenz hat die nächsten zwei Wochen bei Konrad und Charlotte gewohnt. Mich hat das, muss ich zugeben, eifersüchtig gemacht. Warum konnte er nicht bei mir einziehen? Warum musste er, ein erwachsener Mann, in seinem Kinderzimmer wohnen, wo doch im Blockhaus viel mehr Platz war, große Zimmer leer standen, wo wir so schön miteinander hätten leben können? Ich beruhigte mich erst, als er sich eine kleine Wohnung in Frankfurt nahm.

★

Seine Tage hatten einen neuen Rhythmus. Er wartete, ohne zu wissen worauf. In seinem Büro lief den ganzen Tag der Fernseher, aber anders als früher zappte er manchmal weg von dem Sender, der ausschließlich Wirtschaftsnachrichten brachte. Er hatte kein großes Interesse mehr an der Welt, seitdem er nicht mehr daran beteiligt war, sie zu gestalten. Manchmal sah er Talkshows, manchmal einen Musikkanal. Niemand ermahnte ihn deshalb. In der Bank herrschte Resignation. Es gab kaum noch Umzugskartons, weil die Leute mit dem großen Ehrgeiz längst zur Europäischen Zentralbank abgewandert waren. Es war stiller als sonst auf den Fluren. Die letzten Monate der Macht, sie verstrichen in Langeweile.

Er fütterte seinen Computer mit Zahlen, sah mit einem Auge das Ende einer Daily Soap. Es folgten Nachrichten, Krieg im Kosovo. Sie zeigten Bilder aus Nordalbanien, ein Lager mit Flüchtlingen, Not, Elend. Er hoffte, dass er durch Zufall Laura sehen würde. Er dachte daran, wie sie am Strand von Durrës entlanggegangen waren. Er sah ihr rundes Gesicht. Dann sah er sich neben ihr. Es ging ihm so gut damals.

Er schaltete den Fernseher aus, verließ die Bank und fuhr nach Kronberg, um seinen Sohn abzuholen, wie jeden Tag. Horand hatte eine Weile nachts ins Bett gemacht, aber das hörte bald auf, und eine neue Normalität begann. Lorenz sah Selma und Horand immer noch als seine Familie. Er hatte den Eindruck, dass auch Selma wartete. Zeit schien ein neues Gewicht zu bekommen zwischen ihnen.

Ihm fiel nichts ein, was er hätte mit Horand unternehmen sollen. In Gedanken war er am Strand von Durrës. Sie fuhren zum Kleinen Feldberg, er gab seinen Sohn bei Luis ab und machte einen langen Spaziergang. Zwischendurch rief er eine Nummer an, die ihm Dhimitraq gegeben hatte.

Als er zurückkam ins Blockhaus, stand Horand neben Luis und folgte mit den Augen der Tintennadel. Sie kicherten beide. Lorenz lehnte sich ans Fensterbrett, sah ihnen eine Weile zu. Luis war ein Greis geworden. Er hatte nur noch ein paar Härchen auf dem Kopf, seine Haut war von Leberflecken übersät. Auch Augenbrauen und Wimpern waren fast vollständig ausgefallen. Nur der Bart spross noch, schütter, aber die Härchen waren dick. Lorenz sah überall Borsten, wo Luis sie beim Rasieren übersehen hatte. Er lächelte.

«Du solltest deine Brille auch beim Rasieren tragen», sagte er.

«Ich werde meine Brille überhaupt nicht mehr tragen. Ich sehe wie ein Löwe.»

«Wie ein Adler», sagte Horand.

«Na gut, wie ein Adler. Hast du schon mal einen Adler mit Brille gesehen?»

«Adleraugen, Hundeohren», sagte Horand.

«Nett von dir, mein Junge.»

Lorenz brachte Horand nach Hause, gab Selma einen Kuss zum Abschied. Sie hatten wieder damit angefangen, sich auf die Wange zu küssen. Dann spazierte er durch den Park zum Schlosshotel Kronberg. Es war ein alter Bau, pompöse Fachwerkpracht, ein Golfplatz, dreihundert Mark für ein Zimmer.

In der Hotelbar bestellte er einen schottischen Whisky. Der

Barkeeper nahm eine Flasche aus dem Regal, nahm ein schlankes Glas mit Stil und Fuß, schüttete eine Pfütze hinein.

«Probieren Sie den mal.»

Lorenz trank, nickte. Der Barkeeper füllte das Glas zu einem Viertel. Er stellte ihm eine Schüssel mit Nüssen hin. Jede Bewegung stimmt, dachte Lorenz. Die Bar war mit dunklem Holz getäfelt, die Hocker und Sessel waren mit schwarzem Leder bezogen. An den Wänden hingen Ölbilder, Prinzen und Prinzessinnen, alle blass. Eine Frau saß hinter dem Klavier und spielte *The Lion Sleeps Tonight*. Lorenz hielt Ausschau nach einem dicken Mann. Neben ihm saßen Russen und lachten. Eine Frau an einem der Tische rauchte Zigarre.

«Ich habe einen interessanten Gesprächspartner für Sie», hatte Dhimitraq gesagt. «Er ist immer noch dick, aber er ist in Ordnung. Wenn er irgendwo eingeladen ist, sucht er im Bad oder im Schlafzimmer nach der Unterwäsche der Gastgeberinnen, er nimmt ein Teil, steckt es sich in die Tasche. Es gefällt ihm, dann am Tisch zu sitzen mit der Unterhose der Frau, die ihm Kartoffelgratin nachreicht. Das hat er mir irgendwann beim Laufen erzählt, nach der ersten Stunde. Dann sind sie erschöpft und haben Angst, dass ich sie in der letzten halben Stunde schlimm quälen werde. Das macht sie vertrauensselig. Sie wollen denken, dass ich ihr Freund bin.»

Der Mann, der schließlich in die Hotelbar kam, war nicht so dick, wie Lorenz gedacht hatte, normal dick. Er begann sofort zu reden, schnell, laut, amerikanischer Akzent.

«Wissen Sie, was mir auf dem Flug von Rom nach Frankfurt passiert ist? Ein Mann saß neben mir, und wir kamen ins Gespräch, und er hat gesagt, dass im Gepäckraum seine Tochter liege, in einem Sarg, und sie hatten eine Kreuzfahrt gemacht und die Tochter fasste die Reling an von dem Schiff und plötzlich war sie tot. Es war für einen Moment Strom auf

201

der Reling und das war's. Niemand weiß warum. Soll viel Sport gemacht haben, das Mädchen.»

Er bestellte einen Rotwein, klopfte eine Zigarette aus einer Schachtel. Der Barkeeper bot ihm Feuer an.

Er vertrat eine amerikanische Fondsgesellschaft. Sie legten die Ersparnisse amerikanischer Bürger an, Altersversorgung. Daraus wurden später Renten gezahlt.

«Wir sind sehr an der Zukunft interessiert, auch an der deutschen Zukunft. Wir kaufen vor allem Staatsanleihen, weil sie sicher sind. Die Rendite hält sich in Grenzen, aber so schnell wird der deutsche Staat ja nicht Pleite machen.»

Er lachte, ein kurzes, lautes Bellen. Eine Frau, die bei den Russen stand, schaute herüber.

«Aber so richtig gut sieht es ja auch nicht aus. Was ist los mit euch fucking Germans? No Wirtschaftswunder anymore?»

Vielleicht hat er eine Unterhose in der Jackentasche, dachte Lorenz.

«Okay. Je eher wir wissen, wie sich die Konjunktur entwickelt, desto besser können wir die Interessen unserer Anleger vertreten. Alles Mittelschicht, keine Reichen, keine Spekulanten, grundsolide, anständige Leute, die sich einen würdigen Lebensabend verdient haben. Wir helfen ihnen dabei.»

Er bestellte noch einen Rotwein.

«Helfen Sie uns, diesen wunderbaren Menschen zu helfen. Erzählen sie uns, wohin der Hase läuft, so sagt ihr doch, oder?»

Lorenz nickte.

«Lassen Sie uns ein bisschen in die Zukunft schauen. Wie entwickelt sich das Wachstum, die Inflationsrate, die Zinsen, das Haushaltsdefizit? Sie kennen sich da doch aus. Wir zahlen Ihnen ein ordentliches Honorar für Ihr Wissen. Wir treffen uns einmal im Monat, vielleicht hier, hier ist es schön. Sie erzählen mir von Ihrer Arbeit, ich vergüte Ihnen das mit tausend Mark. Eine saubere Sache. Was meinen Sie?»

Lorenz schaute in seinen Whisky, seinen dritten.

«Überlegen Sie es sich.» Der Amerikaner trank seinen Rotwein aus. «Ihr Freund Dhimitraq kann einen ganz schön in die Mangel nehmen.»

«Er ist nicht mein Freund.»

«Er spricht sehr gut von Ihnen. Hier ist meine Visitenkarte. Rufen Sie mich an.» Er klopfte Lorenz auf die Schulter und ging.

Die Frau am Klavier spielte *Girl from Ipanema*. Lorenz kippte den Whisky und bestellte einen neuen. Er sah sich die Gäste in der Bar an, lauschte ihren Gesprächen. Ein Tisch interessierte ihn besonders, ein älteres Paar mit einem jungen Mann, der schwul aussah. Wahrscheinlich seine Eltern, dachte Lorenz, den Eltern von Schwulen sieht man oft das Bemühen an, ihr Kind uneingeschränkt zu lieben. Die Frau am Klavier trug ein auberginenfarbenes Kleid, ihre Lippen waren sehr rot. Er bestellte noch einen Whisky, kippte ihn weg, bestellte noch einen. Auf den Flaschen steckten Ausgüsse. Wie Entenschnäbel sehen sie aus, dachte er.

Als die Bar schloss, zahlte Lorenz 232 Mark mit einer Kreditkarte, von der er nicht wusste, ob sie noch Geld hergab. Er starrte auf den kleinen Apparat und wartete auf das Rattern, mit dem der Beleg ausgedruckt wurde. Lorenz gab dreißig Mark Trinkgeld und verließ die Bar. An der Rezeption fragte er, ob noch ein Zimmer frei sei. Er bekam ein Zimmer. Er nahm einen Whisky aus der Minibar, zog seine Sachen aus und wickelte sich in das Bärenfell, das die Wand über dem Bett schmückte. Er setzte sich auf die Bettkante und trank.

7

HEUTE WAR ES SO WEIT. Die Temperaturen sind gestiegen, der Schnee taut. Muntere Bäche sprudeln am Blockhaus vorbei und zum Tor hinaus. Es ist nicht mehr allzu glatt, keine große Gefahr für meine morschen Knochen, und ich brauchte dringend Lebensmittel. Ich zog die Halbstiefel an, meinen verschlissenen Mantel, ein neuer lohnt nicht. Die zehn Jahre, die ein Mantel hält, werde ich kaum noch leben. Ich verschloss die Tür zum Blockhaus, ging erst den Waldweg hinunter, dann die Taunushöhenstraße entlang bis zum ‹Roten Kreuz›, wo ich einkehrte, um zu verschnaufen. Ich bestellte einen Kakao. Es hat sich nicht viel verändert in der Gaststätte über all die Jahre, Geweihe an der Wand, Holz, das allmählich verblasst. Der Wirt ist ein anderer, Kroate oder Serbe, schätze ich. Rechtzeitig stand ich an der Haltestelle, löste eine Fahrkarte nach Kronberg und ließ mich den Feldberg hinunterschaukeln. Ich war allein mit dem Fahrer. Ich schaute hinaus, genoss die Abwechslung.

In Kronberg ging ich zur Bank und tauschte 233,55 Mark in Euro. Ich war nicht aufgeregt, Geld ist Geld, andere Farben, ein bisschen fröhlicher, andere Motive, was ändert sich dadurch? Nur dass es Lorenz so viel bedeutet hat, ließ mich nicht ganz gleichgültig sein. Ich hielt einen Moment inne, weil das Geld und vor allem der Wechsel von einer Währung zur anderen sein Leben so dominiert hat. Oder muss ich sagen ruiniert? Einem Vater kommt das Wort so schwer über die Lippen. Ich steckte Scheine und Münzen ein, machte meine Einkäufe und fuhr zurück zum Feldberg.

Auf dem Waldweg begegneten mir Spaziergänger, sie trugen Pelzmäntel, Pelzmützen. Ich hörte sie Russisch sprechen. Es kommen seit einigen Jahren häufig Russen zu uns. Sie leben in Wiesbaden, wo es eine hübsche russisch-orthodoxe Kirche gibt. Sie gehen in die Spielbank, sie verlieren Geld, und es macht ihnen nichts aus. Lorenz hat mir von ihnen erzählt. «Die Reichen», sagte er, «das sind jetzt die Russen.» Ich fragte ihn, ob er sich noch an Sergej erinnere. Er nickte.

Wir hatten Sergej 1973 kennen gelernt. Damals herrschte Euphorie unter uns Seismologen. Es schien, als würden unsere Bemühungen um die Vorhersagen endlich belohnt. Es fehlten, dachten wir, nur noch wenige Erkenntnisse und wir hätten es geschafft. Ich war Anfang fünfzig, gut in Form, weil ich regelmäßig durch den Wald lief. Ich hatte Haare eingebüßt, aber ich fühlte mich wie ein junger Mann. Ich war beflügelt. Damals gab es ein russisch-amerikanisches Projekt, eine kleine Sensation, ein Ergebnis des weltpolitischen Tauwetters. Im Jahr zuvor hatten sich die beiden Supermächte auf einen Abrüstungsvertrag geeinigt. Willy Brandt arbeitete an der Versöhnung mit Polen, Russen und Tschechoslowaken. Wir waren nicht mehr ständig in Sorge, dass uns Atomraketen aufs Dach regnen könnten. Wir Seismologen sind ja ohnehin ein friedliches, polyglottes Volk und achten Grenzen gering, weil die Erde auch keine hat. Es gibt nur einen Erdkern für uns alle, einen Erdmantel und eine Erdkruste. Deshalb gehörten wir zu den Ersten, die die Grenzen zwischen den Blöcken überschritten. Ich war Mitglied des mehrheitlich amerikanischen Teams, das mit den Russen kooperierte. Wir forschten über die Anreicherung von Spannungen in der Erde und erhofften uns Rückschlüsse auf den Zeitpunkt, wann sich die Spannungen in einem Beben entladen würden. Wir reisten hin und her, durchbrachen den Eisernen Vorhang, versendeten Depeschen in großer Zahl und wähnten uns kurz vor dem Ziel. Ich hatte meinen Anteil geleistet und hoffte, wie die anderen auch, den letzten Baustein für eine Theorie zu entdecken. Russen kamen zu mir auf den Kleinen Feldberg, brachten Kaviar mit und kochten Soljanka in Charlottes Küche. Konrad, der alte Kommunistenhasser, war unausstehlich an diesen Tagen. Wenn er einen Arm hob, sah ich die Pistole im Schulterhalfter blitzen. Er trennte sich nicht mehr von ihr. Wir hörten oft, wie er Schießübungen machte. Es war unendlich peinlich. Wir waren auf dem Weg zum Weltfrieden, und er spielte den Soldaten. Auch an Charlotte spürte ich, dass sie am liebsten im Erdboden versunken wäre, wenn Konrad grußlos an unseren Gästen vorbeimarschierte. Sie mochte die Russen, sie mochte das Herz, das sie hatten und zeigten. Wir feierten viel und arbeiteten noch mehr.

Es war an einem dieser russischen Tage auf dem Kleinen Feldberg, als Charlotte mich überraschend im Blockhaus besuchte. Sie kam spät, als Konrad schon schlief. Die Russen waren im Assistentenhaus und arbeiteten. Ich wertete Tabellen aus. «Die Russen sind nett», sagte sie, «Lorenz liebt sie sehr.» Ich hatte das auch bemerkt. Besonders in einen der jüngeren, einen Mann namens Sergej, war er vernarrt. Sergej baute mit Lorenz ein Modellflugzeug in der Werkstatt, Konrad sah das gar nicht gern. Damals war Lorenz zwölf.

«Konrad benimmt sich unmöglich», sagte Charlotte zu mir, «ich schäme mich richtig für ihn. Warum ist er so? Warum kann er nicht Frieden machen mit der Welt? Er verschließt sich immer mehr, er redet kaum noch. Er ist so verbiestert.» Ich schwieg. So hatte sie noch nie mit mir gesprochen. «Ich halte das nicht mehr aus», sagte sie. Plötzlich nahm sie meine Hand. Es war so merkwürdig. Ich hatte zehn Jahre darauf gewartet, dass sie das tun würde, und jetzt überlief mich ein Schauder, aber kein Schauder des Glücks. «Magst du mich noch?», fragte sie. Ich nickte. Ich hatte eigentlich keine Zeit. Die Kollegen schliefen nicht.

Ich habe später oft über diesen Besuch nachgedacht, vor allem über mein Verhalten. Ich habe Konrad verteidigt, ich habe davon gesprochen, dass es schwer ist für ihn, plötzlich Russen zu beherbergen, nachdem ihm lange eingeredet worden war, dass sie uns umbringen wollen. Und was seine Verschwiegenheit anginge, sei das bestimmt nur eine Phase, das werde schon. «Er ist kein schlechter Kerl», sagte ich. So redete ich eine Weile dahin, eifrig in meinem Lob für Konrad, und ich merkte kaum, dass Charlotte ihre Hand wieder zurückzog. Nach einer Stunde stand sie auf und wollte gehen. Ich versuchte eine kleine Umarmung, eine freundschaftliche Umarmung, die etwas missglückte. Sie blieb kühl dabei. Dann war sie weg, und ich setzte meine Arbeit fort.

Warum verteidigte ich Konrad, der mir zu jener Zeit stark auf die Nerven ging, der tatsächlich verschlossen war, als Vater eine Niete und insgesamt unausstehlich? Ich hatte, ehrlich gesagt, Angst, dass Charlotte verspätet die Familie gründen wollte, die wir längst hätten sein müssen. Ich wollte nicht mehr. Ich muss gestehen, dass mir mein Leben damals gefiel. Ich hatte die Wissenschaft und einen Jungen, der mich hin und wieder besuchte. Ich liebte Lorenz, habe ihn immer geliebt, aber ich wollte 1973, als es darauf angekommen wäre, nicht die Verantwortung für ihn übernehmen, wollte kein Familienleben, das in Konkurrenz stand zu meiner Wissenschaft. Wir waren kurz vor dem Durchbruch, wir konnten es schaffen, der Erde ihr größtes, bedeutendstes Geheimnis zu entlocken. Ich durfte mich nicht ablenken lassen. Deshalb wohl habe ich so reagiert, auch wenn es mir heute schwer fällt einzugestehen, dass ich den Moment, in dem ich womöglich Lorenz' wahrer Vater hätte werden können, verstreichen ließ.

Aber wäre es denn klug gewesen, unser Geheimnis nach zwölf Jahren zu offenbaren? Hätte er das verkraftet? Was hätte der cholerische und schwer bewaffnete Konrad getan? Seine Hochrüstung war ein wichtiger Faktor bei allem, was auf dem Kleinen Feldberg geschah und nicht geschah. War es nicht vernünftig gewesen, Charlotte zu bremsen?

Wie man ja weiß, haben unsere Hoffnungen, was die Erde anging, getrogen. Je mehr Daten die Russen und ich auswerteten, je mehr wir rechneten, desto weiter entfernten wir uns von einem Ergebnis. Es war eine furchtbare Enttäuschung. Ich hasste die Erde für ihre Widerspenstigkeit. Die Russen reisten ab und kamen nicht wieder. Aber ich war nicht entmutigt. Ich suchte nach einem neuen Ansatz, machte weiter, immer weiter.

★

Ernesti kam spät, Lorenz sah auf seine Uhr. Er saß in einem neuen Restaurant im Bankenviertel, australische Küche, halb eins am Mittag. Er blätterte in der Karte. Dann kam Ernesti, schwungvoll, neuer Anzug, dezente Karos. Lorenz stand auf, sie umarmten sich. Ernestis Wange war kalt, Januar, fünf Grad unter null. Sie bestellten Straußensteaks. Seit dem 1. Januar waren die Wechselkurse unveränderlich festgeschrieben. Es gab noch Mark, Franc oder Lira, aber über die Geldpolitik entschied die Europäische Zentralbank.

«Es ist furchtbar», sagte Ernesti, «wir tun alle so, als wäre nichts passiert, machen einfach weiter, jeder erfüllt die Aufgabe, die er immer erfüllt hat, aber wir gucken einander ins Gesicht und sehen Menschen, die ohne Macht sind, wir sehen Bürokraten. Unsere Gesichter sind plötzlich grauer, weicher. Du kannst dir nicht vorstellen, was es bedeutet, jeden Tag in diese weichen Gesichter zu gucken. Dann bist du auf dem Klo, wäschst dir die Hände, schaust auf und was siehst du: ein weiches Gesicht. Niemand gibt mehr Geld aus, weil wir Angst haben, in unsere Portemonnaies zu gucken. Die Sparquote steigt.»

Er zog ein dickes Portemonnaie aus der Hosentasche, riss es auf, hielt es Lorenz hin.

«Sind dir diese Scheine plötzlich auch so fremd wie mir? Wir waren die Herren dieser Scheine, und jetzt lachen sie uns aus. Manchmal, wenn ich über den Flur gehe, höre ich ein leises Kichern. Ich drehe mich um, aber da ist niemand, außer dem Büroboten vielleicht, aber der ist ganz hinten und würde nicht kichern. Du kennst ihn. Wer kichert also?»

Er sah Lorenz an, als solle er auf die Frage antworten.

«Ich horche und woher kommt das Kichern?»

Wieder dieser Blick. Lorenz zuckte mit den Achseln.

«Von meinem Arsch. Es kichert an meinem Arsch.»

Er packte das Portemonnaie wieder weg.

«Es sind die Scheine, sie kichern über mich. Die ganze fucking Bundesbank ist voller Ärsche, an denen gekichert wird. Sei froh, dass du nicht mehr da bist. Wie geht es dir, mein Lieber?»

«Ganz gut.»

«Wir vermissen dich, mehr denn je.»

Lorenz lächelte unsicher.

«Andererseits ist es gut, dass du nicht dieses weiche Gesicht kriegst. Du siehst gut aus.»

«Ich mache viel Sport.»

«Sehr gut, sehr gut, Sport ist immer gut. Suchst du einen Job?»

«Ich weiß nicht, ich habe ein paar Angebote. Muss erst mal sehen, was mit Selma wird.»

Ernesti nickte.

«Es passiert was. Wir müssen aufpassen. Das Geld ist unruhig, Internet, Medien, Aktien. Es hat etwas begonnen, das groß wird, sehr groß. Ich spüre ein Fieber, etwas Neues entsteht. Wir können reich werden. Es werden Leute gebraucht, die keine Angst vor großen Summen haben.»

Er beugte sich vor. «Lorenz, wir sind diese Leute.»

Sie aßen schweigend. Ernesti übernahm die Rechnung.

Die Sonne schien, keine Wolken. Sie gingen zum Taxistand, die Hände tief in die Taschen ihrer Mäntel vergraben. Sie umarmten sich zum Abschied. Ernesti fuhr in die Bank, Lorenz ging zum Fitnessstudio. Er sah Dhimitraq in seinem Büro, sie winkten sich kurz zu. Lorenz setzte sich an die Rudermaschine.

Vor einigen Monaten war er zum ersten Mal hier gewesen. Er saß in Dhimitraqs Büro. Der Hund lag unter dem Schreibtisch. Dhimitraq schrieb am Computer.

Lorenz schaute aus dem Fenster, dahinter war ein Raum mit Fitnessgeräten. Er sah lange Reihen Laufbänder, Fahrräder, Rudermaschinen. Alle Geräte waren besetzt. Die Leute traten, liefen, zogen mit großem Ernst. Niemand sprach. Die Maschinen surrten, tappende Schritte auf den Laufbändern. Die Blicke gingen nach draußen, zur Straße durch die großen Fenster oder auf Bildschirme, die an den Geräten angebracht waren. Gequälte Gesichter.

«Niemand kommt voran», sagte er.

«Was?»

«So viel Bewegung und niemand kommt voran», sagte Lorenz.

Dhimitraq sah auf.

«Bei mir ist gestern eingebrochen worden», sagte er. «Ich habe sie erwischt mit dem Hund, zwei Jungs. Eins auf die Fresse, dann habe ich die Polizei geholt. Sie haben die Jungs laufen lassen. Ich versteh das nicht. Warum lasst ihr sie laufen? Damit sie wieder einbrechen? Wir hätten sie nicht laufen lassen. Wieso schützt euer Staat die Unternehmer nicht? Warum seid ihr so schwach? Und wenn ihr so schwach seid, dann lasst zu, dass ich mir selbst helfe. Ich würde schon fertig mit denen. Jetzt haben sie mich wegen Körperverletzung angezeigt.»

«Ich kann nicht mehr bezahlen.»

«Ich weiß.»

Lorenz sah ihn überrascht an.

«Die Bank hat dich rausgeschmissen.»

★

Die Bank hatte ihn rausgeschmissen. Er sagte es mir auf dem Gipfelplateau vom Kleinen Feldberg, zwischen den erfolgreichen Messgeräten der Meterologen und ihrem hässlichem Container, der hier alles verschandelt. Er hatte mich um einen Spaziergang gebeten, was nicht oft vorkam, und ich machte mir schon Sorgen. Aber dass es so schlimm würde, ahnte ich natürlich nicht. Wir hatten klare Sicht auf Frankfurt. «Du weißt doch», begann er, «dass die Zukunft unser großes Thema war in den vergangenen Jahren. Ich habe es immer sehr genossen, mit dir darüber zu reden. Es hat uns tief verbunden, dass wir den Blick lieber nach vorne richten als zurück.» Ich nickte. Genau so war es.

«Vor einiger Zeit habe ich einen Mann kennen gelernt, der an diesem Thema ebenfalls interessiert ist. Er ist Amerikaner und arbeitet für eine große Fondsgesellschaft, die das Geld vieler amerikanischer Bürger angelegt hat, Geld für die Altersversorgung. Für ihre Anlagestrategie ist der Blick nach vorne extrem wichtig. Es geht um Milliarden. Fällt der Zins oder steigt der Zins – sehr viel hängt von der richtigen Prognose ab. Ich habe mich einmal im Monat mit dem Mann getroffen, und wir haben ein bisschen nach vorne geschaut. Er hat mir dafür jeweils tausend Mark gegeben. Du weißt, wie dringend wir dieses Geld brauchen. Es hat uns das Haus erhalten. Im Prinzip waren das harmlose Gespräche. Ich weiß ja nicht, wie sich der Zins entwickelt. Die Mitglieder des Zentralbankrats sind vor ihren Sitzungen sehr verschwiegen. Ich habe mehr oder weniger geraten, lag aber meistens richtig.»

Ich habe nichts gehört außer Lorenz' Stimme, nicht das Rauschen des Waldes, nicht die Vögel, nicht die Flugzeuge, die vom Rhein-Main-Flughafen starten und über den Feldberg hinwegziehen. Reglos stand ich neben ihm.

«Leider musste er mir vor einigen Wochen sagen, dass unsere Zusammenarbeit demnächst beendet sein wird. Da, wie du ja weißt, die Bundesbank am Jahresende die Herrschaft über unsere Währung verlieren wird, sind die Entscheidungen von dort nicht mehr so bedeutend für den Fonds. Ich konnte ihn verstehen, auch wenn das ein schwerer Schlag für mich war. Ich war deshalb sehr interessiert, als mir der Amerikaner einen Vorschlag gemacht hat. Er sagte, dass die Äußerungen der Bundesbank immer noch große Bedeutung für das Geschehen auf den Kapitalmärkten in aller Welt hätten. Es sei daher die Frage, ob wir nicht die Zeit bis zum Ende des Jahres nutzen sollten, um den Blick in die Zukunft etwas umzuleiten. Der Amerikaner schlug vor, ich könne doch meinen Einfluss auf die Prognosen nutzen, um den

Menschen Hoffnung zu machen. Mich hat dieser Gedanke sofort gefesselt. Ich habe dir oft erzählt, wie wichtig die Erwartungen für die Wirtschaftssubjekte sind. Psychologie ist fast alles in meinem Bereich. Hier tat sich eine Möglichkeit auf, Zukunft nicht nur vorherzusagen, sondern zu gestalten. Ich habe an dich gedacht, als mir der Amerikaner von seiner Idee erzählte. Du hast mir erzählt, wie wir den Bereich Gottes berühren, wenn wir in die Zukunft vordringen können, wenn wir ins Schicksal eingreifen. Ich habe auch deshalb nicht lange gezögert und zugesagt. Der Amerikaner bot mir 25 000 Mark für meinen kleinen Eingriff. Das mag nach viel klingen, aber es ist wenig, wenn man bedenkt, dass schon die kleinste Änderung in den Erwartungen Milliarden auf dem Kapitalmarkt bewegen kann. Er sagte mir, dass sie eine ‹kleine Operation› vorhätten, für die ein günstiges Klima sehr hilfreich sei. Ich forderte 50 000 Mark, und wir einigten uns auf 35 000. Am nächsten Tag habe ich einige Parameter in meinen Modellen ein wenig geändert, so dass eine recht günstige Prognose dabei herauskam. Leider ist ein Kollege misstrauisch geworden. Sie haben mich rausgeschmissen.»

Ich konnte ihn nicht anschauen in diesem Moment. Ich sah hinunter auf Frankfurt, auf die Türme. Ein Flugzeug stieg auf, nahm Kurs in unsere Richtung, ein silberner Blitz am Himmel. Wir standen nebeneinander, leichter Wind. «Sag bitte nichts meinen Eltern», sagte er als Nächstes. Ich schluckte. Mir fehlten Worte, mir fehlten Gesten, mir fehlte ein Gesicht. Wenn man so enttäuscht wird, ist man schwach. Ich war sehr schwach, muss ich heute zu meinem Bedauern sagen. Statt tröstende Worte zu finden, dachte ich an mich. Hätte ich je für möglich gehalten, dass es so endet mit meinem Lorenz, dem Einserabiturienten, dem Einser-diplomanden, dem Hoffnungsträger der Bundesbank, meinem Sohn? Ich hatte doch Grund, die besten, die schönsten Erwartungen zu haben, oder etwa nicht? «Ich sag's den Eltern später, ich glaube, die verkraften das jetzt nicht», sagte er. «Aber ich verkrafte das, ja?», rief ich aus. «Mir kannst du das zumuten, aber denen nicht. Die sollen denken, dass sie einen großartigen Sohn haben, aber ich muss ...» Er sah mich überrascht an und ich brach ab an dieser Stelle, zum Glück. Ich hatte mich vergessen. Es ist ja richtig, Eltern müssen ein geschöntes Bild vom Leben ihrer erwachsenen Kinder bekommen. Kinder, die sich Gedanken machen, wissen das. Ich schaffte es, mich bei Lorenz zu entschuldigen, mehr aber nicht. Wir standen still nebeneinander und sahen auf Frankfurt.

★

«Der Präsident hat es mir erzählt.»

Dhimitraq stand auf, ging um den Schreibtisch herum, stellte sich hinter Lorenz. Er legte beide Hände auf dessen Schultern.

«Es tut mir Leid. Machen Sie sich keine Sorgen wegen des Geldes.»

Als Lorenz ging, bot ihm Dhimitraq an, sein Fitnessstudio gratis nutzen zu können. Deshalb war er jetzt hier, er kam fast jeden Tag, hatte Muskeln, Kondition. Er ruderte, lief eine Dreiviertelstunde auf dem Laufband, duschte. Dann fuhr er nach Kronberg, um Horand zu holen. Sie fuhren Schlitten auf dem Kleinen Feldberg. Sie hatten einen Aufkleber in Form eines goldenen Tannenbaums dabei. Der Sieger eines Rennens durfte ihn auf seinen Schlitten kleben.

Am Abend brachte er Horand nach Kronberg und blieb.

Selma war nicht da. Seit einiger Zeit hatte er wieder einen Schlüssel. Er blieb häufig, um mit Horand zu lesen, manchmal, um mit Selma zu reden.

Sie kam um zehn Uhr nach Hause, Horand schlief schon. Sie war einkaufen gewesen, danach beim Elternabend. Sie packte die Tüten in der Küche aus, Lorenz half. Als die letzte Milchflasche im Kühlschrank war, gingen sie hinüber ins Wohnzimmer. Selma warf sich in einen Sessel, atmete aus. Sie erzählte vom Elternabend, griff sich dabei in den Pullover, nestelte an ihrer rechten Brust herum und zog das Polster aus ihrem BH hervor, warf es auf den Boden, dann das linke. Sie lagen nebeneinander auf dem Teppich.

«Horand prügelt. Ein paar Eltern haben sich beschwert. Wahnsinn, wie die sich aufgeregt haben.»

Lorenz schaute auf die Polster. Es sah aus, als lägen dort Selmas Brüste, in Schwarz. Er hob die Polster auf, setzte sich wieder, hielt sie in seinen Händen.

«Du musst mal mit ihm reden», sagte sie.

«Weißt du, dass du sie mir mal aufgemalt hast?»

«Was?»

Er hielt die beiden Polster hoch. «In der Erdbebennacht hast du gesagt, sie sehen aus wie von Picasso gemalt. Du hast zwei Kreise gemacht mit einem Punkt drin. Dann hast du sie mir gezeigt, die echten Brüste. Es stimmte.»

Sie stand auf, holte ein Blatt Papier und einen Stift. Sie malte auf dem Wohnzimmertisch. Dann gab sie Lorenz das Blatt. Er sah zwei Halbkreise, oben offen, ein bisschen oval, zwei Punkte, ziemlich weit unten.

«Wir sind in einem Alter, in dem sich die Männer freuen, wenn sie an den Frauen anderer Männer körperliche Schwächen sehen», sagte sie.

«Selma ...»

«Weil sie dann besser die Schwächen der eigenen Frauen aushalten können.»

Sie schwiegen.

«Ich werde voll arbeiten», sagte sie. «Du ‚weißt, was das heißt.»

Er nickte. Er blieb über Nacht.

★

Vor einem halben Jahr gab es noch einmal große Aufregung auf unserem Berg, vielleicht die größte Aufregung, die es je gegeben hat. Es war Sommer, ein schlechter Sommer. Wir lagen dauernd in den Wolken. Es gab Tage, da stieg das Thermometer nicht über fünfzehn Grad. Um fünf, sechs Uhr machten wir das Licht an, weil es so duster war draußen, Nebel, immer Nebel. Ich verließ das Blockhaus selten. Charlotte sah ich kaum noch, ich glaube, dass sie die meiste Zeit im Bett lag. Konrad tat das Nötigste, um das Observatorium in Gang zu halten. Sein Tirolerhut schien mir plötzlich zu groß für ihn, er kam mir mager vor, fast mickrig. Es war das Jahr 2001. Wir zahlten noch in Mark, hörten die neuen Zinssätze aber längst von einem Mann namens Wim Duisenberg, einem Holländer. Es war kein Jahr dramatischer Erdtätigkeit. In Deutschland meldete sich die Erde hin und wieder mit einer Magnitude vier. Es gab eine sieben Komma sieben in Indien, mindestens 20 000 Tote. Wir empfingen viele Anrufe, Angst und Sorge, alles unbegründet. Ansonsten wurden viele Leute reich, weil es plötzlich die New Economy gab. Ich verstand nichts davon, obwohl ich es mir von Lorenz erklären ließ. Wenn man nicht daran interessiert ist, reich zu werden, interessiert einen auch der Reichtum anderer nicht.

Was an dem Tag, den ich meine, geschehen ist, habe ich

alles dem Kriminalkommissar erzählt. Er saß bei mir am Seismographen auf dem Stuhl, der dort für Lorenz stand. Er hatte mittellange Haare und struppige Koteletten. Wir haben ein gutes Gespräch geführt. Er hat nicht nur viel von den Geschehnissen der Nacht erfahren, sondern auch von der Erde und ihren Beben. Er war ein interessierter Mann.

Ich begann meine Erzählung mit der Witterung der letzten Tage, dem ewigen Nebel, der Kühle, der frühen Dunkelheit. Es war seit Wochen so still bei uns, dass die Rehe bis vor unsere Häuser kamen. So war es auch an jenem Abend. Ich beobachtete zwei Rehe, die furchtlos unseren Weg hinuntergingen. «Unsere Siedlung wirkte verlassen», sagte ich wörtlich zum Kriminalkommissar. So gegen sieben Uhr machte Konrad drüben ein Abendbrot. Er trug ein Tablett nach oben zu Charlotte. Danach saß er am Küchentisch, aß und trank ein Bier. Normalerweise stand er nach einer halben Stunde auf und ging in sein Büro oder ebenfalls nach oben. «Diesmal blieb er sitzen», sagte ich. Er holte sich noch ein Bier, dann saß er reglos an der Stirnseite des Tisches. Um halb elf stand er auf, verließ die Küche, ließ aber das Licht brennen, weshalb ich annahm, dass er noch einmal zurückkommen würde. Drüben nahm man es sehr genau mit dem Strom und seinen Kosten. «Und richtig», sagte ich zu dem Kriminalkommissar, «nach wenigen Minuten tauchte Konrad wieder auf. Er hatte eine Pistole dabei. Ich sah sie kurz aufblitzen, bevor er sie auf den Küchentisch legte. Er setzte sich wieder. Wenn ich mich richtig erinnere, saß er wohl ein bis zwei Stunden vor seiner Pistole. Ich vergaß den Seismographen und starrte nach drüben. Schließlich stand Konrad auf, räumte den Tisch ab, nahm die Pistole und verließ die Küche. Das Licht hat er ausgeschaltet. Sekunden später hörte ich zwei Schüsse. Ich rannte hinüber und brach die Tür auf, was nicht schwer war, da sie alt und morsch ist wie alles hier oben. Vorne an der Tür des Schlafzimmers lag Konrad, der Kopf zerschossen. Charlotte sah ich im Bett liegen, auf der Seite, das Gesicht von der Tür abgewandt. Einen Moment, nach dem ersten Blick, hoffte ich, dass sie leben würde, dass sie nur schliefe. Im nächsten Augenblick sah ich, trotz der Düsternis, den dunklen Fleck in ihrem Hinterkopf.»

Der Kommissar hatte durchaus noch Fragen, vernahm mich behutsam, als könnte ich der Mörder sein. Dafür hatte ich Verständnis, so muss es wohl sein. «Sie werden natürlich meine Fingerabdrücke an der Tür finden», sagte ich, «denn ich war es, der die Tür aufgebrochen hat, aber das geschah nach den Schüssen.» Er nahm das kommentarlos auf, ließ sich von mir den Ablauf jenes Abends noch einmal berichten. Der Kommissar wollte wissen, wie ich es mir erkläre, dass Konrad so viele Waffen gehortet habe. «Eine Narretei», sagte ich, «wir haben uns das oft gefragt und nie eine Antwort gefunden.»

Er fragte nach den Verhältnissen, in denen wir hier gelebt haben. Im Großen und Ganzen konnte ich ihm von einem guten Einvernehmen berichten, in Anbetracht der Umstände. Von den Verwirrungen um Lorenz' Vaterschaft habe ich nicht gesprochen. Es blieb das Geheimnis von Charlotte und mir. Natürlich hat der Kommissar auch nicht in diese Richtung gefragt. Mit so etwas rechnet ja niemand.

«Haben Sie eine Erklärung für das, was drüben geschehen ist?», fragte er mich. Er stand am Fenster und schaute zum Hausmeisterhaus. Er trug ein Polohemd, hatte wohl nicht mit solch tiefen Temperaturen gerechnet. Er rieb sich die Oberarme, als er am Fenster stand und mir diese wichtige Frage stellte. Ich bot ihm einen Pullover an, aber er lehnte ab. Ein Kommissar würde wohl lieber erfrieren, als sich im Sommer einen Pullover überzustreifen. «Sie sehen doch den Nebel», sagte ich, «wussten Sie, dass wir hier oben zweihundert Nebeltage im Jahr haben?» Er zeigte sich überrascht. Ich habe ihm dann viel erzählt von den schwierigen Bedingungen, unter denen wir hier leben, und was so viel Nebel für ein Gemüt bedeutet. Ich glaube, dass ihn das sehr beeindruckt hat. Ich habe auch erwähnt, wie schwer es für Konrad und Charlotte war, schließlich doch erfahren zu müssen, dass ihr Sohn seine gute Stellung bei der Deutschen Bundesbank verloren hat. Er hat sie mit Details verschont, aber auch so war das ein schwerer Schlag. Der Kommissar, Vater von drei Kindern, hat das gut verstanden.

Als er mich nach dem Seismographen fragte, erzählte ich ihm von der Vergeblichkeit aller Bemühungen, Erdbeben vorherzusagen. «Da geht es Ihnen wie mir», sagte der Kommissar, «ich weiß auch nie, wer als Nächstes einen Mord begehen wird.» Wir mussten beide lachen, er war ein geistreicher Mann. Wobei ich ihn anschließend dahingehend korrigierte, dass ich den Vergleich von Mord und Erdbeben nicht für zutreffend halte. Die Erde ist nicht böse. Ich erläuterte ihm den Zusammenhang von Opferzahlen und nachlässiger, unverantwortlicher Bauweise in Erdbebengebieten. Nach knapp zwei Stunden ist er gegangen.

Am nächsten Tag kam er wieder. Er sagte, den Kollegen von der Spurensicherung sei aufgefallen, dass die Tür zum Hausmeisterhaus erkennbar sanft aufgebrochen worden sei, als habe jemand Geräusche vermeiden wollen. «Das kann ich Ihnen leicht erklären», sagte ich. «Wenn Sie seit fünfzig Jahren am selben Ort wohnen, wenn Sie seit fünfzig Jahren auf dieselbe Tür schauen, dann wächst sie Ihnen ans Herz, so wie mir alles auf unserem Berg in dieser langen Zeit ans Herz gewachsen ist.» Er fragte noch dies und das, ging nach einer Stunde, und ich habe nie mehr von ihm gehört.

Nachdem die Leute von der Spurensicherung ihre Arbeit beendet hatten, war ich allein auf dem Kleinen Feldberg. Drüben hing ein rot-weißes Band vor der Tür. Ich dachte eine Zeit lang, es würde, nach Auswertung der Spuren, ein Polizist kommen und das Band entfernen, aber es kam niemand. Lorenz hat es schließlich abgerissen, als er damit begann, das Hausmeisterhaus auszuräumen. Ich half ihm.

Die Waffen haben wir verkauft. Sie erbrachten ein hübsches Sümmchen, weil einige Sammlerstücke dabei waren. So konnten Lorenz und Selma die dringlichsten Schulden begleichen. Gleichwohl ist es knapp bei ihnen, eine Ärztin im Krankenhaus verdient erschreckend wenig, wenn man die Verantwortung bedenkt. Sie haben sich deshalb entschieden, das Haus in Kronberg aufzugeben und wieder in das Assistentenhaus zu ziehen, sehr zu meiner Freude, wie man sich denken kann. Es wird wieder Leben einkehren auf dem Kleinen Feldberg, wir werden, da bin ich mir ganz sicher, eine gute Familie sein. Sobald der Schnee verschwunden ist und der Möbelwagen den Waldweg meistert, kommen sie herauf zu mir. Das wird in den nächsten Tagen passieren. Es sieht gut aus, die Prognosen sind günstig.

Simon Werle
Der Schnee der Jahre
Roman. 448 Seiten, gebunden
ISBN 3-312-00314-8

Der Schnee der Jahre erzählt die Geschichte von drei
Generationen einer deutschen Familie: In ihrem Mittelpunkt
steht Edward Callzig, ein junger Zimmermann aus einem
Dorf im Hunsrück. Simon Werle entfaltet die Irrungen
und Verstrickungen Edwards vor und nach dem Zweiten
Weltkrieg in einem brillanten Erzählstil und einer tief
anrührenden Schicksalsbeschreibung – und entwickelt
einen Sog, in dem sich die Erfahrungen von Jugend,
Heimat und Herkunft bis ins Innerste verdichten.

«Simon Werles Geschichte ist nicht nur an der
Oberfläche mit Gewinn zu lesen, das muss poliert werden
und angehaucht wie ein seltener Stein. Eine Menschen-
geschichte halt. Zart und grausam. Das Leben.»
Dea Loher

N & K

Nicole Müller
Kaufen!
Ein Warenhausroman. 144 Seiten, gebunden
ISBN 3-312-00348-2

Am Anfang war der Job als Putzfrau im Kaufhaus für
Simone Wenger nur eine Gelegenheit zur Finanzierung
ihres Studiums. Rasch aber wird mehr daraus: Fasziniert von
dem riesigen Warenverkehr und von den Lebensgeschichten
der Mitarbeiter erlebt Simone das Kaufhaus wie eine
wunderliche Großfamilie. Im düsteren Keller, wo der
schweigsame Ramirez mit dem knurrenden Herrn Meuli
die Waren auspackt, fühlt sie sich genauso zuhause wie in
der Kosmetikabteilung, wo sich Fräulein Meichtry und
die alte Rötel in den Haaren liegen. Fast schleichend wird
ihr die Philosophie des Verkaufens und Werbens zum
wesentlichen Inhalt ihres Lebens. Nach einem Streit mit
dem Direktor blickt sie erschrocken auf ihren Weg zurück.

«Wenn ich Nicole Müller lese, fühle ich mich erfrischt.
Sie schreibt frech, flott und bezwingend.»
Thomas Hürlimann

N & K